錬金術師さまがなぜかわたしの
婚約者だと名乗ってくるのですが!?
葉月クロル
Chlor Haduki Presents
fairy kiss

この作品はフィクションです。
実際の人物・団体・事件などに一切関係ありません。

錬金術師さまがなぜかわたしの
婚約者だと名乗ってくるのですが!?

異世界に飛ばされました

その日わたしはいつものように、最寄りの駅からの道を歩いて自宅に向かっていた。

高校の園芸部に所属するわたしは、帰り際にあと少しだけ花壇の手入れをしようとしゃがんだら、次々にやることが目について、気がつくと予想外に遅い時間になってしまった。

「大変、おばあちゃんが心配しちゃう」

わたしこと中峰理衣沙は、わけあって祖母とのふたり暮らしをしている。幼い頃に両親を事故で亡くしてからは、母方の祖父母に引き取られて育ててもらっていたのだが、祖父が一年前に病気で天国に行ってしまったのだ。

祖父と祖母は歳を重ねても仲良し夫婦だったので、連れ合いに先立たれた祖母はすっかり気落ちしてしまっている。だから、なるべく早く帰って一緒にいようと思っているのだけれど、祖母は『理衣沙の楽しい青春を削るようなことはしたくない』と言って、部活を辞めさせてくれないのだ。

というわけで、今日も花壇に向けてシャキーン！　と構えた割り箸でせっせと悪い虫たちを摘んでいたら、この通り遅くなってしまったのだ。

わたしは緑の多い町の一戸建てに住んでいて、帰り道には木立に囲まれた神社の前を通る。時間がある時には赤い鳥居をくぐってお堂に手を合わせ、お稲荷さんに帰宅の挨拶をするのだが、今日は簡単に済まさせてもらうことにする。

「お稲荷さん、ただいま帰りました！　遅くなっちゃったから、急いで帰りま……」

片手を振って軽く挨拶をしていたら、なにかがわたしにタックルしてきた。

「理衣沙、遅かったのじゃー！」

「へっ？」

突然現れた幼稚園児くらいの女の子に飛びつかれて、わたしはよろめいた。でも、転ばない。園芸部員は草むしりとか苗を植えたりとかなにかとしゃがみ仕事が多いので、運動部でもないくせに意外に足腰が強いのだ。

「びっくりしたあ」

「遅いと言っておる！」

柔らかそうなほっぺを膨らませて、幼女がわたしを責めた。可愛すぎてむしろご褒美だ。

「ええと……遅くなってごめんね？」

わたしはとりあえず、見知らぬ女の子に謝った。そして、その場にしゃがんで視線を合わせて「あなたの親御さん……お母さんかお父さんは近くにいるのかな？　ひとりだったら、もう暗くなるし危ないよ。早くおうちに帰ろうね」と笑顔で声をかける。

「違うのじゃ、我は迷子ではないのじゃ」

おかっぱ頭に着物姿のとても可愛い顔立ちをした幼女は、手をぱたぱたと振った。

「中峰理衣沙よ、我はそなたを助けようと、ずっと待っておったのじゃぞ！」

おかっぱ幼女は偉そうに腕組みをして言った。

「日が暮れた帰り道は、若い女子(おなご)には危険がいっぱいなのじゃ、もっと早く戻らねば駄目なのじゃ」

「あ、はい、ごめんなさいです」

白地に桃色の花が散った着物に赤い帯の女の子は「おお、今はそれどころではないのじゃ」とわたしの制服の胸元をつかんだ。

「中峰理衣沙よ、よく聞け。そなたたちが住む家は、天から降る岩で潰される」

「……え？　岩？　そんなまさかねー」

うちの裏には確かに切り立った崖があるけれど、岩が落ちてくるようなことはない。ちゃんとコンクリートで固めてあるから大丈夫なはずだ。

「いや、本当に危険が迫っておる。星の欠片(かけら)が大気圏に突入するのだが、燃え尽きずにそなたの家に激突し大破させてしまうのだ」

大気圏を知っているんだね、なんて賢い子なのだろう。

わたしは感心し、それからその内容に戦慄する。

「それはつまり、うちに隕石(いんせき)が落下するっていうことなの？」

「そうじゃ。そして家は全壊して崩れ落ちる」

「そんなまさか、映画じゃあるまいし……信じられないよ」

「理衣沙よ、そなたが知らぬだけで、この地球にはかなりの数の隕石が落ちておるのじゃぞ？」

「そうなの？」

それは宝くじ以上の大当たりじゃない？　でも、わたしは女の子の言葉を聞いて不安になった。

「それが本当なら、家にいるおばあちゃんが危ないじゃん！　早く避難させないと」

わたしは急いで家に向かおうと身を翻したが、女の子はとても強い力でわたしの手をつかんだ。

「はやるな、中峰理衣沙。中峰史恵はすでに安全な世界に避難させておる」

「え？　安全な世界？　安全な場所の間違いじゃ……」

わたしはゆっくりと振り返った。そして、この賢すぎて綺麗すぎる女の子が、なんとも言えない異質な雰囲気を持つことに気づく。

「あなた、誰？」

女の子は表情を強張らせるわたしに優しく言った。

「我を恐れるな。そなたたちは神の加護を受けているから心配は無用じゃ」

「……神の、加護？」

この子は幼女の姿をしているけれど、話し方やまとう雰囲気がお年寄りみたいだし、見た目通りの年齢ではない気がする。彼女は底知れぬ真っ黒な瞳でわたしを見つめながら言った。

「我は、稲荷大明神に仕える眷属の、護り狐であるぞ。我らは信心深いそなたらにずっと目をかけておったのじゃよ」

「狐……狐……コンって鳴く狐？　あなたは人間ではなくて、狐の女の子だというの？」

「そうなのじゃ。もふもふした毛並みが愛らしく、上品にコンと鳴く、あの狐じゃぞ」

「狐が喋るわけないよ……普通に人間だよね。全然もふもふしてないじゃん、尻尾も耳もついていないし」

女の子は「仕方がないのう」と言いながら、毛の生えた柔らかそうな獣耳と、素晴らしくもっふもふな尻尾を出してみせた。

「ほれ、この通り狐じゃぞ？　もふもふしたよき毛並みであろう？」

「はうっ！　本当だ！　もっふもふだ！」

一瞬でわたしの心は撃ち抜かれた。子狐と幼女が合体したその姿はあまりにも可愛すぎたのだ。

「本物のお耳と尻尾がついてる、かっ、可愛い！　可愛すぎて辛いよう、可愛い、可愛い、可愛い」

わたしが女の子を抱き上げ、尻尾を触りながらほやほやと柔らかな耳に頬擦りする。柔らかくて温かい、小さな狐の毛並みは最高だ。わたしは尻尾をもふもふしそっと耳の匂いを嗅いだ。お日さまのいい匂いがする。

「もふもふ最高……」

と、お狐幼女は「これ、理衣沙よ落ち着け、落ち着けと言うに！」と身体をもぞもぞさせた。

「ちっちゃなお狐ちゃんなんだね、可愛い、好き」

「そんな、照れるのう……いや、うっかり喜んでしまうところじゃった」

女の子は小さな手でわたしの頬をぽんぽんと叩いた。

「我が可愛いのはよい、よくわかっておる。じゃが、こうしている間にそなたの準備が遅れるのじゃぞ！　理衣沙よ、命が惜しくないのか？」

「可愛い……え？　命って、どういうこと？　おばあちゃんが安全なら、わたしがうちに帰らなければ大丈夫だよ」

彼女は神妙な顔で言った。

「そなたは本来ならば、この事故で命を落とす運命なのじゃから、このままだと肉体が消滅して魂だけの存在になってしまうぞ？　偉大なる稲荷大明神が、熱心なお詣りを欠かさぬそなたと中峰史恵の運命を不憫(ふびん)に思って、命を救うために我を遣わせたのじゃ。だから、我の話を聞け。……これ、尻尾をもふるのをやめよ」

「もふもふ、もふもふ、も……え？　家にいなくても駄目なの？」

死んじゃうの？　わたしが？

まだ十七歳なのに、人生を終えてしまうの？

人生がここで終了してしまうことを知り、さあっと血の気が引いたわたしはもふる手を止めた。

「嫌です、死にたくないよ！」

「だーかーらーっ、我が助けると言っておるのじゃ！　そなたはもうちっと、人の話を聞け！」

「あ、はい、聞きます、申し訳ありません」

丁寧に謝りながら、わたしは幼女をそっと地面に下ろして念のためにもう一度「それで、しつこいようですけれど、おばあちゃんは大丈夫なんですよね？」と狐っこに尋ねた。

「ふむ、自分のことよりも年老いた祖母が心配とは良い子じゃな。安心するがよい、中峰史恵はすでに、中峰浩三(こうぞう)の魂と共に新たな世界に降り立っておる。若返った身体で、今頃は元気にふたり仲良く暮らしておるわ」

「それって、おじいちゃんとあの世に逝っちゃったってことでは？」

「死んでおらぬ。あの世から戻ってきた浩三と一緒に異世界に転移しただけじゃ」

「よかったあ、脅かさないでよ」

わたしはほっとして大きくため息をついた。

それにしても、おじいちゃんはあの世で呼び出しをくらったってことなんだね。驚いただろうな。

「史恵も浩三もそなたのことをたいそう心配しておった。くれぐれもよろしく頼むと、我に何度も頭を下げておってのう、その気持ちを汲んでやらねばならぬ。というわけで、そなたも他の世界に飛んでもらおうぞ」

「はい？　他の世界？」

それはつまり、日本どころか地球ではない場所に移るってこと？

「死の運命から逃れるためにはまったく違う場所に行かねばならぬのだ。大丈夫じゃ、若き女子にも安全な世界に送ってやろうぞ。そなたのために特別な加護も用意しておいたから、受け取れ」

狐っこがちょいちょいと手招きするので頭を下げると、わたしの首に紐のついた小さな金色の鍵をぶら下げた。童話の挿絵に出てくるような、小指の長さくらいの可愛らしい鍵だ。

「稲荷大明神の眷属たる我の加護はもちろん、神より賜った特別な加護も得られたぞ。これはそなたにしか使えぬし、見ることも触れることもできぬ特別な鍵じゃ。確か理衣沙は庭いじりを趣味としておったな。これを活かして存分に楽しむがよい」

庭いじりに役に立つ神さまからの加護って、どんなものなの？　想像がつかないんだけど。

「……これはなんの鍵なの？」

わたしは秘密の香りがする鍵に触れながら尋ねた。

「それは理衣沙だけの……おっと、もう時間がない、早くそなたを送らねばならぬ」

お狐ちゃんは尻尾をぱたぱたと動かしながら、目をつぶって耳をすませた。わたしは尻尾が手に当たるようにと腰をかがめ、もふもふがぶつかる感触を楽しんだ。

「ふむふむ、ちょうどひとり、別の用件で女子を飛ばした世界があるらしいな。時間がないからここでいいじゃろう、女子がひとりで行くような場所ならば安心じゃろうからな」

狐っこはそう言い「これ、なにを遊んでおるのじゃ」とわたしの頭をぽんと軽く叩いた。

「稲荷大明神のお力が満ちたぞえ、風に乗って飛び、時空を渡りて……おや？　主神さま？」

可愛い狐っこが首を傾げ、耳をすませるような仕草をしてから「なんじゃと？」と呟いた。わたしはふと自分の足を見て驚いた。

「うわあ、足が透けてるよ、消えちゃう、なにこれ！」

「ちと黙っておれ。主神さまより連絡があるそうな」

「黙ってられないよ、これはどうしたらいいの？　わたし、やっぱり死んじゃうの？」

身体がだんだんと存在感をなくしていくのを見て、わたしは慌てた。腰のあたりまで透明になってきて、なんだかとっても幽霊っぽい姿になったのだ。

「ねえ、お狐ちゃん、これって大丈夫なんだよね？」

だが、眷属のお狐ちゃんは顔を引き攣らせていた。

「な、なんと、あの世界はそのような物騒なところじゃと？　しかし、確かに女子が先に……そのような理由があったのか！　これはしたり、しかし、もう時間がないため修正は不可能じゃと……仕方があるまい、中峰理衣沙よ、その若さで困難を乗り越えるのじゃ！」

半透明になるだけでも怖いのに、お狐ちゃんがヤバそうなことを言ってるんですけど！

「はい？　お狐ちゃん、どういうことなの？　なにか手違いがあったの？　主神さまってお稲荷さんでしょ、なんて言っているの？」

「理衣沙よ、すまぬ！」

「え？」

「気合いでがんばってくれ！」

狐っこが、両手を合わせてわたしに謝っている……って、ええーっ⁉

「すまぬじゃないでしょ、ねえ、いったいどういうことなのっ！」

「時間がないので説明は後じゃ、達者で暮らせるように、我らが遠くの空から祈っておくゆえ、どうか堪忍なあ……」

「堪忍って、うわあ！」

半透明になったわたしは、どこぞの遊園地のアトラクションのように空高く舞い上がった。少し離れたところで、隕石で見事に潰れる我が家が見えた。

「危なかったー……って今も充分危ないよ、人は空を飛べないんだよ、お狐ちゃん、助けて、わあ、なんなのあの穴は！」

わたしはそのまま、空に開いた大きな穴に吸い込まれて落ちていった。

「おおおおおおーっ、これはなんの無限落下アトラクションだよおおおおおーっ」

わたしはあまり可愛くない悲鳴を上げながら、宇宙空間みたいな場所とかオーロラの輝くような場所とか濡れない滝の中とか、わけのわからない綺麗な場所をものすごいスピードで進んでいった。もうどっちが上なのかすらわからない。

しばらくすると速度が落ちて、パステルカラーの光が輝くファンシーな空間をふわふわと浮かんで飛んだので、わたしはほっと息をつき、強張った全身から力を抜いた。

「あー、どうなるかと思った。他の世界に移ったおばあちゃんたちもこんなところを飛んだのかな？

さっきのはかなり心臓に悪かったよ。ふたりとも、もう後期高齢者だから心配だな」

遊園地のジェットコースターには『心臓の弱い方や高血圧、高齢の方はご遠慮ください』という注意書きがあった気がする。畏れ多くも神さまたるものがミスるわけないだろうから……きっと大丈夫だよね？

安定した姿勢になったわたしは、両手を羽ばたいたり脚をばたつかせたりしてみる。水平に飛べると鳥になったようでけっこう楽しい。慣れって怖いね。

と、遥か遠くの方に人影を発見した。

「おーい、もしもしそこの人ー、もしかすると神さまに言われて他の世界に行く人ですかー、って聞こえてないみたい」

よく見えないけれど、会社員の人が着ていそうなベージュのパンツスーツを着た女の人が安定した体勢でファンシーな空間を飛んでいる。

わたしよりもかなり年上のお姉さんで、三十代くらいに見える。なんか全身が神々しい感じに光っているけど……人間だよね？

彼女の通った後には飛行機雲のようなものが残っていて、わたしはそこに吸い寄せられるようにして近づいた。そして、そのまま雲のレールに沿って、お姉さんのずっと後ろからついていく。

「そういえばお狐ちゃんが、ひとり女性が先に行ってるとか話してたけど、あの人がそうかも。よかった、心強いよ」

こんな奇妙なことになって不安だけど、仲間がいるといないとでは大違いだ。

そうこうしているうちに目的の世界に着いたのかお姉さんの軌道が変わり、ゆっくりと下に降りていった。わたしもすぐに追いついてその場に止まったので下を見ると、土管を十倍くらいに大きくして長く引き伸ばしたような大きな穴が開いていて、その先が見えた。どうやら異世界に入るのはひとりずつらしい。

　そこは壁も床も石でできた大きな部屋で、十人くらいの人たちがお姉さんを待ち構えていた。若い男性……といっても、大人だからわたしよりもずっと年上の人や、おじさんや、お姉さんや、おばさんや、あとは頭に王冠のようなものをかぶった人もいる。

「聖女さま、ようこそおいでくださいました」

「ありがたき聖女さま、ルニアーナ国へようこそ」

「どうぞ我々にお力をお貸しくださいませ」

　ゆっくりと下に降りるお姉さんは拍手で出迎えられている。

　彼らの服装が、かっちりした騎士っぽい服とか、地味なローブとか、日本ではあり得ないのが気になる。建物もテレビで見た海外の神殿っぽいデザインだし、全体が剣と魔法のファンタジー風だ……まさかここってそっち系の世界なのだろうか？

「あの人、腰に剣がつってあるよね」

　武器を持ち歩く必要がある世界だとすると、お狐ちゃんが言うようには安全ではないような気がするんだけど……。

　わたしがファンシー空間を漂いながら見ていると、まだ身体が光っているお姉さんは石造りの床にふわりと降り立って、落ち着いた様子で人々に対応した。さすがは社会人である。

「皆さん、こんにちは。連絡があったと思いますが、わたしは神さまから聖女としての業務を承ってこの世界に参りました。よろしくお願いいたしますね」

「おおおおお」

「お待ちしておりました！　遠路はるばると、ありがとうございます」

不思議な服装の人たちにすごい歓迎をされている。聖女としての業務ってなんだろう。お姉さんは普通の人間じゃないの？

神さまからなにかを承ったってことは、お姉さんもお稲荷さんに言われてやってきたんだよね？

そこで、わたしの番が来たらしく、巨大な穴の上にとどまっていた身体が下に落ち始めた。

「え、嘘、速くない？」

お姉さんみたいにふんわりと降りるのかと期待したのに、普通に足から落下し始めたので、わたしは焦って手を羽ばたかせたが身体は浮き上がらなかった。

「え、待って、落ちる、落ちるーっ！」

わたしの悲鳴が聞こえたらしくて、ぎょっとした顔の人々が上を見上げた。

「なんと、続いて少女が落ちてくるぞ！」

「聖女さまはもうひとりいらっしゃるのか？」

「そのような神託は受けていない！」

違う、わたしは聖女じゃない。あと、止まらない。

しかも、頭が下を向いてしまったのでわたしは悲鳴を上げた。

「いやあっ、助けて！」

「落ち着きなさい、大丈夫だ」

無駄なあがきで手をバタバタさせながらパニックになっていると、よく通る声がわたしにかけられたのでそちらに目を向ける。すると、淡いグリーンの輝く髪にエメラルドみたいな瞳をした、ものすごく綺麗な顔をした若い男の人と目が合った。

めちゃくちゃ美形の男性は、わたしに向かって手を差し伸べてくれている。

「わたしが受け止めるからこっちに来い！」

彼がわたしの命綱だ。そう感じて、わたしも彼に向かって両腕を伸ばした。

「……っ！」

落下するわたしはけっこうな衝撃でお兄さんにぶつかったが、男の人は勢いを殺すように上手に受け止めてくれた。ふたりでそのまま倒れてしまったけれど、手のひらで抱え込むようにして頭を庇（かば）ってもらったからわたしは床で顔を打たずに済んだ。

そのままわたしたちは横にゴロゴロと転がり、男の人の上にわたしが乗った状態でようやく止まった。

あれ……わたしの口が……親切イケメンの口に……くっついた状態で……？

「う、うわあああ」

わたしは男の人の胸に手を置いて、急いで顔を離した。

「ごごご、ごめんなさい、これは、違うんです！」

透き通った緑の瞳が見開かれて、じっとわたしを見つめている。間近で見ると、芸術作品のようにあまりにも整った顔をしているので、生身の男の人には思えないほどだ。

いや、ちゃんと生身だわ、だってお尻の下に体温を感じているもん！

慌てたわたしはお兄さんの上から飛び下りて、冷たい石の床にぺたんと座り込んだ。

「す、すいません、本当にすいません」

これは完全に、不可抗力な、事故である。だけど、知らない国の知らないお兄さんと、出会い頭にちゅ、ちゅーしちゃうとか、ヤバい！　ヤバすぎる！　しかもわたしはデートなんてしたことがないし、男子と手を繋いだこともないという、箱入りのピュアピュアな青春を送っていた女子高生なのだ。

そう、これは初めてのちゅーなのだ！

「あ……あ……」

パニックになったわたしが両手でちゅーしちゃった口を押さえていると、ゆっくりと床から起き上がった美形のお兄さんは、指先でそっと唇に触れてから「今のは……？」と小さく呟き、それから何事もなかったかのようにわたしを見て言った。

「怪我はしていないか？」

「あ……はい」

「落ち着いて、身体に痛みや違和感がないか、確認しなさい」

まるで彼の美しい瞳に吸い込まれるように、目が合ったまま離せない。わたしは彼を見つめたまま手で身体や足を触り、ぶんぶん腕を振って「だ、大丈夫、なんともないみたいです」と答えた。

「あの、危ないところを、ありがとうございました。さっきの勢いで石の床にぶつかったら絶対に怪我をしていたと思います、わたし、運動能力には自信がないんで、かといって勉強も苦手で。あの、本当に、お花を育てるくらいしかできないし」

わたしは自分でもなにを言っているのかわからなくなってきた。

「ここがどこなのかもわからないし、さっきのお姉さんみたいに聖女とかすごい人じゃないし、あれ、わたしはなんのためにここにいるんでしょうね、おかしいな……」

家が潰れてしまってもう帰る場所はないとか、おばあちゃんや友達にもう二度と会えないとか、知らない場所にたったひとりになったこととか、いろいろなことが急に頭の中を駆け巡り、両手で顔を覆って俯くと涙が溢れてきた。

「大丈夫か？　気が動転しても無理はない。とりあえず、ここは安全な場所だから安心しろ」

わたしは顔を上げて、親切なお兄さんに向かって涙声で訴えた。

「安心なんて、できるわけが……う……う、ううう、うわあああん、初めてだったのに！」

「え？」

わたしを落ち着かせようと肩に伸ばしかけた手を止めて、美形のお兄さんははっとしたように自分の唇を押さえた。

「もしやさっきの、口……」

いやああああ、言わないで！

「わたし、知らない男の人とちゅーしちゃったよう、どうしようおばあちゃん、もうお嫁に行けない身体になっちゃったよう……」

自分で言っておいてなんだが、今どきファーストキスをしたら結婚できなくなるなんてことはない。しかし、思いがけないファーストキスがショックすぎて、溢れる涙が止まらない。

「そうなのか？　その、君の郷里の慣習ではそういうものなのか？　……一応、わたしも初めてだったのだが……ということは、わたしたちは婚姻関係になる必要があるのだな。うむ、状況を把握した」

緑色の髪が天使の輪を作る超美形お兄さんは、小さく呟いて頷いた。

え、待って、なにを把握しちゃったの？

「あなた、怪我がなくてよかったね。かわいそうに、ショッキングな体験をしちゃって」

驚き顔でわたしの様子を見守っていたスーツ姿の聖女のお姉さんが近寄ってきて、優しく背中を撫でてくれた。

「わたし以外の人間がここに来るなんて話は聞いていないけど、まあ、それはともかく」

わたしの背中を励ますように軽くぽんぽんと叩いてから、聖女のお姉さんが難しい顔で腕組みをした。

「まだ若い女の子が異世界に落っこちて、そこで見知らぬ男といきなり初めてのキスだなんて。確かにそれは最悪だね、まさに乙女のピンチだよ」

「ううううう」

そうなんだよう、乙女としてはファーストキスは名前も知らないお兄さんではなく好きな人としたかったんだよう。

わたしが泣き崩れると、異世界の人たちが「それもそうだな」「なんと不幸な乙女なのだろう」と口々に言う。そんな中で、お姉さんの呟きが響いた。

「大丈夫？　セーラー服を着ているから高校生でしょ？　まさかあなたも聖女としてここに……あっ、うん、それで来たんじゃなさそうな感じだね。よかったらこれを使って」

お姉さんが、どこからか取り出したタオルハンカチを渡してくれたので、わたしはそれを目に当てて「ありがどうございまずううう聖女とはぢがいまずううううう、なんの取り柄もない女子高生でずうあうううう」と泣きながら返事をした。

「もしかして、わたしがここに来たのに巻き込まれたのかな？　だとしたらごめんなさい」

わたしは首を振りながら「ぢがいまずう、成り行きなんでずううう」と否定した。

「成り行きねえ……すみません、どこか部屋を貸してもらえますか？　この女の子はわたしと同じ世界から来たみたいなのですけど、状況がよくわからないので、落ち着いた場所で話を聞きたいんです」

とっさの判断力が素晴らしいお姉さんは「ここだとお尻が冷えちゃうから移動しよう。女の子は腰を冷やしちゃ駄目だよ」と、小さな声でわたしに言った。

「そちらの少女は、聖女さまの郷里の方なのですね？」

白い服を着た、穏やかそうな若い男性がお姉さんに尋ねた。

「はい、同じ国から来たようです。彼女はまだ保護が必要な成人前の少女です」

お姉さんが説明をしてくれた。高校二年生のわたしは、成人前の十七歳なのだ。

「それはそれは……わかりました、それでは王宮の部屋をご用意いたしますので、そちらに移りましょう」

ギリシャ神話の絵に描いてあるような、不思議なデザインの白い服を着た男の人（映画の中だと神官とかだった）は「ご案内いたします」とこの部屋の出口を指し示した。

「立てるかな？」

お姉さんが、わたしを支えて立たせようとしたが。

「……ずびばぜん」

全然立てなかった。膝がガクガクして力が入らないのだ。これが腰が抜けたという状態なのだろうか？

「それならば、わたしが運ぼう」

申し出てくれたのは、さっき受け止めてくれた（そして、サプライズちゅーをしてしまった）めっちゃ顔の整ったお兄さんだ。日本では……いや、地球では染めなければ存在しない、淡い緑に輝く長い髪を後ろで結んでいて、まるでファンタジックな物語に出てくるエルフさんみたい。

身長が百八十センチを軽く超えていそうなこのイケメンは、「君は気持ちが動転して、身体の制御に支障をきたしているのだろう」と難しいことを言いながら、なんとわたしを軽々とお姫さま抱っこしてくれた。

えええええっ、現実でお姫さま抱っこをする人がいるの？

ここはファンタジーではなく少女漫画の世界なのか！

「ず、ずびばぜん、ご迷惑をおがけしまず、重がっだらずびばぜん」

わたしはお姉さんのハンカチを顔に押し当てながら鼻声で謝った。

「案ずるな、まったく迷惑ではないし全然重くない」

うわあ、イケメンがイケメンなことを言ってるよう。ちょっとキュンときちゃったのは、吊り橋効果ってやつなのかな？

恩人のお兄さんは、さっきのちゅー事件などなかったように落ち着いている。この人にとっては、女の子とのキスなんてなんでもない出来事だったのだろうか。モデルさんみたいな美形だもの、きっと女性にモテてモテて仕方がない人なのだろう。

さっき『わたしも初めて』と聞こえたのはきっと聞き間違いだよね。

なんとなく泣きやんだわたしが首を傾げていると、お兄さんが言った。

「なんというか、これもなにかの縁であるような気がする」

「縁、でずが？」

目だけをハンカチから出したわたしが続きを聞こうとお兄さんの顔を見ると、このとんでもない美形さんはわたしの目をじっと見つめながら口元に笑みを浮かべて言った。

「そう、神がくださったありがたい縁だ。というわけで、わたしが責任を取る」

カッコよすぎて魂が抜けそう……って、今なんて言った？

「えっ？　責任？　なんで？」

「成人前の少女をお嫁に行けない状態に陥らせたのは、ひとえにわたしの落ち度であるからな。安心するがいい、すべてわたしが面倒を見よう。安心してわたしの花嫁になってくれ」

「えっ、えええええっ？　今、花嫁、って？」

「収入は充分あるから不自由はさせない。わたしの妻として楽しい日々を過ごしてもらえるよう尽力するぞ」

「つ、つまあーっ？」

「小鳥のように可愛らしい妻が空を飛んでやってきてくれて、わたしはとても嬉(うれ)しい」

彼は、春の花の蕾(つぼみ)がほころぶような優しい微笑(ほほえ)みを浮かべながら、わたしにとんでもないことを

言ってくれた！

あまりに驚いたせいで、すっかり涙が引っ込んでしまった。そして、動揺したのはわたしだけではなかった。

「ディアライト殿、そ、それは、今の発言は、プロポーズに聞こえるのですが？」

「ディアライト殿の笑顔……笑った、だと？」

「女性に興味がないという話はデマだったのか？」

「いや、すべての女に対して等しく冷たい、それがディアライト錬金術師長だろう」

「もしや、先ほど頭を強打したのか？」

周りの人からも驚きの声が上がっている。どうやらこの親切なイケメンお兄さんの名前はディアライトさんというらしい。

そして、初対面の女の子へこんなに親切にしてくれるのに、女嫌いだったの？

彼はそんな外野の声をまったく気にしない様子で、わたしを抱く手に少し力を込めて密着しながら「ふざけたことを言う者がいるが、耳を貸す必要などないぞ」と耳元で囁(ささや)いた。

至近距離で見る麗しい笑顔には、とんでもない破壊力があるのですよ！　思わず「はい」といい子のお返事をしてしまいましたよ！

お兄さんは顔を上げると、わたしに対するのとはまったく違う、とても厳しい声で言った。

「わたしのせいで少女の婚前の純潔が失われてしまったのだとしたら、これは大人であるわたしの失態だ。男として責任を取るのは当然のことだろう。なにか異論があるのか？」

あたりが静まり返ってしまった。

いいえ、純潔は失ってませんからね。お兄さんはわたしを受け止めてくれた大恩人だから、失態なんかじゃありませんよ。責任とか義務感でプロポーズなんてされても……悲しいだけです。

そう言いたいのだけれど、妙に迫力があるから言いだせない。

わたしが凍りついていると、優しい笑顔に戻ったお兄さんが「ん？」と目で問いかけてきた。

もしや、二重人格なの？

「い、いいえ、なんでもないですっ」

わたしは視線を泳がせ、着地したお姉さんの目に『これ、どうしよう？』と助けを求めたけれど、呆(あき)れたように肩をすくめられただけだった。

はい、これがいわゆる自業自得というやつなんですね。

「お話の途中ですみませんが、この部屋は冷えるので早くお部屋に案内をお願いします。詳しい相談は暖かいお部屋でどうぞ」

落ち着いた様子のお姉さんが指示を出してくれたので、わたしは「え？　え？」と固まりながらディアライトさんに抱っこされて、石造りの部屋を後にした。

「あの、やっぱり歩けそうなので下ろしてもらえますか？」

恐る恐るお兄さんにお願いしたけれど、美しい笑顔と一緒に「未来の妻をこの手で抱くことは、男の幸せだと思う」と小さな声で囁かれてしまった。

どうしよう、パニックになっちゃった勢いで、適当なことを口にしたのだとは今さら言いだせない。

なんだか自分が詐欺を働いたような気分になってきたよ……。

神さま、さっきのわたしの『お嫁に行けない』発言をなかったことにはできませんか？

異世界からやってきたわたしたちのために用意された部屋は、ソファーとテーブルが置かれたサロンのような居心地の良い場所だった。ふかふかの絨毯が敷かれていて、部屋の中はもちろん暖かく、お尻にも優しい。

今わたしは、三人がけのソファーの真ん中にふっかりと身体を預けている。座り心地の良いソファーなのに落ち着かないのは、一緒に座るふたりのせいだ。

わたしの右には聖女のお姉さん、そして左には緑の髪と瞳をしたディアライトさんが座っている。このふたりはウマが合わないのか、さっきから嫌な感じのオーラをお互いに飛ばし合っているのだ。お姉さんがお兄さんの美貌にまったく心を動かさない様子がすごい。わたしにはとても真似ができない。同じ高校のカッコいいと評判の男子とすれ違うだけで、緊張のあまりに手のひらに汗をかくほどなのだから。自慢じゃないが、男子とのコミュニケーション力には自信がないのだ。聖女に選ばれたお姉さんには、強い精神力とコミュニケーション力があるようで羨ましい。

正面に座るのは、四十代くらいに見える国王夫妻。

そして他に同席しているのは、黒いおひげの宰相のおじさんと、神官長と副神官長だという、おじいさん寄りのおじさんとほんわかイケメンのお兄さんと、騎士団長のゴツい系筋肉おじさんっぽいお兄さんと、防御魔術師団長のお兄さんと攻撃魔術師団長のお姉さん。美男美女だ。

「それでは、わたしたちも簡単に自己紹介をいたしましょうか？」

その場を仕切るのは、聖女のお姉さんだ。

この部屋に来る時に「おお、君は十七歳なんだね。わたしの半分以下の年齢かあ……青春だなあ」と遠い目をしていた。あと「わたしはバリキャリってやつだよ」とも言っていた。

「わたしの名前は大山奈都子(おおやまなつこ)です。ナツコとお呼びください。会社の帰りに事故で亡くなるところを、日本という国の神さまに救われて、このルニアーナ国の聖女の仕事を紹介していただきました。なかなかのやりがいが感じられ、しかも人々に求められている仕事ということなので、これからに期待しております」

待って、それじゃあまるでハローワークか転職エージェントだよ？

「神さまよりおおまかな業務内容のレクチャーを受けており、内容は把握済みです。可能ならば、明日からさっそく勤務に就きたいと考えております」

「あっ、はあ、それは大変助かります」

やる気満々のバリキャリお姉さんに、神官長のおじさんは押され気味である。副神官長だという穏やかそうなお兄さんは「それは頼もしいですね！」ととても嬉しそうだ。もしかすると、奈都子お姉さんが来たことでお兄さんの仕事が楽になるのかもしれない。

「王都の付近に気になる瘴気溜(しょうきだ)まりがあるので早急に対応するようにと、神さまより忠告をいただいております。そのあたりから取りかかっていけばよろしいと判断しましたが……詳しいスケジュールは、僭越(せんえつ)ながら新参者のわたしが立てさせていただいてもよろしいですか？」

「あっ、そうですね、はい」

「ご理解いただきまして恐悦です」

「いや、こちらこそ、はい」

神官のおじさんは、お姉さんの勢いに呑まれて頷き人形と化している。

そこまで話すと、今度はお姉さんが『自分で言える？』というように、わたしの顔を見たので、続いての自己紹介に挑戦する。

「あ、あの、わたしは中峰理衣沙っていいます。十七歳の女子高生です、ええと、ちなみに理衣沙っていうのが名前ですので、そっちで呼んでください。事故で命を落としそうになり、ご近所のお稲荷さん、その、稲荷大明神っていう名前で呼ばれている神さまに助けてもらいました」

わたしの話を聞いて、みんなは「それは危ないところでした」「神さまのご加護をいただけて、幸いでしたね」と優しく声をかけてくれた。

「ならば、わたしはその神に感謝の祈りを捧げなければ。可愛らしい花嫁をこの世界に送ってくれてありがとうと、心からの感謝を」

隣のイケメンが、わたしの髪を指ですくいながら嬉しそうに笑ったので、わたしも「あはは」と硬い笑いで応えた。

「あ、ありがとうございます。そこの眷属……神さまのお手伝いをしている狐の女の子が、わたしを暮らしやすくて安全な世界に送ってくれようとしたのですが、なにか手違いがあったみたいで、ここに落ちてきた感じで……ごめんなさい、わたしには奈都子お姉さんのようなすごいお仕事はできないかも……」

働かざる者食うべからず、なんて言われたらどうしよう？　食器洗いくらいならできると思うけど……あとは、畑のお手伝いとかかな。でも、園芸と農業は違うから、あまり役に立たないかもしれない。

「リーサさま、お気になさらず」

「まだ成人前なのですから、大丈夫ですよ」

優しい人ばかりで、わたしを気遣ってくれた。

「なにを言っている。リーサ……なんて愛らしい名前なのだ。君はわたしの隣で笑っていてくれればそれでいいのだよ？」

お兄さんはひとりでロマンチック街道を驀進しているよ！

わたしの背中を、奈都子お姉さんが優しく叩いて「そんなのは気にしない。理衣沙ちゃんはまだ学生なんだからね、お勉強するのが仕事だよ」と言ってくれた。

「おかしいと思ったら、手違いってやつでここに来ちゃったのかあ……。理衣沙ちゃん、ごめん、ちょっと真面目に説明するよ。実はこの世界は日本みたいな安全な国じゃないんだよね。魔物とのシビアな戦いがあるんだって。瘴気っていう毒ガスみたいなものが出てくる場所があって、そこから魔物が湧いてくるらしいよ」

「シビアな戦い？　魔物って、お化けがいるんですか？」

「そうだよ。凶暴な、猛獣よりもタチの悪いヤツらしいよ。それで、魔物と命がけで戦う人たちがたくさんいるんだって。安全とはとても言い難い世界だよね。だから、理衣沙ちゃんは、神さまにとんでもない手違いをされちゃったわけだ」

「ええっ、怖い……」

「聖女殿、わたしの花嫁を必要以上に脅かさないでもらいたい！」

「ひょっ」

ディアライトさんが素早くわたしを抱き上げて膝の上に乗せたので、びっくりして変な声が出てしまった。

「リーサの身の安全を守るのもわたしの役目だから、安心しなさい。一指たりとも魔物に触れさせはしないから」

「あ、はい、ありがとうございます……？」

顔を引き攣らせていると、お姉さんがわたしをイケメンからもぎ取ってソファーに座らせた。

「ちょっとあなた、若い女の子にべたべたしないでよ、馴れ馴れしすぎるんじゃない！　日本だったら通報されてるわよ」

「わたしの花嫁だ」

「勝手に決めない！　顔がよければなにをしてもいいと思ったら大間違いだよ」

おお、お姉さんも顔がいいことは認めてるんだね。

「理衣沙ちゃん、わたしが聖女になったからには、この世界も日本みたいに安全にしてみせるよ。神さまの話によると、他の世界へ行く人間には、かなり大きな力を使えるように加護を与えることができるんだって。わたしにも聖女としての力がもりもりに盛ってあるから、頼りにしてよ」

親指をグッと突き出していい笑顔で断言してくれた。

「奈都子お姉さん……ありがとうございます」

イケメン系女子なのかな。頼りがいがありすぎる。

「ってことで、同じ日本人のよしみで、わたしが理衣沙ちゃんの面倒を見ます」

「いや、リーサの後ろ盾にはわたしがなる」

お姉さんは眉根を寄せて「はあ？」とお兄さんを睨んだ。

「わたしはこの国の錬金術師長、アランフェス・ディアライトだ。異世界の神から託されたリーサの後ろ盾になるのにふさわしいと思う。そうだろう、神官長？」

「はあ、確かに、ディアライト閣下は実力が確かなこの国の重鎮ですな。リーサさまの強い味方になると思われます」

緑色がチャームカラーのイケメンであるディアライトさんは、まだ二十代くらいに見えるんだけど、国の代表者として聖女の出迎えをするくらいだから、かなり偉いらしい。

ディアライトさんは、うっすらと笑ってお姉さんに言った。

「聖女ナツコには任務に専念してもらいたいゆえ、リーサについてはわたしに任せてもらいたい」

同じような笑みを浮かべて、お姉さんが答えた。

「いえ、同じ日本人であるわたしが保護者になった方が理衣沙ちゃんも心強いかと」

やだ、このふたりの笑顔、なんか怖い。

わたしは迷子の子犬のようにぷるぷる震えながら、ふたりの間に挟まっていた。『わたしのために争わないで状態』だけど、想像していたのとなんか違う。

「しかし、聖女の仕事は出張も多い。騎士団の遠征に同行することもあるだろう。王宮の錬金術省に常駐するわたしの方が、リーサの世話をするのに適切だ」

「それはまあ、そうだけど……初対面の女の子に結婚を申し込むなんてことは、わたしたちの国では非常識な考え方なんだよね」

「わたしは、先ほどの責任を取らねばならない。このままでは、リーサが結婚できなくなってしまうのだろう？」

「あー……」

口ごもった奈都子お姉さんがわたしを見たので、すっと視線を逸らした。

「だがもちろん、彼女の将来については本人の意思を尊重しようと考えている。この国の生活に慣れてから、わたしとの結婚話を本格的に進めるつもりだ」

「ちょっと信じられないね。手放す気が全然ないように見えるけど？　同郷者として、会ったばかりのわけがわからない男に理衣沙ちゃんを任せられないな」

「わたしはこの国の錬金術師長の地位に就いているのだから身元はしっかりしているぞ。わけのわからない男などではない」

　わたしを挟んで、お姉さん対お兄さんの激しい攻防が繰り広げられてしまい、間に座ったわたしはタオルを顔に押し当てて、ありがたいけど少し困っていた。

　この感じには覚えがある。両親が亡くなった時に、祖父母と親戚のおじさんおばさんがわたしの処遇について話し合っていた時だ。突然の事故でみんなのテンションがおかしくなっていたのか、わたしのことを心配するあまりにヒートアップしてしまい、幼いわたしは「喧嘩しちゃ嫌だああああーっ」と泣き叫んだんだっけ。このふたりもきっとそうなのだ。

　初めて会ったわたしのことを、こんなに心配してくれる人がいる……。

　異世界にやってきた不安が、ちょっぴり軽くなった。

　感謝の気持ちを込めてお兄さんの顔をちらっと見上げたら、目が合ってしまった。

「大丈夫、心配するな。君はわたしが守るから」

ヤバい、笑顔が甘すぎて緊張する。顔もセリフもイケメンすぎる。

お兄さんは、わたしの手に軽く触れてから言った。

「実はリーサから神力を感じるのだ。もしかすると、リーサには錬金術師としての素質があるかもしれない」

えっ、それはなに？

「神力って……」

お姉さんは顔を引き攣らせて「やだ、口から感じたの？　変態」とお兄さんに気持ちの悪い虫でも見るような視線を向けた。

「手からだ！」

変態と言われたお兄さんは怖い顔をした。

「わたしは変態ではない！」

「だって、理衣沙ちゃんはまだ十七歳なんだよ？　日本なら、おっさんが手を出したら犯罪だよ」

「十七歳ならばルニアーナ国では結婚していてもおかしくない年齢だ。ちなみにわたしは二十二歳だから、まだおっさんとは呼ばれたくない」

「えっ、嘘でしょ！　あなたかなり老けてない？」

お姉さん、はっきり言うね！

「失礼な聖女だな！　そういうナツコ殿はおいくつなのだ？」

「……」

うわあ、女性に言ってはならないことをあえて言ってしまうとは、お兄さんもなかなか好戦的ですね。

「あ、あのですねー」

険悪な空気をなんとかしたくて、わたしは恐る恐る口を挟んだ。

「実はわたしは、神さまから特別な加護をいただいたんです。詳しいことはわからないんですけれど……こちらに来る時にばたばたしていて、説明を聞く時間がなかったので」

それまで『やれやれ』といった表情で様子を見ていた国王が、驚いたように言った。

「もしや、そなたも神の加護を持っているのか？　しかも特別な加護とは……」

「それって特殊技能のことかな？　わたしも『浄化』とかをもらったんだけど……理衣沙ちゃんの加護はどうしたら確認できるんだろうね。知りたいね」

副神官長のお兄さんが「それならば、神託の石板をお使いになるといいと思います」と言った。

「すぐに持ってきなさい」

宰相のおじさんが副神官長に命じて「もしかすると、我が国に役立つ能力を持っているのかもしれんな」と呟いた。

石板がやってくるまでわたしの両隣が一時休戦状態になったので、そっとため息をついた。


「お待たせいたしました」

「わあ、綺麗」

石板というから、なんとなく古びた感じのグレーっぽい石の板を想像していたのだけれど、副神官長さんが持ってきたのは、半透明でオパールのような遊色（虹色にキラキラ光るアレだ）が見られる、宝石の塊と言っていいほどの美しいものだった。

「これは、上に手を置くと、その人物に与えられた神の加護がわかるという神器だ。わたしの力はこれだ」

ディアライトさんが石板に手を乗せた。石板の上には『魔力（特大）』『錬金』『鑑定』と出ている。

「わたしは錬金の力と、錬金術に役に立つものを鑑定する能力を持つのだが、手で触れることにより他人の持つ能力もおおまかにわかる。だから先ほど、リーサが持つ神力を感じたのだ」

「……なるほどね。君は自分が変態ではないと言いたいわけだな」

まだ疑わしげな目で、お姉さんがディアライトさんに言った。また睨み合いになったら嫌なので、わたしは恐る恐る口を挟む。

「あのう……わたしもやっていいですか？」

「先に使ってすまなかったな。リーサのための石板だというのに」

ディアライトさんは、わたしの前にそっと石板を置いてくれた。

「いえ、全然、大丈夫です」

ディアライトさんの緑の瞳と甘く響く低い声にまたしてもドキドキしながら、わたしは右手を乗せた。すると石板に『神力』『箱庭』という表示が現れた。それを見たディアライトさんは「魔力はないが、やはり神力がある。神の加護もあるようだ」と頷いた。

「神力っていうのがお稲荷さんがつけてくれた力？　箱庭ってなんだろう？　庭いじりに関係する力だって言っていたけど」

わたしは見慣れない単語に戸惑った。

「箱庭……聞いたことのない能力ですな」

神官長さんも、首をひねっている。

「庭を造る能力？　なんの役にも立たない……いや、具体的な内容がわからないうちには判断ができんな」

宰相さんの感想はちょっと失礼な感じがするよ。

「神さまの眷属のお狐ちゃんが、庭いじりを楽しみなさいって言っていた覚えがあるから、これはおそらく園芸関係の能力なのだと思います」

「なるほど。植物を育てることに関係した能力らしいですね。詳しいことがわかったら、ぜひ教えてください」

神官長さんに言われたので、わたしは「はい」と返事をしておいた。

神官長さんは国王に向かって言った。

「拝見したところ、リーサさまには聖女としての仕事をするための能力はないようです。しかしながら、異世界の神の加護をお持ちの稀有(けう)なお方です。陛下、リーサさまは大切な客人として、国が責任を持ってもてなした方がよいでしょう」

「うむ」

国王陛下が頷いた。

「陛下、なにが役立つかわからないし、仮にも神の加護なのだから強力な力かもしれないですね。これは……」

宰相が国王になにかを言っているけれど、聞こえない。

こちらに目をやりながらひそひそ話されて、少し嫌な気分がする。わたしのことを取るに足らないお子さまだと舐めているのが伝わってくる。

ここの世界の人たちがわたしの味方なのか敵なのかわからないから、警戒しておいた方がいいかもしれない。人は見かけによらないし、いい顔をして近づいてくる悪人がいるから騙されちゃいけないよっておばあちゃんも言っていたしね。

「それならば、わたしが責任を持ってもてなそう」

ディアライトさんが胸を張って宣言する。

ちょっと空気が読めない感じもするイケメンさんだけど、この人は味方になってくれそう……って、違った意味で『いい顔』に騙されちゃってる？

やる気を出すディアライトさんを見て、奈都子お姉さんは「強引な坊やねえ……」と呆れたように言った。

「錬金術師長さん。節度ある態度で、責任を持って理衣沙ちゃんの面倒を見てくれると誓えるかな？」

「もちろん、誓う」

おお、お姉さんが折れたようだ。これでわたしは、イケメン錬金術師のお世話になることが決まった……けど……。

『こんなイケメンと毎日接したらわたしの心臓が持たないかもしれない問題』が発生した！

「では、リーサはわたしの屋敷に招いて……」

「それは駄目。嫁入り前の理衣沙ちゃんが独身の男性と暮らすと、名誉が傷ついてしまいます。なので、王宮に居住してもらいたいと思います」

このお姉さんはきっといい人だと思うよ。

わたしは「そうしたいです」と言って、お姉さんに何度も頷いた。

「……そうね、あなた、ナオミさんっていったかしら？」

お姉さんは、さっきからお茶の用意をしたり、わたしのタオルを交換したりと面倒を見てくれている黒髪の侍女さんに声をかけた。

「はい、わたしの名はナオミ・ゼンダールです。この国の宰相であるゼンダール公爵の三女でございます」

「そう、よろしくね。この場にいるということは、あなたはおそらく、わたしの侍女として選ばれたのだと思うのだけれど」

「その通りでございます」

「可能ならば、理衣沙ちゃん付きに変更してもらえるかしら？」

わたしは日本人に顔が似ている美女を見た。するとナオミさんは少し考えてから「はい、聖女さまがそうおっしゃるのなら、喜んでリーサさまにお仕えさせていただきますわ」と言った。

父親である宰相さんは、ちょっと難しい顔をしながらひげを触っていたけれど、ナオミさんに「よかろう」と頷いた。

「理衣沙ちゃん、ナオミさんはおそらく日本と関わりがある人だよ。宰相さんもそうだけど、顔のつくりが日本人に似ているんだよね。もしかすると、先祖に日本人がいるんじゃないかな？　まったく無関係な人より、ナオミさんに側にいてもらった方が落ち着くと思うよ」

「えっ、そうなんですか？　だから親しみを感じたんでしょうか」

わたしが顔をまじまじと見ると、ナオミさんは「親しみを持っていただけるなんて、それは嬉しいですね」と微笑んだ。

「聖女さま、さすがでございます。確かにゼンダール家は、遠い昔に異世界にある『ニホン』という国からこの世界にやってきた、サムライなる職業の男性『コサブロー』が手柄を立てて興った家ですわ」

「サムライ！　昔の人も日本から異世界に転移していたんだ！　驚いたな」

だからナオミさんを見るとほっとしたのかな。

でも、宰相さんにはあまり親しみを感じないんだよね。なんだか企んでいるような雰囲気があるからだと思う。

「遠いニホン国からいらしたまだ幼いリーサさまのお味方になれるのならば、ゼンダール家の者としてこれほど嬉しいことはございません。お側でお仕えできればと思います」

娘であるナオミさんの言葉を聞いて、なぜか宰相さんが渋い顔をした。

わたしの勘にすぎないけれど、奈都子お姉さんとディアライトさん、そしてこのナオミさんは信用してもいい気がするよ。

「でも、いいんですか？　奈都子お姉さんのための侍女さんなのに……」

「大丈夫だよ」

お姉さんが言った。

「わたしはさ、仕事でさまざまな国の人たちと関わってきたから、人種や国籍の違いなんてたいして気にならないんだよね。だから、誰が側仕えになっても割と平気なんだよ。でも、理衣沙ちゃんは違うでしょ？　異国どころか異世界に来ちゃって心細いだろうけど、同じ日本人の血を引くよしみでナオミさんがいてくれたら安心だろうし、きっと味方になってくれるよ。そうでしょう、ナオミさん？」

「はっ、聖女さま！　ナオミ・ゼンダール、我が先祖コサブローの名にかけて、この命に代えてもリーサさまをお守り申し上げます！」

「わあ、びっくりした」

ナオミさんが、ずさっと絨毯に片膝をついたので、思わず声を上げてしまった。

あれ、まさか、コサブローさんって将軍のお庭番だったとか……じゃないよね？

「ナオミ、リーサさまにしっかりとお仕えなさい。そして、困ったことがあれば、なんでも、わたしに、『必ず』報告するように。わかったな？」

宰相さんがそう言うと、ナオミさんは「……はい」と言葉少なに答えた。

こうして、わたしはルニアーナ国の王宮の一室で、ナオミさん率いる侍女&メイド軍団（なんか、総勢で十人を超えるんだよね……わたしはお姫さま扱いをされるみたい）に面倒を見てもらいつつ、ディアライトさんに後見してもらうことになった。

サロンでの話し合いが終わると、奈都子お姉さんはムッとした表情のイケメン錬金術師にざくざく釘（くぎ）を刺してから「理衣沙ちゃん、ごめんね！　わたしにはすぐに浄化しなくちゃならない、急ぎの案件があるんだ。なるべく早く帰ってくるからね。なにか困ったことがあったらナオミさんに相談してね」と、ディアライトさんをまるっと無視して仕事に行ってしまった。

「……ええと、ディアライトさん、よろしくお願いします」

わたしが頭を下げると、彼は「そんなにかしこまる必要はない、わたしたちの仲ではないか」と言った。いやいや、どんな仲ですか、さっき会ったばかりですよね。

「リーサ、今日はいろいろなことがあって疲れただろう。これからの生活については、明日、相談に乗るから、今日は部屋に行ってゆっくり休むといい」

「あ、はい、そうします」

「そうだ、好きな花はなにかな？　ふたりの運命的な出会いを記念して花を贈ろうと思うのだが」

「あの、お気持ちだけで……」

「わかった、わたしの心を込めた花を選んでおこう。ふふっ、こういうのは楽しいものだな」

頬を染めて笑うイケメンが可愛くて癒（いや）される……いやいやいや、違うから。こんなことで絆（ほだ）されちゃ駄目だ。

「リーサの趣味はなんだ？　わたしは新しい魔導具を作ることだ。新型の銃の試し撃ちとかワクワクするな。この国が平和になったらあまり物騒でない魔導具作りもできるから、リーサが喜びそうなものを発明しよう。夫から妻への手作りのプレゼントというわけだな……うむ、いい、実にいい」

「あ、そ、そうですか。ええと、わたしは植物を育てるのが好きです」

「植物……そうか、錬金術省では薬草を育てているぞ。あれは役に立つ植物で、花も綺麗に咲くから一緒に見に行かないか？」

「あ、はい」

とっても前のめりなディアライトさんを、ナオミさんが止めてくれた。

「師長閣下、リーサさまはお疲れですので、そろそろお部屋に……」

「わかった」

「きゃ」

背の高いディアライトさんは腰をかがめると、素早い身のこなしでまたわたしをお姫さま抱っこしてしまった。

「わたし、ひとりで歩けますので……」

「疲れているのだろう、わたしに甘えなさい。ははっ、リーサは小鳥のように軽いから肩にも乗せられそうだな」

「肩は遠慮します！」

文鳥みたいになっちゃうよ。

「そうだ、毎日の朝食を共に取ろう。夕食もだ。都合がつけば昼食もぜひ共にしたいのだが、なにしろ回復薬作りで多忙なため、毎日は難しいのだ。美味(おい)しい食事をしながらお互いのことをいろいろとわかり合おうではないか」

わたしを抱っこしたまま、とても楽しそうなディアライトさんはそんなことを話し、案内の女性に続いて廊下を歩いていった。

「ここがリーサの部屋か。まあまあだな」

まあまあどころか、めっちゃ豪華で広いんですけど！　ソファーとテーブルがある部屋だけど、クリスタルガラスがキラキラ光るシャンデリアが下がっているし、高級なホテルのロビーみたいな雰囲気だ。

「閣下、リーサさまをこちらのソファーにどうぞ。そして、お忙しいのでございましょう？　どうぞお仕事にお戻りくださいませ」

「ううむ……」

「ご一緒のお食事ができなくなりますわよ」

「それは困る」

　少し残念そうな様子のディアライトさんはわたしをそっと座らせると、なぜか頭をいい子いい子と撫でてから「リーサ、すぐに戻るからな。寂しくなったらわたしを呼ぶのだぞ」と言って仕事に戻っていった。錬金術省というのは忙しい職場のようだ。

「ふう。リーサさま、いろんな意味でお疲れでしょうから、ゆっくりされてくださいね。お茶の用意をいたしますわ」

「ありがとう、ナオミさん」

　侍女さんたちとナオミさんがお茶とお菓子を用意してくれたので、ソファーに身体を預けながらひと息ついた。

「ディアライトさんはとても忙しいんですか？」

「はい、そうですわね。錬金術省では、前線に補給する薬を作ったり、魔物を退けるための道具を作るためのお仕事をしていて、そこの長であり才能ある錬金術師であるディアライト閣下は大変お忙しいんですよ」

日本でいったら文部科学省大臣、さらに厚生労働省大臣みたいな感じなのかな。

「真面目な人物ですが、なんというか……」

ナオミさんは言い淀んでから「ともかく、彼は信用に値する人物だと思います。良い方に後見についてもらえて、よかったですね」と微笑んだ。

「そうなんですね。そんなに忙しい人なのに、わたしなんかにかまっている時間があるのかな」

「ふふふ、殿方には癒しの時間も必要なのでしょう」

「癒し？　なぜ癒し？」

ナオミさんは、意味ありげに笑うだけだった。

自分でも気がつかないうちに緊張していたみたいで、ほっとしたらすごく眠くなってきた。心身共にかなり疲労していたわたしは「リーサさま、横になった方がよろしいですわ」とナオミさんに勧められて、豪華なベッドルームでお昼寝をさせてもらうことになった。日本を発ったのは夕方だったけれど、こちらではまだ午後なのだ。

時差ボケがまったくなくて助かったよ、お狐ちゃんありがとう。

ベッドに横になると、遠慮しないでとにかく爆睡した。人間、眠れる時に寝て食べられる時にしっかりと食べるのが一番大事なのだと、おばあちゃんに言われたからだ。

おばあちゃん……今頃は別の世界で楽しく過ごしているかな……。

『理衣沙よ安心するがよいぞ。あのふたりは安定のラブラブカップルとなっておるわ』

寝入りばなに、そんなお狐ちゃんの声が聞こえたような気がした。

錬金術のお仕事

昼寝の予定だったのに、わたしが目を覚ましたのは翌朝であった。ごはんも食べず、お風呂にも入らずに爆睡してしまった。これはたぶん、寝心地の良いベッドのせいである。

「お布団気持ちいい……ええと、ここは、どこだっけ？　……ルー、ルー……ニアーナ？　ルニアーナ国だったかな」

目を覚ましたわたしが最初にしたのは、自分がどうして六畳の和室ではなく、天蓋つきのヨーロッパ風ベッドで寝ているのか、を思い出すことだった。制服を着たままのわたしはしばらく仰向けでぼうっとしながら「異世界に来ちゃったんだよね……夢みたいだけど夢じゃない……」と頭が働くのを待った。

「憧れのセーラー服だったのに、三年間着られなかったな。ちょっと残念だよ」

わたしはベッドの脇にある小さな木のテーブル（円形でおしゃれなやつだ。同じ円形でもちゃぶ台とはわけが違う）の上にベルを見つけたので手に取って振る。するとすぐにナオミさんが入ってきて「おはようございます、リーサさま。ゆっくりお休みになられましたか？」と微笑んだ。

「おはようございます、ナオミさん。いいベッドと清潔なお布団のおかげで、ぐっすり眠れました」

「それはようございました。世界をお渡りになられたのですもの、かなり消耗していらっしゃったのですよ。こちらに、お飲み物と焼き菓子をお持ちいたしました」

わたしはハーブティーっぽい温かな飲み物を飲み、スコーンにジャムをつけて食べパウンドケーキを頬張ってから、部屋についている浴室に案内された。

メイドさんが身体を洗ってくれると言ったけれど、さすがにそれはお断りした。まずはお湯の出し方を、それから異世界シャンプーや異世界リンスや異世界石鹸の使い方を教わって、全身を綺麗に洗ったわたしはバスタブに浸かって身体を伸ばした。

「あー、極楽極楽。いや、極楽に行くところをこの世界に逃げてきたんだったよ。よくわからないけど、周りの人たちがいい人ばかりで助かったな。あと、想像以上にちゃんとしたシャンプーでよかった」

わたしは香りつけのハーブや薔薇の花びら（こっちの世界にも薔薇があったよ）の浮かんだお湯に肩まで浸かって、満足のため息をつく。

ここは中世ヨーロッパ風の世界なのに、独自の文明が進んでいるせいで生活レベルが高いようだ。これは魔術が存在しているからなのだろうか。

「錬金術師のディアライトさんか。ドキドキを通り越して一周回って帰ってくるくらいにカッコよかったけど、どんな人なんだろう？」

背が高くて脚が長くてシュッとした細マッチョで、とびきりの美貌の持ち主。彼の見た目が、おそらくこの国でも特Aランクだということはわかるが、問題は人柄だ。

ナオミさんの話からすると悪い人ではなさそうだし、落下するわたしを受け止めてくれた恩人でもあるから、悪い印象はない。彼のおかげで痛い思いをせずに済んだのだ。

ああ、イケメンの腕に飛び込んで、その後にちゅっと……。

「あわわわわ、思い出さない、思い出さないよーっ！」

わたしは頭をぶんぶんして、記憶を吹っ飛ばそうとした。

他の人にはクールというか、顔が整いすぎているせいか冷酷っぽく見える顔つきをするのに、どういうわけかわたしには、ほんのりと色づいた桜のようなほわっと柔らかな笑みを見せてくれるのも、嬉しいけど不思議である。

なんでかわからないけど……もしかして異世界人が好きだとか？　それとも、ちゅーしちゃったから……って、思い出さないってば！

でも、あんな笑顔を向けられたら、どんな性格であっても問答無用で好きになっちゃうよねー、ヤバいよねー。しかも、人生初のお姫さま抱っこまでされちゃうし、うら若き乙女としては『わたしの運命の王子さまなの？』なんていう勘違いをしそうになるよ。

「わたしに神力があるから、錬金術の研究に役に立ちそうだから……異世界人特有の力を仕事に利用できそうだから、とかかな。あとは……わたしが好みのタイプの女性だったという可能性、いや、それだけはないな、うん、ないない」

きっぱりと否定する。

人に頼る前にまず自分から、だね。しっかりしなくちゃおばあちゃんに叱られちゃう。昨日はみんなの前で大泣きしちゃってとってもダメダメだったから、これからは落ち着いて行動しましょう
理衣沙さん！

「ディアライトさんはこの国で力を持ってそうな人だし、奈都子お姉さんは聖女だし、ふたりに目

をかけてもらえば、とりあえずはなんとか暮らせていけそうだけど、甘えっぱなしってわけにはいかないからね。わたしになにができるかを見つけなくちゃ」

立派な決意をしたわたしだが、お風呂上がりにナオミさんと侍女さんたちの手で、足首までの丈の乙女なドレスを着せられた上に、きゃっきゃと黒髪を結い上げられてしまったので、ちょっと消耗した……。

「綺麗な黒髪ですわね！」

「つやつや～、さらさら～」

「お肌がもちもちのスベスベで、羨ましいですわ。ほんの少し、唇に紅をおさしいたします……ほら可愛い！　絶対可愛いと思ったのよ！」

めっちゃ褒められてるわ。一生分の褒め言葉をいただいちゃった気分である。黒目黒髪で、和風なちんまりした顔がウケてるのかな？

お姉さんたちの目に『着せ替え人形、ゲットだぜ！』って書いてあったよ。お貴族のお嬢さまっぽい口調がどんどん崩れていったよ。

そして、すべてが終わって鏡を見ると、なんということでしょう、いつもよりも五割増しくらいに可愛くなったわたしが映っていたのです。侍女の本気、見せていただきました。

「リーサさま、参りましょう。とってもお可愛らしいですわ」

「えへへへ、そうかなあ。お姫さまみたいにしてもらえて嬉しいです」

編み込みした髪を後ろに結んで、手編みレースの白いリボンが飾られて、朝の身支度ができると、照れながらにこにこ（ニマニマじゃないからね）しているわたしはダイニングルームへと案内された。

どうやらわたしに用意された部屋には、リビングルーム、ダイニングルーム、寝室、衣装とメイクのためのファッションルーム、お付きの人たちが控える部屋、それにお風呂とトイレがあるらしい。日本のマンションとは違ってそれぞれがかなり広いので、トータルの広さは都会のマンションだと……すごく豪華なマンションだとしても、四室分くらいかな？　もっと広いかもしれない。とんだゴージャスさまである。

賓客をお迎えする客間らしく、ふんだんに装飾がされた家具やら天井やらの贅沢(ぜいたく)な内装に驚いていると、ナオミさんが「こちらは国外からいらっしゃる大切なお客さまもお泊まりになられる、王宮で一番良いお部屋なのですよ」と教えてくれた。

ちなみに奈都子お姉さんは聖女専用の別邸が王宮の敷地内に建てられていて、そこに住むらしい。

わたしはお姫さまファッションに着飾ってもらった自分の姿を見て『お稲荷さんの加護があるから、王族と同じ扱いなんだろうな』と、改めて日本にいるお稲荷さんとお狐ちゃんに感謝をした。

普段は安いジーパンしか穿(は)いてなくて、セーラー服のひだスカート以外のスカートには縁のないわたしなので、お姫さまドレスを着ると少し恥ずかしい。照れる。落ち着かない。でも、おなかは空(す)いている。

「ディアライト錬金術師長閣下は、すでにお席に着いていらっしゃいますわ」

閣下だって！　カッコいいな！

閣下って呼ばれる人を初めて見た。とても偉い人なんだなと、改めて思った。

ヒールは低めだし、バンドで固定をされているから決して歩きにくくはないのだけれど、履き慣れないパンプスは不安定だ。着慣れないふんわりと広がったドレスのせいで緊張もしているので、こけないようにナオミさんに手を取ってもらいながら、ゆっくり歩いてダイニングルームに行った。マンション四室分だから、意外と遠いのだ。

部屋の中に入ると、そこには八人くらいで食事ができそうなダイニングテーブルが置いてあった。焦げ茶色の木製のテーブルには彫刻が施されていて、重厚なデザインがさすがは身分の高い人たちが使用するもの、という雰囲気を放っている。

そして、素晴らしいインテリアに負けないくらいにゴージャスな美貌の男性がテーブルに着いていた。

「ディアライトさん、おはようございます」

彼は目を見張ってわたしを見て、それから両腕を前に伸ばした。

「……なんですか？」

「胸に飛び込んでくるのではないかと思って」

「き、昨日のは、事故ですから」

わたしはなんだか恥ずかしくなって、もじもじした。

「昨日のリーサも可愛かったが、ドレス姿もまた一段と可愛い……くうっ」

なぜだかディアライトさんも怪しくもじもじしている。わたしからもじもじがうつったのかな？

数秒身悶（みもだ）えた後に、顔を元のようにキリッとさせたディアライトさんが口を開いた。

「おはよう、リーサ。昨夜はよく眠れたか？」

口元にほのかな笑みをたたえた彼は、朝から完璧に美しい。

「はい、おかげさまで、ゆっくりと休ませていただきました」

「それはよかった」

やっぱり今日も優しそうに思えるイケメンに、わたしは朝の挨拶をする。

ナオミさんが椅子までエスコートしてくれたので、ドレスのスカートの扱いに戸惑いながら用意された席に着く。

「膨らんだスカートって初めてなんで、扱いがうまくないんです。見苦しかったらごめんなさい。あと、こちらの習慣とかまったくわからないので、ディアライトさんに失礼があったらすみません」

わたしが謝ると、彼は顔を横に振って言った。

「大丈夫だ、リーサの祖国とルニアーナ国では、いろいろ違いがあるかもしれないが、それはおいおい覚えていけばいいいし、わたしに対しては堅苦しい作法などは無用だ……リーサ」

「はい？」

彼は席を立つとわたしの前に来て、右手を取った。

「昨日の服装も異国情緒が溢れてよかったが、今朝は一段と魅力的だな。着慣れていない様子が初々しいのもまた可愛い」

「……はいっ？」

ディアライトさんが、にっこり笑って「我が国の衣装に身を包んだリーサの姿があまりにも愛らしかったので、一瞬言葉を失ってしまった」と言って、右手の甲に唇を寄せた。

そして、驚くわたしの頬を軽く撫でて「朝から可愛すぎるのだが」と笑うと席に戻った。

うおぅい！　これがルニアーナ式の朝の挨拶なのか！

びっくりしちゃったなあ、もう。侍女さんたちだけでなく、ディアライトさんからも朝からものすごいリップサービスが来ちゃったよ。

この国の男性は紳士なんだな。

あ、紳士だけじゃないね。ということは、この国のマナーに従ってわたしももっとみんなのことを褒めなくちゃいけない、ってことだよね。

「……あ、ありがとうございます」

社交辞令だとわかっていても、顔が熱くなる。

これからきっと、異世界から聖女にくっついてきたわたしは、こういうリップサービスを浴びるように受けるんだろうな。いちいち反応しないように気をつけないとね。

あと、ナオミさんはどうして「ええっ？　笑っただけでも大事件なのに、あのディアライト閣下が女性を褒めるとは……」って変な顔をしているのかな。

緊張すると口数が多くなってしまうわたしは、照れくささもあってディアライトさんに言った。

「ドレスが似合うと言ってもらえて嬉しいです。そういうディアライトさんも、朝から爽やかで、光り輝くようにカッコいいですね！　昨日の、制服っぽい服装もよかったですが、シンプルなシャツ姿もお似合いです。ドキドキして朝ごはんが食べられなかったらどうしようかな？　なーんて言いつつ、おなかがぺこぺこだからお代わりしちゃいそう！」

えへへ、と笑いながら言うと、超絶イケメンのお兄さんは目を見開いて「そうなのか？　ありがとう。わたしはリーサに良い印象を持ってもらえているのだな、ほっとした」と言ってから、片手で顔を覆い隠した。

「か、可愛いぞ、可愛すぎて凶悪なくらいだが……気をしっかり持つのだ、アランフェス・ディアライト！」

あれれ？　ディアライトさんの耳が赤い。

わたしと違って、褒められ慣れていそうなのにな。

「まあ、その……おなかがぺこぺこなのか。リーサには美味しいものをおなかいっぱいに食べてもらいたいと思う」

「ありがとうございます。さっきいただいたお菓子もすごく美味しかったし、期待しちゃいます」

「それは幸いだ。食は大切だからな、この国の食事がリーサの口に合うとわたしも嬉しい」

「ご親切にありがとうございます」

「後で王都にある人気の菓子屋から、おやつを取り寄せよう」

「おやつの心配までしてくださって、ありがとうございます！　わたし、食べ歩きも好きです！」

「よし、店を調べておこう。まずは朝食を楽しんでくれ。お代わりも好きなだけするといい。なんならわたしが食べさせてあげよう」

「ありがとうございます、楽しみにしています」

ディアライトさんには、乙女心だけではなく胃袋までつかまれてしまいそう……って、最後、なんて言った？

「あ、大丈夫です、自分で食べられますから」

わたしは席を立とうとしたディアライトさんを止めた。

「そうか……それは残念だ」

残念なのか！　この国の常識とかマナーがいまひとつ呑み込めないけれど、女性に優しいのは確かなようだ。

「では、いただきまーす」

わたしが並べられた料理を見て「美味しそう」と喜んでいると、ディアライトさんも「たくさんお食べ、小さいお口のわたしの小鳥ちゃん……鶏料理も美味しいぞ」とにこにこしている。

控えているナオミさんは「閣下が別人のように甘々になっている……なにかがおかしいわ……もしやこれは、リーサさまの持つ秘められた力なのかしら？」と呟いていた。

「たくさん食べられて偉かったな」

「おなかがぽんぽこりんになって動けません！」とひっくり返りそうになるわたしに、ディアライトさんが優しく言った。そして、頭まで撫でられてしまった。ごはんをたくさん食べただけでこんなに褒められるなんて……この国は住みよさそうだ。

「ソファーまで運んであげよう」

「いえ、だいじょう……」

返事をする前に抱っこされてしまった。

「ありがとうございます、でも歩けないほどは食べていません」

笑顔でスルーされた。

「食休みをたっぷりし終えた頃に迎えに来るから、それまでゆっくりしなさい」

「はい……」

片手を上げて去っていくディアライトさんの後ろ姿がカッコよくて、目で追ってしまった。

優しくてカッコいいとか、最高じゃない？

でも、過保護がすぎるんだよね。


「ふう、おなかいっぱいすぎる……」

リビングのソファーでナオミさんにドレスのウエストを緩めてもらったわたしは、だらりと背もたれに身体を預けた。

昨晩、一食を抜いてしまったので空腹が極まっていたわたしは、目の前に運ばれてくる朝食……野菜のポタージュスープとか木の実とレーズンとクランベリーが焼き込まれたパンとかふんわりと焼かれたオムレツにぷりぷりの焼きソーセージなどを、たっぷりといただいたのだ。

ディアライトさんとの食事は予想以上に楽しかった。

「花を上手に育てて、リーサ専用の庭園が造れるのかもしれないな。ぜひ見てみたいものだ」「箱庭というものがわたし専用のお庭だったら、素敵ですね」などと楽しくお話をしていたら、ますます美味しく食べられてしまった。

「まさかのデザートに到達できないという、このふがいなさよ……ああ、無念なのです……」

デザートどころか食後の紅茶も入らなかったのである。

「リーサさま、ご安心なさいませ。甘いものはティータイムにお楽しみいただけますわ。こちらは食べすぎた時に良いお茶ですので、よろしかったらどうぞ」

「ありがとうございます」

わたしは身体を起こすと、ティーカップを受け取った。

ナオミさんが、ミントの香りのする緑茶のような不思議なハーブティーを淹れてくれたので、少しずつ飲む。なんとなく胃がすっきりして楽になってきたが、まだまだ動けない。

「ナオミさん、ディアライトさんって、考えていたより親しみやすい人でした」

男性相手にこんなにリラックスして接するなんて初めてだ。しかも、とびきりのイケメン相手なのに。

「……ええ、今朝の閣下は、とても楽しそうに過ごされていましたわね」

ナオミさんは、なんだか歯切れの悪い口調だ。

「今朝……ってことは、普段は違うんですか？」

「あの方の笑顔など、拝見したことはございませんわ」

「嘘でしょ？」

ずっと笑っていて、すごく優しそうな人だと思ったのに。

「あまり他人に親しく接することがない方です。いわゆる『お堅い』というイメージの、仕事熱心な真面目な錬金術師長という評判ですわ」

驚いた。わたしの思うディアライトさんと全然違う。

「もしかして、お仕事の時とプライベートをきっちりと分けてるってことなのかな？　仕事中は厳しくて普段は優しいとか」

「……もしかすると、閣下の本来のお姿はそうなのかもしれませんわね。何度かお見かけいたしましたが、あのような笑顔をお見せになることは今までほとんどございませんでしたので、正直、とても驚いておりますの」

「そうなんですか」

わたしは首を傾げながら、頼りになるお茶を飲んだ。だいぶ効いてきて、おなかが楽になった。

「本日のリーサさまのご予定ですが、王宮の建物を見て回ってから、リーサさまに向いている可能性がある錬金術省の見学ということになっております。後見をするディアライト閣下が長を務める場所ですね」

「そういえば、わたしには『神力』っていうものがあるってディアライトさんが言ってましたよね。それに錬金術に興味があるので、楽しみです」

日本でも耳にしていた（賢者の石を使って黄金を生み出すんだっけ？）錬金術というものにはロマンを感じる。

「魔力で物質を組み合わせ、さまざまなものを作り出す錬金術ですが、そちらでの重要な業務は回復薬の調合でございます」

「回復薬、ですか？」

錬金術って、薬学に近いものなのだろうか。

「はい。錬金術師でないと作り出せない回復薬は、この世界で一番必要とされているものであると言っても過言ではありません。現在、前線では兵士が魔物との戦闘を行っていて、負傷することも多いのです。そして、魔物から受けた傷は瘴気に侵されているので、特殊な薬でないとなかなか回復しません。そこで、錬金の才を持つ者が、瘴気の影響を受けた肉体を回復させるための薬を作っているのです。ですから、有事にはとても過酷な業務となりますね」

「お薬を作るのが、そんなに大変なんですか？」

「回復薬を作れるほどの錬金術師は、それほど多くないのです。市井でも、薬湯という形で日常使いの薬を調合できる者はおりますが、回復力がかなり劣ったものになるので軍では使えません。そのため、魔物との戦いが激しくなるとどうしても薬が不足してしまうのです。錬金術師の皆さんが泊まり込みで働いて、心身共に消耗なさっているお姿を拝見いたします」

これはもしや、異世界ブラック業務ってやつなのかな？

「でもまあ、結界や防衛拠点を築く防御魔術師団も、魔物に攻撃魔術を放って魔力の限界まで戦う攻撃魔術師団も、身体を張って力で魔物をねじ伏せる騎士団も、命がけの過酷な業務ですわね……どの場所でも、回復薬が不足すると大変悲惨な事態を引き起こしますわ」

みんな過酷な仕事なのか！

奈都子お姉さんが、この世界の暮らしは厳しいと言っていたわけがわかった気がする。

「ですから、『浄化の聖女ナツコ』のご降臨には、皆期待をしておりますし……リーサさまには、この国の癒し担当として、ぜひ気楽にお過ごしいただければと我々は考えておりますの」

それってわたしはペット枠ってことなのかな。

皆さんが必死なのに、『箱庭』なんてのほほんとした力を持ってきちゃってすみません。

「失礼いたします。ディアライト閣下がお越しでございます」

ちょうどいいタイミングでお迎えに来てくれたみたいだ。

「リーサさまの筆頭侍女として、わたしも公の建物まではご一緒させていただきますわね」

そう言うナオミさんを連れて廊下に出ると、制服風の姿に着替えたディアライトさんが待っていた。

「よろしくお願いします」

「ああ。さあ行こう」

ディアライトさんは、わたしに左腕を示した。

「ええと、これは……こけないように、つかまれと？　いえ、大丈夫です、こけません。こう見えてもわたしは足腰がしっかりしているんです」

「足腰……」

イケメン錬金術師は急いで右手で口元を覆ったが、残念ながら「ぶふぉっ」というお美形さまが出してはならない声を漏らしてしまった。

ナオミさんが真っ赤になりながら「違います、介助ではありませんわ。ディアライト錬金術師長閣下が、この国の客人でいらっしゃるリーサさまをエスコートなさるのですよ」と囁いて教えてくれた。

「そうやって賓客であることをアピールして、不要なトラブルを避けるのです」

「了解です。……ディアライトさん、日本では普段エスコートする習慣がないんですっ」

肩を震わせて笑いをこらえるディアライトさんに、赤くなったわたしは言った。

「いや、すまん、足腰が丈夫でなによりだ」

「もう！」

震え方が酷くなるイケメン閣下に体当たりをしようかと思っちゃうよ！

「ええと、右手をかければいいのかな？」

「そうだ」

笑いをこらえて涙目になっているディアライトさんが、震える声で短く言った。どうやらツボにハマってしまったらしい。だが、わたしは悪くない。乙女の勘違いを笑う方がいけないのだ。

わたしは少し高い位置にある（身長がまったく違うので仕方がないのだ）ディアライトさんの腕に、そっと右手を引っかけた。これで慣れないパンプスを履いていても転ばないための保険がかけられたので、安心する。

「リーサ、もしかすると我が国の衣服や靴だと歩きにくいのか？　そういえば、異世界の靴は形がかなり違っていたな。転ぶといけないから、わたしが抱えて連れていこうか」

「いいえ、大丈夫です、歩けます！」

「しかし」

「歩けますってば」

「おなかいっぱいに食べたから気にしているのか？　まだまだ軽いから大丈夫だぞ」

「そうじゃありませーん、ひとりで歩けるって言ってまーす」

わたしは思いきり笑顔でディアライトさんに言って、後ずさった。王宮の廊下をお姫さま抱っこされながら進む勇気は、わたしにはない。

しかし、両手を広げたイケメンが、容赦なくわたしを追い詰めようとする。

「遠慮しなくていい。ほら、来なさい。こーいこいこいこい」

「こいこい言わない！」

その手を避けながら、広い廊下をちょこまかと逃げるわたしは、さながら追いかけられたひよこである。

「ちょっと、ディアライトさん！　面白がってるでしょ！」

「ははは、真剣に逃げるから、ついね。そら、こっちにおいで小鳥ちゃん」

静かな廊下で追いかけっこをするわたしたちを見て、ナオミさんは「なんとまあ、仲がおよろしいようで……」と、遠くを見ながら呟いた。


「まったくもう。ディアライトさんって、面白い人ですね」

追いかけっこが終わったけれど、まだ少し息が弾んでいる。わたしが隣のイケメンを見上げて「えへへ」と笑うと、彼もにこやかな表情で「そうか、そんなことを言われたのは初めてだし、こんなに笑ったのも初めてだ」と言った。

脚の長さが違うのを気遣っているのか、ディアライトさんはゆったりと歩き、その横でわたしが並んでちょこちょこと足を進める。彼がそんなわたしを見て「小鳥歩きだな」と目を細めたので「なんですか、それは」と突っ込みを入れた。

「あ、おはようございます」

「おはようございます、お嬢さん」

行く途中に会って目が合った人に朝の挨拶をすると、隣にいるディアライトさんを気にしながらもみんな挨拶を返してくれた。

「リーサは朝から元気だな」

「挨拶は人間関係の基本だと、うちのおばあちゃん……祖母に教えられました」

「そうか。祖母殿はニホンにおられるのか?」

「いえ、やはり命を失うところを神さまに救われて、別の世界で元気に暮らしているらしいです。もう……会えないんですけどね」

おばあちゃんに二度と会えないと思うと、寂しさが込み上げてくる。

わたしは涙をこらえて、また出会う人に「おはようございます!」と挨拶をした。

「リーサ……」

ディアライトさんが、彼の腕にかけた手の甲を軽く撫でて「リーサにはわたしがいるからな」と言ってくれた。


王宮は王族が暮らす国で最高峰の建物というだけあって、建築様式には詳しくないわたしにも細部まで丁寧に造られた素晴らしいものだと感じた。わたしに与えられた部屋の調度品も品が良くて上質なものが置いてあったが、廊下を歩いていても飾られた絵や花瓶などがどれも芸術品レベルで、美術館とか博物館のような雰囲気がある。そして、舞踏会が開かれる大広間や謁見室、さらには錬金術省や騎士団本部、外務省などの公的な建物に通じていて、外には庭園や森まであった。

「この国の文化は素晴らしいですね」

わたしが褒めると、ディアライトさんは嬉しそうな表情をした。

「ありがとう、リーサ。今は対魔物の戦時下で余裕がないが、職人や芸術家はこの国特有の技術を途絶えさせないように日夜がんばっているのだ」

「……早く平和が来るといいですね」

「きっと来る。聖女殿ががんばってくれているからな」

あんなに仲が悪そうだったのに、きちんと奈都子お姉さんを評価するディアライトさんはやっぱり大人なんだな、と感心した。

しっかりと手入れがされて花々が咲き乱れる庭を散策してから、ディアライトさんは光の壁に囲まれた一角を案内してくれた。

「ここは我々錬金術省が管理している薬草園だ」

「わあ、光の温室なのかな。とても綺麗」

ディアライトさんが手を伸ばし、手のひらを壁面に向けた。すると空間に魔法陣が浮かび上がる。

「おお、ものすごくファンタジーっぽい！　魔法使いですね」

「生活に必要な簡単な魔術なら、ほとんどの者が使えるぞ。これは施錠の魔術だ」

そう言いながら彼が薄い緑色に光る魔法陣に触れると、壁の一部が消えて入り口が現れたので、中に進んだ。そこは一辺が五十メートルくらいある畑になっていた。

薬草園はほうれん草畑に似ていた。濃い葉が青々と茂る畝が並んでいて、一部はその中心から茎が伸びて水色の花が咲いている。

「この一角は、薬草を育てるために、魔石を使って土に魔力を溶かし込んである。魔石とは魔力が封じ込められた石で、主に魔物の身体から採れたものだ」

「ということは、魔力が薬草の秘密なのかな」

「うむ、鋭いな」

わたしは地面に刺さった杭の先に、美しく輝く石がはめ込んであるものを見た。異世界の不思議な肥料だ。

「土はなにを混ぜてあるのかな」

わたしは葉っぱの横に座って土を手に取った。

「うーん、黒土に、腐葉土が混ざっているみたいですね。肥料は……匂いが全然しないなあ」

牛糞(ぎゅうふん)とか鶏糞は使われていないみたい。

「魔力が重要であって、土自体は痩せていても大丈夫だ。あの装置を錬金術で作ってから薬草の栽培が効率的になったのだ。以前は魔力を持つ者が順番に薬草園に通うのでかなりの手間がかかっていたが、今は魔石を交換するだけで済むようになって助かっている」

「前は大変だったんですね」

「ああ。おかげで多くの薬草を栽培できるようになった。このような便利な道具を開発することと、効果の高い薬を調合するのが我々の主な仕事なのだ」

「錬金術ってすごく役に立つし、実用的なものなんですね」

錬金術ってすごいなと思いながら、わたしは元気に育つ薬草に触れてみる。

「なんだか美味しそうな葉っぱだな……」

「ああ、味もいい。口にすると、魔力があるのがわかるぞ」

ディアライトさんは隣にしゃがむと、柔らかそうな葉っぱを一枚摘んだ。そしてわたしの口に近づけた。

「清潔に栽培しているから、このまま食べても平気だ。あーん」

「あーん」

好奇心に負けてうっかり素直に口を開けてしまった。薬草を噛(か)んでみるとほうれん草よりも張りがあって、歯触りがよく甘みもある。なるほど、サラダにすると美味しそうだ。

「これは美味しいです。口の中でほわっとしたなにかを感じました。なんだろう、味覚のひとつだと思うんだけど、うまく言い表せない……」

不思議な味わいがしたことを伝えると、それが魔力だと教えられた。

魔力入りの野菜って美味しいんだね！　これはぜひとも、料理として食べてみたいな。

「向こうの畝にあるごく薄い水色の花が咲いているものは、種を採るための株だ」

その一角は、淡い光を放っているように見えて綺麗だ。

「近くで見たいです！」

わたしは小走りで花の咲いている畝に駆け寄った。

「わあ、これはまた綺麗で不思議なお花ですね」

四十センチくらいの高さに育ち、芙蓉(ふよう)に似た大きな花弁が六枚ついた大輪の花は、中心が濃い黄色に色づいている。全体が淡い水色の光を放っていてとても美しい。これは花壇に植えたらメインの花となるだろう。わたしだったら周りには金魚のような可愛い花がたくさんつくキンギョソウと、ちっちゃなマーガレットみたいなノースポールを植えるかな。きっと素敵な花壇に仕上がるよ。

そうだ、この世界には日本にはないお花もたくさんありそう！　どんな綺麗な花があるのか楽しみだなあ、育ててみたいなあ。あ、なんだかワクワクしてきちゃったよ！

「リーサは植物が本当に好きみたいだな」

「はい。お花も好きだけど、プチトマトとかキュウリとかの野菜を育てるのも好きなんです」

うちの庭にはプラスチックの白いプランターを置いて、パンジーやビオラとかサフィニアなんかも育てていたんだけど、主に夏場には野菜も育てていたんだよね。キュウリはうっかりすると育ちすぎちゃって、五十センチくらいに巨大化して大変だったよ！

「箱庭っていう力で庭いじりができるんじゃないかなって期待しているんです。あ、もしよかったら、薬草の種を少し分けてもらえませんか？　貴重な種だと思うんですけど……」

わたしがそっと水色の花に触れながらディアライトさんに頼んでみると「もちろん、かまわないとも。すぐに手配しよう」と言ってもらえた。

「後日、王宮の庭園にも足を運んでみるといい。わたしが案内しよう」

「お仕事が忙しいのに、いいんですか？」

「リーサと美しい花園を散策したいから、全力で仕事を進めておく。安心してくれ」

「ありがとうございます」

ディアライトさんが優しすぎる。「楽しみだな」なんて言いながら頬を撫でられて、わたしは真っ赤になってしまった。

それから「蕾の時に収穫すると一番効果の高い薬ができる。花が開いてしまうと薬効が急激に落ちるのだ」「ちなみに、魔力を込めないと美味しい普通の野菜となるから八百屋で売られている。サラダにするといい。焼いた肉を包んで食べるのも人気だな」などという話をしながら、今度は錬金術省の見学に向かった。

再び建物に入り廊下を歩いていくと、すれ違う官僚らしい人たちが不思議そうな顔でこっちを見る。「ディアライト閣下が、少女と？」という呟きが聞こえたけれど、わたしが会釈をするとにこやかに会釈を返してくれたので、来てはならない場所に来てしまったというわけではなさそうでほっとする。

「ここがわたしの職場だ。この機会に錬金術についての理解を深めてもらえると嬉しい」

錬金術省の棟にやってきた。とても頑丈そうな石造りの建物だ。

「実験をする関係で、魔術省と錬金術省はこのように独立した建物となっている。万一吹き飛んでも各部屋には結界が張ってあるため、さほどの被害はないから安心してくれ」

「どんな実験をやってるんですか！」

思わず突っ込んでしまった。吹き飛ぶとか、怖すぎるんですけど。

恐る恐る建物に足を踏み入れると、研究室が並んでいる。

「ここが魔導具を開発する部署だ」

わたしは「お邪魔します」と部屋に入らせてもらった。シャツとパンツといった動きやすそうな服の上に、お揃(そろ)いの紫色をしたローブを着た人たちが忙しそうに働いている。

「すでに連絡があったと思うが、この方が聖女殿と共にこの世界に来訪なさったリーサだ」

「よろしくお願いします」

「いらっしゃいませ。どうぞ自由に研究をご覧になってください」

女性の研究員がそう言ってくれたので、わたしは「はい、ありがとうございます」とお礼を言った。そして、ディアライトさんの説明で、対魔物用の銃や結界を作る魔導具などを見せてもらった。

「これは現在開発中の魔力で動く乗り物だ。魔導馬車といえばいいのだろうか」

「わあ、大きな乗り物ですね」

金属でできた四輪の馬車……というか、軽トラックのようなものがあった。

「これを走らせるには多量の魔力が必要なので、実用化はまだ先になるが……」

「大きくて重そうですね」

「そうだな。魔力の通りがいい金属で作ってはあるが、浮遊の魔法陣、推進力の魔法陣、共に多量の魔力を必要とするためなかなか研究が進まないのだ」

「浮遊……が必要なんですか？　わたしの世界にもこういう乗り物がありますよ。石油燃料や電気で動くんですけど、実用化されていてたくさんの人が使っています」

そう言うと、研究している皆さんが興味津々という顔で口々に「それは異世界の燃料ですか？ずいぶんと高度なエネルギーなのでしょうね」「車体はどのような形状なのでしょう」と尋ねてきたので、わたしは紙とペンを借りて自動車とオートバイのイラストを描いた。

わたしが乏しい知識を振り絞って説明すると、目を輝かせた研究者の皆さんがわらわらと動き出して、わたしの描いた絵を見ながら意見を出し合う。

「ディアライト師長、こちらのお嬢さまのアドバイスを取り入れて、二輪の魔導車の開発も行いたいと思うのですが」

「それに、動力を作り出す『エンジン』なるものの考え方で、魔石のエネルギーを回転力に変換する魔法陣の方も研究させてください」

「うむ、さっそく取りかかってくれ」

研究者たちが夢中になっているので、わたしとディアライトさんはそっと部屋を出た。

「リーサは博識だな。かなり高度な教育を受けたのだろう。さっきの意見で急激に開発が進みそうだ。ありがとう、リーサ」

「お役に立てたなら嬉しいです」

わたしが笑顔で答えると、ディアライトさんは「まさに天使だな」と呟いた。

次に向かったのは、薬の調合を行っているという広い工房であった。「お邪魔します」と中に入ると、テーブルが並んでいて、その上にはたくさんのお鍋のようなものが載っている。テレビで見た、大学の実験室（ラボラトリー）のような雰囲気だ。

「この錬金工房では主に回復薬を作っている。皆、手を休めてくれ」

「あっ、師長。お待ちしておりました」

「そちらの方が、異世界からいらっしゃった天使さまなのですか」

「そうだ。通達があったと思うが、国賓であるからくれぐれも粗相のないようにな」

「て、天使？　わたしが天使ですか？」

わたしは『えっ、そんなことになってるの？』と驚いた。

聖女と一緒に来たから天使という肩書がついてしまったのだろうか。ただの女子高生なので、申し訳ない。

「この方が聖女ナツコと共に我が国に降臨されたリーサだ。わたしが後見する」

「初めまして、中峰理衣沙といいます。理衣沙というのが名前です。ディアライトさんにお世話になっています」

わたしは頭を下げて「よろしくお願いします」と挨拶をした。

「そして、このたびリーサはわたしの婚約者となった」

「ええっ！」

いきなりの婚約者宣言で、部屋中から驚きの声が上がった。

「ええっ！」

わたしもびっくりだよ！　そういう話は出ていたけれど、まだ未定だよね？

「師長が、結婚？」

「違うんです、決定したわけじゃなくって……」

焦りながら否定をしたけれど、全然聞いてもらえない。

「ってゆーか、師長にも表情筋があったのか！　あんなに嬉しそうな笑顔は初めて見たわー」

「いや、魔導砲の実験で壁に大穴を開けた時にもいい笑顔をしていたぞ。それよりも、地位が上がると、可愛い天使を嫁にできるのか……なんか、男として許せない気がする……顔も頭も良くて地位もあるけど、国の重鎮だけど、まさか師長が婚約するとは思わなかったから」

そんな中で、ディアライトさんがわたしの手を取って「男としての責任を取ると言っただろう？」なんて甘く囁くものだから、その場は大変な騒ぎになる。

「責任って、若いお嬢さん相手になにをやらかしたんですか師長！」

「まさか、手を出したのか？　天使に手を出したのか？　大胆すぎるぞ、いや、さすがは師長というべきなのか？」

「犯罪の匂いがしますね。あんなに可愛らしい少女になにをしたんでしょうか。いくら顔が良くてもやっていいことと悪いことがあるでしょうに」

ち、違うの、変なことはしてないの！

ちょっと口と口がぶつかっちゃっただけなの！

「ディアライトさん、お願いですから誤解を招くような発言は控えてください！」

わたしは動揺して頼んだが、ディアライトさんはすました顔で言う。

「事実を言っているだけだ。なにしろわたしたちは、口……」

「わーわーわー、言っちゃ駄目！」

わたしは背伸びして、ディアライトさんの口を両手で塞いだ。

ぎゃあああああ、手のひらにちゅっとされちゃったよ！

「リーサは手のひらまで可愛いからな」

そのままぎゅっと抱きしめられてしまったので、わたしは今度は声に出して「ぎゃあああああ！」と言ってしまった。

それを見た職場の人たちは「イチャイチャ攻撃が目に痛い！」「くそう、仲良しさんかよ！　くそうくそう」「やってくれますね師長、精神攻撃を放つとは！」「直撃して心臓が痛い……帰ってもいい？」と、よくわからないことを口々に言い合い、騒ぎが増したのであった。

わたしは『錬金術師はこの国のエリート集団らしいけど、頭がいいと変人寄りになっちゃうのかな』と心の中で失礼なことを考えた。


錬金工房は忙しい場所なので、騒ぎはすぐに収まり、皆さんはそれぞれのお仕事に戻っていった。

というわけで、改めて職場見学である。

ディアライトさんの説明によると、錬金術というのはなにかとなにかをかけ合わせて、有用なものを作り出す術なのだそうだ。無から有は作り出せない。ちなみに、攻撃魔術や結界魔術は無から作り出すとのことだ。その代わり、錬金術には無限の可能性が秘められているのだという。

回復薬を作っているここは、豪華な実験室といった雰囲気だった。台は木製で、強化加工をされているのか金属のようにツヤツヤ光っている。台の中央には大きなお鍋がはめ込まれていた。その中に長い棒を突っ込んで、エプロンをつけた人々がかき混ぜている。その脇に控えた人が、釜の中を見ながら根っこのついたままの草を投入している。

「すごい、魔女っぽい」

わたしはワクワクしながら回復薬作りを見守った。

とんがり帽子をかぶったおばあさんじゃないけどね。わたしにもできるかな？　魔力がないから駄目なのかな？　でも、すごく興味あるよ、やってみたいよう。

使っているのはさっき栽培しているのを見せてもらった薬草だ。また、部屋の向こう側には出来上がった薬を瓶に詰めている係の人もいる。

ディアライトさんが、作業についての説明をしてくれた。

「これは錬金釜といって錬金術を行うために欠かせない道具だ。魔力を通しやすい材質でできた特別な釜に調薬に必要な魔法陣が彫り込んである。ここに聖水……神殿で聖別という処理をした錬金術用の水を入れて、そこに薬草を調合している」

「加熱はしてないんですか？」

「していない。術師が魔力を用いて、聖水に薬草を溶かし込んでいくのだ」

「なんか、すごいですね。錬金の才能がない人にはできないんですか？」

わたしは？　ねえ、わたしは？

「この釜を使えば魔力を持っている者なら調合することが可能だが、錬金の才がないと気の遠くなるような時間がかかる。そして、無理に調合を行うと魔力の枯渇が起こって倒れる羽目になるので、あまりお勧めできないな」

「なるほど……」

わたしがしょんぼりしていると、ディアライトさんは「リーサには魔力はないが、神力を授かっているから、もしかするともしかするかも」と意味深なことを呟いた。

聖水の中に入った薬草を見ると、少しずつ溶けていくのがわかる。でも、すべて溶け終えても水が透明なままなのが不思議だ。

こうして聖水と薬草をかけ合わせて、瘴気の穢れを祓い肉体も回復させるとても有用な薬を作り出している。錬金術ってすごい。ああ、なんでわたしには魔力がないんだろう！

「今は繁忙期ではないので、十台ある錬金釜のうち、六台だけが稼働している。それぞれに三名から四名がついて、交互に釜の中に魔力を送り込んで回復薬を調合するのだ」

なるほど繁忙期になると、ブラックな職場になるんですね。

「わたしたちでもかなりの魔力を使わないと、回復薬にならないんですよ」

大きなお鍋のような錬金釜の中を、かき混ぜ棒でぐるぐるとかき混ぜながら、若い女の人が言った。

「普通の魔術師ほど錬金術師はいないため、いつも人手不足なんです。ディアライト師長は強大な魔力をお持ちなので、調子の良い時にはひとりでひと釜の回復薬を仕上げることもありますが、普通は最低でもふたりがかりでないと作れません……交代をお願いします」

丁寧に説明をしてくれたお姉さんが側に控えていた男性に声をかけた。

「了解です」

かき混ぜる係が男性になり、釜の中は止まることなく混ぜられる。

「こんな感じで、協力しながら作っていきます」

額の汗を拭いながら、お姉さんが説明してくれた。

「大変そうですね」

お姉さんは、微妙な笑顔で「普段の時期はまあ、それほどでもありませんわ」と答えた。

それにしてもさすがはディアライトさん、他の人の二～三倍の魔力をお持ちのようである。

お隣で薬草の補充をしているお兄さんも、親切に説明をしてくれる。

「こうやって、生の薬草をひとつずつ加えて、完全に溶ける直前に次を入れていきます。薬草の出来によっても調合速度が変わってくるんですよ。上質な薬草だと、少ない量で出来上がります。こうして充分観察しながら、薬の出来上がる瞬間を待ちます……はい、光った」

透明だった水がほのかに光り、淡い緑色に変化したので、わたしは「わあ、びっくりしました。綺麗ですね」と、グリーンの光を放つお鍋を見つめた。

「これで出来上がりなので、もうこれ以上の魔力は込めません」

お兄さんがレバーを引くと、お鍋が台から持ち上がった。そのまま台の上を滑らせてカートに載せると、瓶詰めしている場所に運ばれる。テーブルには次のお鍋……じゃなくて、錬金釜がセットされた。

薬草を補充していたお兄さんは「今度は僕が調合します」と鍋に向かった。

見ると、最初にお鍋をかき混ぜていたお姉さんは瓶詰め係に変わっていた。そして新たなお兄さんが、薬草投入をしにやってきた。こうしてローテーションしながら交代で調合していくらしい。

「師長、本日は薬草が多めに納入されています」

「そうか。それなら……リーサ、わたしと一緒にひとつ作ってみるか？」

「ええっ、いいんですか？　やったあ！　あ、わたしには魔力がないんですよね？　大丈夫なのかな」

「いや、魔力はないのだが」

ディアライトさんが耳元で「リーサには神力がある。試してくれないか？」と囁いたので、くすぐったくて「ひゃっ」と変な声を出してしまった。

「いきなりやめてくださいよ、もう」

耳を押さえて、わたしは文句を言った。皆さんにニマニマしながら見守られてしまい、非常にいたたまれない。

涼しい顔のディアライトさんが慣れた手つきで錬金釜をセットしてくれた。

「天使さま、こちらの薬草をお使いください」

台の上にまだみずみずしい薬草の束が載せられたので「ありがとうございます」と手に取ってよく見てみた。

「ふむふむ、蕾ができていますね」

ほうれん草にそっくりな葉の中に、できたばかりの小さな蕾があった。柔らかそうで、キク科の植物の蕾に似ている。この中にさっき見た大きな花弁が入っているとは思えないので、これから育って膨らむのだろう。

「蕾は何日くらいで膨らんでくるんですか？」

「だいたい二日で開花を迎える。これはまだ早めだが、花が開くと一日で種ができてしまい、そうなると薬草としてはほぼ使えなくなるから採る時期には気を遣うのだ」

ディアライトさんが釜の中に聖水の瓶の中身をこぽこぽと注ぎ込んで、わたしにかき混ぜ用の棒を渡した。

「どうすればいいんですか？」

「無心で混ぜればいい。錬金の才能があれば、釜に彫られた魔法陣が作動して自然に薬が作れる」

「才能、あるのかなあ」

わたしが恐る恐る両手で握ったかき混ぜ棒を釜の中に入れて水をかき混ぜると、ディアライトさんが後ろから覆いかぶさるようにしてわたしの手を握った。

「えっ、ちょっ」

「コツがわかるように、一緒にかき回してみよう」

「ご親切にありがとうございます。でも、頭の上に顎を乗せなくてもいいと思います」

「リーサは頭も可愛いな」

「会話になってないし！」

錬金術師の人が「またイチャイチャしてるよ、くっそ羨ましいな！」なんて言いながらも、横から薬草を入れてくれた。すると、まるで砂糖菓子でできているように、しゅわしゅわと泡を立てて薬草が溶けてしまった。

「まさか、こんなことが……」

入れてくれた人は驚いたように言った。

「うわあ、めっちゃ溶けていく！　面白ーい」

「……うむ、リーサひとりでいけるかもしれんな」

ディアライトさんが手を離し、錬金釜に次の薬草を入れた。

混ぜるとやっぱりあっという間にしゅわしゅわーっとなって、すっかり溶ける。

「いやはや、こいつは驚きましたな！　さすがは天使さまですね！」

「……ここまでとは、予想しなかったな」

何度も瞬きをしながら、ディアライトさんが薬草を素早く入れる。

しゅわしゅわーっと調子良く溶ける。

うわあ、めっちゃ楽しいわ、これ！

「うふふふーん、よく効くお薬になーれ」

魔女になったつもりでおまじないを唱えながらかき混ぜ棒をくるくる回すと、薬草が綺麗に消えていく。ディアライトさんが両手で薬草を持って、次々と投入してくる。まるでわんこそばである。

食べたことはないけど、テレビでやってたやつにそっくりだ。

気がつくと、みんなの視線がこの錬金釜に集まっている。

「くるくる、くるくる、よく効くお薬になーれ！　あっ、光った！」

わたしは混ぜるのをやめた。

おかしいな……あっという間にできた気がするんだけど。回復薬を作るの、意外と簡単だよね？

「なにあの速さは……」

「とんでもないことが起きたみたい……」

「リーサさまは錬金の天使さまだった、ということじゃない？　神さまが錬金術省のために天使さまを遣わしてくださったのよ」

超ピンポイントな天使だね！

わたしがディアライトさんの顔を見ると、彼は安心させるように頷いてから手のひらに釜の中身を一滴垂らした。

「……鑑定したら、品質の良い回復薬だった。これも瓶に詰めてくれ」

「了解です！」

錬金術師さんがレバーを引いてお釜を台から出し、瓶詰めにする場所に運んでいった。

「成功してよかったです。実はかなり緊張していたんです」

薬草が無駄にならなくてよかったとほっとする。

「そうか、上手にできてよかったな。ところでリーサ、気分が悪くはないか？　めまいは？」

「いえ、全然なんともありません。とっても元気ですよ」

わたしは両手に拳を作って腕を曲げ伸ばしし、元気そうな感じで笑ってみせた。

「うむ、確かに……それならば、もう少し調合してもらえるだろうか？」

「え、やっていいの？　わーい」

すごく楽しくて気に入ったから、どんどん作っちゃってもいいよ！

「錬金術って面白いですね。わたし、気に入っちゃいました」

「そうかそうか、それはよかった」

仕事を褒められたディアライトさんが嬉しそうににこっと笑った。

か、可愛いではないですか！

そしてわたしは、台から台へと移動してかき混ぜ棒を引き継ぎ、くるくる回して薬草を溶かした。ちゃんと「よく効くお薬になーれ」のおまじないも忘れない。

お薬作り、すごく楽しいよ！

他の錬金術師さんたちも「素晴らしい！」「どんどん作っちゃってください」とすごく喜んでくれて「天使さまが来てくれてよかったー」なんてにこにこしてくれるから、余計に楽しくなっちゃう。

調子に乗ったわたしが鼻歌交じりに回復薬を作っていたら、いつの間にか午前中のノルマが終わっていたらしい。

「よし、もうこれで昼休憩に入っていい。たまにはゆっくり休んでくれ」

ディアライトさんがそう言うと、錬金術師の皆さんは「やったー、まさかの長時間休憩がもらえるなんて！」「天使さま、ありがとうございました！」「天使さま、錬金の天使さま、今後もぜひ錬金術省をご贔屓（ひいき）にお願いいたします」とわたしを拝み始めてしまった。

「えへへ、ディアライトさん、わたしは役に立ちましたか？」

「役に立ったどころではないぞ、さすがは花嫁、最高に素晴らしい薬作りだった！」

イケメン錬金術師長に頭を撫でてもらったわたしは、照れながらも嬉しさを噛みしめた。

わたしたちが王宮の部屋に戻ると、ダイニングルームにランチの用意がしてあったので、ディアライトさんと一緒にいただいた。

「美味しー」

働いた後だからか、余計に美味しいよ。

そして、素敵なテーブルと椅子がある客間に移ってお茶をいただく。

「体調は悪くなさそうだが、念のために午後は休むといい。もし余裕があったら、リーサの持つ『箱庭』という加護について調べてみてくれないか?」

カップを手にしたディアライトさんが言った。イケメンさんには白地に金の縁取りがされて、青い鳥の絵が描かれたお高そうなカップがよく似合う。

「わかりました。回復薬作りはとても楽しかったです。お忙しいのに案内してくださいまして、ありがとうございました」

わたしはおばあちゃん仕込みの丁寧なお礼を言って頭を下げた。

「お礼を言うのはこちらの方だ。リーサのおかげで回復薬作りが捗って、錬金術師たちがひと息つくことができた。ありがとう」

彼が人差し指でわたしの頬を優しくつついてから、わたしの手を取って指先に唇を押し当てたので、なんだかドキドキしてしまう。しかし、その後にわたしの顔を見て笑うのはいただけない。

「どういたしまして。で、わたしのことを面白がってるでしょ?」

「いや、可愛いなあと思っているだけだ。こんなにちっちゃな手でけなげに錬金釜をかき回していたんだなと思うと、可愛くて可愛くて食べてしまいたくなる……ああ」

「た、食べないで！」

危ない危ない、ディアライトさん口の中に指が吸い込まれそうになったところを、間一髪で助け出したよ！

「ははは、残念だがそろそろ失礼する」

「あー、また笑ってるし、もう！」

ディアライトさんは手をひらひらと振ってから踵を返し、仕事に戻っていった。

「もうっ、本当に、質が悪いイケメンなんだから！」

わたしがぷんすかしていると、ナオミさんが「すっかり仲良しになられて。あんなに幸せそうな閣下のお姿を拝見することになるとは思いませんでしたわ」と上品に笑った。

「それに、回復薬をお作りになったお話をお聞きして驚きましたわ。リーサさまのお力はすごいですね。でも、念のためにベッドでお昼寝をなさってください」

「えー、全然眠くないんですけど」

「美味しいおやつを用意して起こしに参りますわね」

「わあ、それならいい子でおやすみなさいします！」

わたしはおとなしく寝室に引っ込んだ。そしてベッドに腰をかけて、首に下がった鍵を思い出した。

「この鍵、誰にも見えていないっぽいんだよね」

わたしにしか触れないという不思議な鍵は、認識もされないようなのだ。首から外そうとしても、紐がつかめない。鍵には触れる。鍵を引っ張ると、紐も伸びる。

「これ、一生ぶら下げておくアクセサリーかな」

まあ、いいか。他の人には見えないのだから、ファッション的にも問題ないよね。

わたしは鍵を持って、前に突き出した。

「ええっ⁉」

目の前に、突然扉が現れた！

じゃーん、わたしのお庭です

「鍵があるから……やっぱり扉も鍵穴もあるよね……でも、驚いたなあ」

わたしはてっきり、この鍵が使える鍵穴をこの世界で探すものだと思っていた。

まさか、扉ごと目の前までやってくるとは。サービスがいい、さすがはジャパニーズおもてなしクオリティである。

試しに首に下げた鍵から手を離してみると、扉は消えた。

そして、ベッドから立ち上がり寝室の中央あたり（この部屋は広くて、二十畳くらいあるのだ）に移動してから鍵を手に持ち、鍵穴に差す動作をすると、そこに再び扉が現れた。

「……よし、行ってみよう」

これはお稲荷さんの加護なのだから、わたしにとって危険なものではないはずだ。

というわけで、わたしはレトロなドアノブのところにある鍵穴に鍵を差し込んで、ぐるりと回した。金属音がしたので、鍵を抜いてドアノブをつかんで、回す。

ゆっくりと扉を開けると……。

「え、ここはどこの庭？」

ドアの先にはほんのりと光る壁でできた短いトンネルがあって、その向こうは屋外になっている。

わたしは足を進めて、日本で暮らしていた家の庭くらいの広さがある土地を見た。

「小さな小屋があって、周りが竹垣に囲まれてる……けど、まだなにも植えられていないお庭だ」

低い竹垣の外は森になっていて、あとは空が広がるだけでなにも見えない。なんとも不思議な庭だ。

もしかすると、このお庭をもらえるのかな？　わたしの自由にしていいの？　だとしたら、もっのすごく嬉しいんだけど！

「ヤバい、テンション上がるー、あっ、そうだ」

王宮の寝室に謎の扉が出ているのが見つかると驚かれてしまう。わたしはドアのところに小走りで戻るとしっかりと閉め、また小さなお庭に戻った。これでたぶん、あっちからは見えなくなるんじゃないかと思う。

と、その時、なにかが竹垣を飛び越えてきてわたしの足元に転がった。

「え、毛玉？」

「すまぬ、理衣沙よ、すまなかったのじゃあっ！」

「はい？」

視線を落とすと、そこには子狐が土下座していた。

あらやだ可愛い！　柔らかそうなもふもふだよ。

ちんまりとした小さな子狐を今すぐ抱きしめてもふりたい。頭にすりすりしたい。いいかな？いいよね？

わたしは丸くうずくまる子狐を抱き上げた。

「ひゃあ、可愛い！　このお庭にはペットもついているのかな？　わーい、やったね！　お喋りもできるペットだなんて……ん？　今の口調には覚えがあるよ？」

　わたしは丸くうずくまる子狐を抱き上げぷらーんとさせてから、顔を覗き込んだ。

「あれ……もしかして、神社のお狐ちゃん……だよね？」

　完全に狐の姿になっているが、聞き覚えのある喋り方からして、どう考えてもこの子はわたしを隕石から助けてくれたお狐ちゃんだ。わたしの本能とふわっふわの手触りもそう伝えてくるから間違いないね！

　子狐はこくこくと頷いた。

「そうじゃ、我は理衣沙をこの世界に送ってしまった、稲荷大明神の眷属狐じゃ……誠にすまぬ！　しゅまなかった……」

　顔を合わせて気まずいのか前脚で顔を隠している。しかも言葉を噛むという心を撃ち抜く凶悪さが加わった。

　あざといまでに可愛い！

　これはヤバい、狐が可愛すぎて他のことはどうでもよくなったよ、なにをやっても許しちゃう！

「うん、許す！　めっちゃ可愛いから！」

　ああ、このおなかに顔を突っ込みたい。だが、幼女のおなかにそんなことをするのは、あまりにも変態くさい……いや待て、今の姿は狐だからセーフなのかな？

「ふえっ？　おぬしは怒っておらんのか？」

　表情豊かな子狐は、驚いた顔をした。

ううう、お鼻にちゅーしてもいいですか？　え、変態度がアップしてる？

「こんなにも可愛い狐っこに怒れるわけがないじゃーん。わたしはここでなんとか生きてるし、お狐ちゃんに悪気はなかったんだから、全部水に流す！　だから、もう謝らなくていいよ……それよりちょっともふらせて」

「お、おう。少しだけならよかろう」

もふもふもふもふ。

子狐の毛並みは最高だ！

「はあ、至福……」

お詫びのつもりか、お狐ちゃんはおとなしくもふらせてくれたので、わたしは思う存分もふりを堪能して満足した。

「可愛いよお狐ちゃん、可愛いよ、これから一緒に仲良く暮らそうね、ずっと一緒だね、そして毎日もふらせて」

思わずプロポーズしてしまう。

え、ディアライトさんという婚約者がいる？

ふふふ、わたしはイケメンよりももふもふを選ぶのだ！

だが、お狐ちゃんは尻尾を左右に振りながら言った。

「そっ、それは困るのじゃ！　我は眷属としての務めがあるゆえ、理衣沙とほのぼの暮らすわけにはいかぬ」

「ええ、まさかのお断り？　……そっか。そうなんだね……この、魔物とか瘴気とか恐ろしいものが存在する異世界に手違いで送られちゃったわたしは、もふもふとした癒しも得られないまま、危険に怯(おび)えながら暮らしていかないといけないんだね……」

わたしは土の上にお狐ちゃんをそっと下ろした。ふかふかしたいい土だ。ここに腐葉土とか肥料とかをすき込んだら、野菜でも花でもよく育ちそうだ。

よし、庭を潰して畑にしよう。異世界に遭難（?）してしまった今必要なのは、花ではなく野菜だ。

じっと土を観察するわたしの様子を誤解して、お狐ちゃんはくるっととんぼ返りをすると幼女の姿になり、わたしに抱きついた。

「いや、共に暮らせなくても、理衣沙のことは我が面倒を見るぞ！　ほれ、このふっさふさの尻尾にも触れさせてやるゆえ、存分に憩うがよい」

幼女が後ろを向いて、尻尾を揺らした。

「あ、いいんですか?」

遠慮なく、幼女狐の尻尾を触らせていただく。これはギリギリセーフ、犯罪じゃないよ。

もふもふ、もふもふ、もふもふ。

これは憩う。憩うぞ。

「……貴重な経験をありがとうございます、充分憩いました。ぜひまたよろしくお願いいたします」

「うむ」

落ち着いたところで、この不思議な庭（農地になる予定）についての説明をしてもらうこととなった。

「ここは世界の狭間にある理衣沙専用の庭じゃ。地球とこの世界と両方に属しているゆえ、我もこのように顕現することが可能なのじゃ。稲荷大明神の加護があるので、植物がよく育つぞ。とりあえずは中峰家の庭を元にしてつくってみたが、どうじゃ？」

「お花もいいけれど……畑にして、野菜を育ててみたいな」

「うむ、よいぞ。理衣沙の好きに使ってよい。そして、手をかけているうちにレベルが上がってさまざまな恩恵が受けられるようになる」

「それは素晴らしいですね」

ちょっとワクワクしてきたよ。

「理衣沙が不在の時に管理する者を、この世界から呼んでおいた。土の精霊、ノームよ。こちらに来るがよいぞ」

お狐ちゃんが手招きすると、竹垣を飛び越えて、三角帽子をかぶり、金髪に緑の瞳をした小さな男の子がやってきた。可愛い、可愛さの連打を受けて、わたしの心は完全に癒された。

「こんにちは、リーサ。ノームだよ。僕はリーサのノームだよ。お名前をつけて欲しいんだよ」

お狐ちゃんと同い年くらいの男の子は、あどけない声で言った。

「えっ、この子が精霊なの？」

土の精霊っていうから、もう少し岩っぽいというか、ごつい感じを想像していた。

「そうだよ、僕は土の精霊だよ。土に関することが得意だよ。お名前欲しいよ」

「お名前ね、ええと、カッコいいのがいいよね、うーん」

ワクワクしながら待っているノームの男の子の前で、わたしは腕組みして名前を考えたが……。

「ノムリン、でいい？」

「カッコいい名前だよ！　僕はノムリンだよ、嬉しいよ！」

ノームのノムリンはとても喜んでいるが、遠い目をしたお狐ちゃんに「理衣沙、そなたのネーミングセンスは酷いものじゃのう……」と呆れられてしまった。

「ここを畑にするって、さっき言ってたよ」

「うん、ほとんど畑にするつもり」

「それならさっそく僕が耕すよ！」

ノムリンはポケットに手を突っ込むと、中から大きなスコップを取り出した。どう見てもノムリンの身長よりも大きいスコップなんだけど……大丈夫かな。

「まずは土を掘るよ！　全部掘るよ！　リーサはあっちの小屋で休んでいるといいよ！」

「お任せしちゃっていいの？」

「いいよ、僕は土を掘るのが大好きだよ！　とても幸せな気持ちになるよ！　掘ったら森の中から栄養たっぷりの腐葉土と、よく発酵した肥料を持ってきて混ぜ込むよ！　すごく楽しいよ！」

興奮して緑の瞳をキラキラさせる幼児が可愛すぎて、思わず抱っこしてしまいそうになる。

「楽しそうだから、わたしも一緒にやりたいな。さっき薬草園を見て土に触ってから、庭仕事をやりたくてうずうずしてたんだよね」

「うん、その気持ちはすごくよくわかるよ！　一緒に掘るともっと楽しいよ！」

「よーし、土を全部掘り返しちゃおう！」

硬い庭の土はまだ植物を育てるのに適していないのだ。土づくりは園芸の第一歩なのである。

ノムリンはポケットの中からもうひとつスコップを取り出して「これを使うといいんだよ」と手渡してくれた。

「あのな……わしも、やりたいのじゃが」

指と指を合わせてもじもじさせながら、可愛い狐っこが言った。

「よいかのう?」

「もっちろん大歓迎だよ！　お狐ちゃんも一緒にいろんな植物を育てようよ」

「ノムリンも大大大歓迎なんだよ、一緒に掘ろうよ！」

「ふふふ、楽しそうじゃのう」

お狐ちゃんにも小さなスコップが渡された。

「よーし、みんなでがんばって掘っていこー」

お狐ちゃんとノムリンが「おー！」と声を合わせて、わたしたちはスコップで庭を掘り返した。

「このスコップはすごいね」

硬く踏みしめられていた土にさくさく刺さるスコップを使って、わたしたちの手で庭がどんどん掘り返されていく。ほとんど全部を家庭菜園風の畑にしちゃうつもりだけど、小屋の脇には花壇を作ってお花を育てたい。あと、入り口のトンネルから出たところには憧れの薔薇のアーチも作っちゃおうかな！

「そういえば、わたしは薬草の種を持っているんだよ。ノムリン、お狐ちゃん、後で一緒にまこうね」

「うわあい、ノムリンはリーサと一緒に種まきするよ！　楽しみだよ！」

その場で飛び上がって喜ぶノムリンが、可愛すぎて辛いよ！

「ふっふっふっ、無邪気よのう」

そう言うお狐ちゃんの尻尾も楽しそうに左右に揺れている。


ノームのノムリンは土に触れているとどんどん元気になっていくが、わたしはさすがに疲れてきた。楽しいのだが、やはり土の妖精とはスタミナが違う。

「あと四分の一くらいかな？」

わたしは背中を伸ばしておでこの汗を拭った。思い立って来ちゃったからドレスのままで土を掘っていて、少々動きにくいのだ。

「これはなかなか、やりがいのあるものじゃのう」

お狐ちゃんも、初めての土いじり体験でお疲れのようだ。スコップ片手に腰を伸ばして「ふう」と息をついている。

「ふたりは無理しないで休んで！　残りはとっても楽しくて元気いっぱいの僕が掘っておくよ」

「うむ、それでは任せて……休憩させてもらおうかのう」

「ノムリン、お願いね」

「終わったら声をかけるよ！」

ノームのノムリンが生き生きとした様子で庭を掘り返している間に、わたしとお狐ちゃんは小屋の中にある素朴な木の椅子に座ってのんびりする。

「あの子は働き者だねえ」

「ノームは土を司る精霊の一族であるから、土いじりをしている時が一番幸せなのじゃ。それ、茶を淹れたぞ」

小屋の中にはちょっとした台所もあって、水道や謎の燃料で使うコンロもあった。

「ありがとう、お狐ちゃん。……ああ、美味しいな。紅茶やハーブティーもいいけど、やっぱり緑茶は落ち着くね」

狐のお耳にふわふわ尻尾の幼女が淹れてくれた煎茶はとても美味しかった。木造の小屋の雰囲気も良くて、子狐茶屋って感じがする。

「そうかそうか。それ、お茶請けに甘いものもあるぞ」

魅惑的な尻尾をふっさふっさと振りながら、お狐ちゃんが美味しそうなお饅頭を勧めてくれた。

「うわあ、和菓子だ！　超嬉しいんだけど！　ありがとう、お狐ちゃん！」

「うむ、たんと食べるがよいぞ」

どうやら転移場所を間違えたことにかなりの罪悪感があるらしく、お狐ちゃんは大サービスをしてくれる。お茶と一緒に山盛りの栗饅頭まで出してくれた。かえって申し訳ないが……栗饅頭は大好物なので、遠慮なく食べるよ。残った分もお土産にもらうよ。

お茶と栗饅頭を楽しみながら、わたしは奈都子お姉さんの後から神殿に落ちて、それからどうなったのかを説明した。

「それで、神殿にその人の加護がわかる石板っていうのがあってね、そこに手を乗せたら『箱庭』の力がわたしにあるって出たんだよ。ここがその箱庭なんだね？」

「そうじゃよ。理衣沙が草花を好きなように育てて楽しめる、特別な庭を用意したのじゃ。どうやら畑になるようじゃがのう」

「うん、まずは畑にしちゃうつもり。この国では呑気にお花を愛ではいられなそうなんだもん」

おばあちゃんが言っていた。戦争になると、食べ物がなくなるって。

奈都子お姉さんの力は神さまのお墨つきだけど、すぐに戦いが終わってすべての瘴気がなくなるとは思えない。だから、神さまの加護があるこの場所でも、お花はもちろん、食べられるものや薬草を育てておきたいのだ。

「確かにのう。瘴気は畑を悪くするものじゃ」

まあ、野菜作りもまた一興じゃろうし、とお狐ちゃんはお茶をすすった。

「そうだよね。以前から野菜にもチャレンジしてみたかったから、本もけっこう読んでいるんだ。大丈夫だよ。そうだ、美味しくできたら、お狐ちゃんも一緒に食べようよ」

「それは楽しみじゃ」

幼女はふうふう、と冷まして熱いお茶をすする。

栗餡の甘さが日本を思い起こさせる。まだ一日しか経ってないからいいけれど、そのうち日本食が恋しくなりそうだ。

「ちなみに、ここでの時間の進みは外界よりも速くなっておるぞ。一日が外の一時間くらいになる」

「ふうん……ええっ、てことは、ここにいるとわたしだけ歳を取っていくってことになるの？」

ひとりでどんどん老けて、おばあさんになったらどうしよう？

「いや、身体の老化の速さは外のままじゃから、老けないぞ」

「あー、よかった！　びっくりしたよ」

気がついたらディアライトさんより年上になっていた、なんてことになったら辛すぎる。わたしはほっとしてお茶を飲んだ。

「異世界での生活に疲れたら、こちらに来て昼寝でもするがよい。瘴気だ魔物だと騒がしく、おそらく理衣沙の力もあてにされるだろうからな。じゃがまあ、奈都子ががんばってくれるはずじゃから、徐々に住みよく安全な世界に変わるであろう」

「奈津子お姉さん、がんばれー」

異世界に来るなり聖女の仕事に取りかかっている奈都子お姉さんにエールを送る。

と、小屋の入り口にノムリンがぴょこんと顔を出して言った。

「耕し終わったんだよ。腐葉土も肥料も混ざっていい畑ができたんだよ。ノムリンはリーサと種まきしたいんだよ！」

「さすがだね、ノムリン。土づくりもしてくれてありがとう。お仕事が早いね」

「楽しいからどんどん進んじゃうんだよ、土のことならノムリンにお任せなんだよ」

「さすがは土の精霊、頼りになるね」

わたしはドレスのポケットにしまっておいた種の入った包みを取り出し、テーブルの上でそっと開いてノムリンに見せた。

「これがもらってきた薬草の種なんだけど……あれ？」

ほんのわずかな差なのだが、中に数粒、大きさの違う種が交ざっていた。少しの違いだから、種子を見慣れていない人だとわからないかもしれないね。

「リーサは勘がいいんだよ。これは少し違う薬草の種だよ」

ノムリンが種をつついて「これはいい種だよ」と満足げに言った。

「そっか。じゃあ、これは別に植えてみようね」

「素敵な薬草の種だから、育てるのが楽しみだよ」

「そうだね。ディアライトさんっていう錬金術師さんの話によれば、蕾の時に収穫すると回復薬が作れるそうなんだ。でも、花を咲かせたら駄目みたい」

「そうしたら、ほとんどは蕾の時に採って数本は花を咲かせて種をつけさせるといいんだよ。それを植えればどんどん増えて、たくさんの薬草が育てられるよ」

「うん、そうしようね」

外に出ると、見事に一面の畑ができていた。ちゃんと畝もできている。

「薬草はじかまきで大丈夫なんだよ。ノムリンの畑だから、全部の種がよく育つよ」

「了解。あ、手触りが最高の土だ」

わたしはふかふかの畝に人差し指を刺して、十センチ間隔くらいの穴を開けていった。ふわふわの土に穴を開ける感触はとても気持ちがいい。

「お狐ちゃんはこの穴に種を一粒ずつ、入れてくれる?」

「わかったのじゃ」

狐耳と尻尾の幼女は「よく育つのじゃぞ」と言いながら、わたしの開けた穴に丁寧に薬草の種を入れていく。

「ノムリンは土をかけてね」

「わかったよ!」

いい返事をしたノムリンが種の上に優しく土をかぶせていく。栄養たっぷりの土のお布団をかけてもらって、種がすくすくと育つのだ。

ちょっと違った感じだった薬草の種は、少し離れた別の畝にまく。

あっという間に種まきが終わってしまった。

「もっとたくさんの種があればよかったね。けっこうスペースが余っているから、今度はいろんな野菜の種を手に入れてきたいな。小屋の前には花壇を作って、そこではお花を育てようか」

「ふむ、それは楽しそうじゃ」

お狐ちゃんがジョウロで水やりを手伝ってくれた。水を含んで土の色が濃くなり、いい匂いがふわっとした。ちなみにこのジョウロもノムリンがポケットから出したもので、とても軽いのに傾けると際限なく水が出てくるという便利な道具だ。

「喉が渇いたよ、あーん」

ノムリンが大きく口を開けて、お狐ちゃんに水を注いでもらっていたので「飲んでも大丈夫なの？」と聞いたら「人の身体にも良くて美味しい水だよ」と答えたので、わたしも湯呑みに入れて飲んでみた。

「わあ、湧き水みたいに冷たくて美味しいね。お狐ちゃん、この水でお茶を淹れたら美味しさが倍増するかも」

すっきりとしてほのかな甘みがあり、山奥の岩肌から染み出てくる水のような美味しい水だ。

「これは精霊の水だよ。植物にも動物にも人間にも美味しいし、とても元気になれるよ」

ジョウロの水を頭から浴びてもまったく濡れないノムリンが、にこにこしながら言った。

「この場所には不思議な力がたくさんあるんだよ。だから、僕たち精霊の力でいろんなことができるんだよ」

「ふむ、我らの神力に満ちた箱庭であるからな。精霊にも神の眷属にも心地の良い場所となっておる」

「箱庭ってすごい加護だったんだね」

お狐ちゃんは、驚くほど大きな加護をくれたようだ。聖女の力もすごいけど、この箱庭だって全然負けていないと思う。

種をまき終えてから、今度は小屋の脇を掘り起こして小さな花壇を作った。器用なノムリンが掘った土を手のひらで固めて、四角い石を作ってくれたので、花壇の周りを囲んでみた。

「いい感じ。可愛い花壇だね」

「理衣沙がお花の種や苗を手に入れられると嬉しいよ」

「そうだね、ノムリン。王宮には庭園があるそうだから、花の苗も用意されていると思うんだ。少し譲ってもらえないか、ディアライトさんに頼んでみるね」

異世界にはどんな花があるんだろう？　薬草の花でさえ光ってとても綺麗だったから、薔薇も素晴らしい品種のものがあるんじゃないかな。もしかすると、幻の青い薔薇も存在するかもしれない！　ディアライトさんみたいな緑色の髪の毛が普通にあるわけだし、王宮内では青い髪とか鮮やかなオレンジ、淡いピンクの髪の毛の人も見かけたんだよね。地球とは色素が違うってことだから、期待できるかも。早く育てたいよ。

わたしは見たことのない花が咲く花壇を想像してワクワクした。

土づくりと種まきを終えて一段落したので、あとのお世話はノムリンに任せて解散することにした。ノームのような精霊やお狐ちゃんは、この箱庭には自由に出入りできるらしい。

「我もまたそのうち顔を出させてもらうぞ。理衣沙、息災で暮らせよ」

「うん、ありがとう。お狐ちゃん、またもふらせてね」

「仕方がない娘じゃのう。我の尻尾は最高にもふもふであるゆえ、すっかり魅惑されてしまったのか」

「うん、世界一素敵な尻尾にもう夢中だよ」

頬を染めた可愛いお狐ちゃんは、嬉しそうにむふふんっと笑いながら尻尾をもっふもっふと振って、「さらばなのじゃ」と竹垣を飛び越えて帰っていった。

「それじゃあ、あとはお願いね、ノムリン」

畑の手入れをノームに頼むと、彼は笑顔で頷いた。

箱庭で数時間が過ぎたけど、外の世界は二十四分の一になるから十分くらいしか経っていないはずだ。わたしは振り返って尋ねた。

「ねえ、ノムリンはいつまでここにいるの？」

「僕がいたいと思うだけいるよ！　僕は土の精霊だから、土のあるところならどこでも行けるんだよ。でも、このお庭はすごく楽しい場所だから、たくさんたくさんいたいんだよ」

「気に入ってもらえて嬉しいな。わたしもここが大好きだよ、ノムリンのことも大好き」

「ノムリンもリーサがとってもとっても大好きだよー」

「身体についた土は回収するよ」というノムリンにドレスの汚れを全部消してもらい、バイバイと手を振り合ってから光るトンネルを抜け、扉を開けて箱庭の外に出た。そこはもうわたしの寝室だ。閉めると、扉は消えた。念のために鍵を持って構えてみるとちゃんと扉が現れたので安心する。

「身体を動かしたから眠くて頭がぼうっとする……ちょっとだけ仮眠したいな」

箱庭の中で数時間、土をいじったり種をまいたりして身体を動かしたので、気持ちよい疲労感を感じていた。わたしは『薬草の種、早く芽が出ないかな』と思いながらそのままベッドに横になってぐっすりと眠ったのであった。

目覚めてすぐ、この世界の大きな置き時計を見る。どうやら一時間半くらい眠っていたらしい。枕元のベルを鳴らすとナオミさんがやってきたので、わたしは「実は、箱庭の力がわかったので、ディアライトさんを呼んでもらえますか？」と頼んだ。

「それはようございましたね。お着替えをされてから、ちょうどお茶の時間なので閣下をご招待いたしましょう」

「お茶に……ご招待ですか？」

「貴族の嗜(たしな)みでございますよ。そして、リーサさまからの招待は閣下にとっての名誉になります」

「そうなんですね」

これはいろいろと勉強する必要がありそうだと感じたわたしは、ナオミさんに、後でこの国の慣習について教えてもらえるようにお願いをした。

わたしがお茶会用のドレスに着替える手伝いをしてから、彼女は侍女のひとりにディアライトさんへの手紙を書いて渡すと、午後のお茶の支度をしてくれた。花が飾られた応接室のテーブルの上には、生ハムやチーズやキュウリが美しくカッティングされて、ハーブの香りがついたオープンサンドと、マドレーヌとかフィナンシェに似た焦がしバター風味の焼き菓子、そしてフレッシュな果物をふんだんに使ったクリームケーキが並んだ。

「リーサ、招待をありがとう」

ディアライトさんが現れた。輝くばかりの美貌を持つ彼がいると、部屋が明るくなったような気がするのは錯覚なのだろうか。それとも、緑銀色の髪が光を反射しているのだろうか。

「箱庭の力について、判明したそうだが……」

「閣下、落ち着いて、まずはお茶をお楽しみください」

「ああ、これは申し訳なかった」

ナオミさんに注意されたディアライトさんは「無作法を許してくれ、リーサ」と言って、またしてもわたしの手の甲にちゅっと唇を当ててから(そして、わたしが照れる顔を満足そうに見てから！もう、面白がりすぎだよ！)椅子にかけた。

ありがとう、ナオミさん、わたしのおなかがとても空いていて、早くオープンサンドを食べたくて仕方がないことを察してくれたんだね！

腹が減っては戦ができないので、わたしは失礼してオープンサンドを勢いよく平らげた。そして、お茶をいただきお菓子をつまみながら、箱庭の中で起きたことをディアライトさんとナオミさんに話した。ふたりは「神の眷属と、土の精霊と共に畑を作った、だと？　リーサの加護は想像を遥かに超えているな」「さすがはリーサさまですわ！　初めて拝見した時から、わたしにはリーサさまが偉大な方だとわかっておりましたわ、なんといってもニホンからいらしたお方ですもの、ええ！」と驚きながら感心していた。

わたしの持つ加護についての詳しいことは、まずは神官長や国王陛下といったこの国の重鎮たちに報告してどこまで公表するべきかを決めるということなので、他の侍女さんたちには席を外してもらっている。

わたしが一番信用している人たちは、ディアライトさんとナオミさん、そして奈都子お姉さんだ。ナオミさんは宰相の娘さんで、わたしに関することはすべて報告するようにとあらかじめ宰相から言い含められているそうなのだが「報告を上げるかやめるかの判断は、リーサさまとディアライト閣下に相談してからにいたします」と全面的にわたしの味方になってくれることを誓った。

「それでは、この部屋に箱庭への扉を出してみますね」

わたしは立ち上がると、胸元の鍵を持った。

「……鍵が見えますか？」

「いや、まったく見えないな」

「見えません」

鍵を前に出すと扉が現れたが、これもふたりには見えないという。わたしが扉を開けて向こう側に足を踏み入れ振り返ると、開いた口元に手を添えたびっくり顔のナオミさんと、腕を組んで「うむ」と唸る(うな)ディアライトさんが見えた。

わたしは部屋に戻ると扉を閉めた。ふっと扉が消える。

「初めて見たが、それはリーサにしか使えない加護なのだな。国王陛下と宰相、そして神官長には一部を伏せて報告しようかと思うのだが……それでよいだろうか？」

「そうですね。わたしはまだ、この国の国王陛下と神官長、ナオミさんには申し訳ないけれど宰相さんがどのような人なのかわからないし、信じきれていないんです。もう少し時間が欲しいです」

わたしの『箱庭』は『神さまに与えられた特別な空間で園芸を楽しめる加護』であり、そこで薬草を栽培していることを今は伝えない。綺麗な花を育てたいので、王宮の庭園のために用意された花の苗を都合してもらいたい。

このように伝えることにわたしは了承して、また自分の席に戻った。


箱庭の件が片づいたので、この世界についての基本的なことをふたりに教えてもらった。地球とほぼ同じ時間や日の区切りで、一日は二十四時間、一年は三百六十五日だそうだ。

一週間も七日だけど、休みの日は特に決まっていないのでみんなバラバラに取るらしい。錬金術省の繁忙期ともなると、何十連勤になるのかわからないというブラックぶりらしいが、戦地に赴く兵士や騎士だってほぼ休みなしだから仕方がないのだという。

「ディアライトさん、回復薬に使う薬草ってどれくらいの時間で育つのか、わかりますか？」

「森の中では種が弾(はじ)けて周りに飛び散ってから、一ヶ月で摘み取ることができる。魔力をふんだんに与えた薬草園なら、若干期間が短くなるが……五日六日だからそれほどではないな」

「ずいぶんと時間がかかるんですね。種が弾ける……あ、薬草って、基本的に畑で育つんじゃないんですか？」

わたしがディアライトさんに尋ねると、野生の薬草について教えてくれた。

「栽培もしているが、薬草は魔物が棲む森の中に生えているのを、冒険者が採取してきたものも使用している。錬金術省の薬草園だけでは足りないのだ。人工的に栽培すると多量の魔石が必要だし、やはり魔力の多い場所で自生しているものの方が質が良い」

「そうなんですね」

種がばらまかれて一ヶ月くらいで育つってことは、箱庭の薬草はこっちだと三十時間くらいで収穫できるのかな？

今は午後の三時過ぎだから、三十時間後だと……あっ、違う。戻ってきたのはお昼寝の前だから、そこから三十時間だ。となると、明日の午後七時くらいだろうか。その頃に箱庭に行かなくては。

採った薬草を新鮮なまま保存するにはどうしたらいいかな。きっとノムリンが知ってると思う。なにしろ彼は知識が豊富な土の精霊だからね。


まだ仕事が残っているディアライトさんは、錬金術省に戻っていった。そして仕事が終わってから一緒にディナーを食べた。

彼のほんのりと緑色が入った銀髪は、夜になってもなお美しく輝いていて、後光が差しているかのように見える。さすがはルニアーナ国代表イケメンだ（ちなみに、これはわたしの個人的な感想です）。金よりもきらびやかな錬金術師は、品よく肉を切りながら言った。

「報告が入っていたが、聖女ナツコによる瘴気溜まりの浄化は順調に進んでいるらしい。だが、続けて浄化してしまいたい場所があるとのことで、休まずにこのまま次の箇所に向かうようだ」

「奈都子お姉さん、大丈夫なのかな。お姉さんも日本からやってきたばかりなんだから、疲れているんじゃないかと心配です」

　ここに来る前は仕事三昧の生活だったようだから、疲労が溜まっているのではないかと思うのだが、お姉さんは「わたし、動いてないと気持ち悪いんだよね」なんて言いながら、大きな光る石のはまった杖（つえ）を持って出かけてしまったのだ。

　それにしても、お肉、美味しい。

　野菜も好きだがお肉も好きだし、お魚も好き。

　もう、この国の食べ物がめっちゃ口に合って、その点に関しては『お狐ちゃん、グッジョブ！』という感謝の気持ちを伝えたい。

　そうだ、奈都子お姉さんがちゃんとごはんを食べているのかも心配だ。この世界にはカロリーバーなんてなさそうだから、三度の食事はしっかりと取って欲しい。この世界の未来はお姉さんにかかっているんだもの。

　ディアライトさんにそう言うと「リーサは優しいな。まさに天使だ」と微笑まれてしまった。

「もう、やめてくださいよ。わたしは普通の女の子です」

「わたしにとっては唯一無二の天使だが？」

　光り輝くようなディアライトさんの笑顔をまともに見てしまったので、わたしは赤くなり「て、照れるからそういうのは……」ともごもご言ってからお肉を口に放り込んだ。

「聖女ナツコは回復薬を飲みながらがんばっているとのことだ。あまり無理をさせたくないのだが、この国に来る前にある程度の計画を立ててきたらしくて、リーダーとなって行動しているし、押しの強い性格なのもあって誰も止められないそうだ」

うーん、働きすぎちゃうのが日本人の悪い癖だよね。

あと、押しが強いというあたりは、さすがはバリバリのエリートキャリアウーマンだけある。

「奈都子お姉さんが帰ってきたら、わたしも無理のないペースで浄化を進めてくれるように頼んでみますね」

「そうだな。聖女もリーサの言うことなら聞いてくれそうな気がする」

わたしたちは食後のデザートまでしっかりと平らげると、リビングに場所を移して気分が落ち着く夜用のお茶を飲んだ。仲良くソファーに並んで座るけれど、部屋にふたりきりということではなく複数の侍女さんたちが控えているので、かえって気楽に話ができる。

そうそう、こんな風に、朝の目覚めのお茶とか、夜のリラックスできるお茶などのハーブの配合も、錬金術でするという。それから魔石を動力にして動くからくりの研究や、物質を別の物質に変換する研究など、人が思いつく限りの魔力を使ったあらゆる研究が錬金術の範疇らしい。錬『金』というが金属に限るわけではないそうだ。

わたしは隣に座るディアライトさんに尋ねた。

「世界を渡る技を編み出したのも、錬金術によるものなんですか？」

ディアライトさんは「いや、違う」と、軽く首を振った。

「世界を行き来することは神の領分だから、人の力ではできない。聖女の降臨は神が祈りに応えてくださったのだ」

奈都子お姉さんが聖女としてやってくることは、以前から祈りを捧げていた神官長に神託として伝えられたとのことだった。だからみんな、その時間に降下地点である神殿で待ち構えていたらしい。おまけにわたしまでやってきてしまったのでびっくりされたけれど、これも神さまの思し召しだからということで歓迎されたから助かった。

「生死に関することも神の領分なので、回復薬や毒消しを作ることは許されるが、蘇生薬は許されない。人が行ってよいことと悪いことの区別をきっちりとわきまえないと、天罰が下ることもあるから、その見極めは慎重に行わねばならないのだ」

「なるほど。人を勝手に生き返らせては駄目なんですね」

「ああ。だが、命を救う努力をするのは許されるから、より効き目の高い回復薬を作るための研究を我々錬金術師は行っている。残念ながら、まだあまり成果は出ていないのだが……上級回復薬を作るにはどうしたらいいかを試行錯誤しているところだ」

「上級回復薬っていうのがあるんですね」

普通の回復薬の効き目にも驚いたけれど、さらにすごいものがあるのかな？

「そうだ。身体の一部を失っても、上級回復薬があれば復活することができるのだ」

ええっ、手や足がなくなっても新しいのが生えてくるっていうこと？

うわあ、錬金術ってとんでもない薬を作り出せるんだな、びっくりだよ！

わたしは「それはすごい薬ですね！」と言って、お茶を飲んで気持ちを落ち着かせた。

「ところで……リーサに相談があるのだが」

「なんですか？」

「もしよければ、一日に数時間でいいから、錬金術省での回復薬製造作業に手を貸してもらえないだろうか？　今日は本当に助かったのだ」

錬金の才を持つ者しか作れない回復薬は常に必要とされているため、錬金術省の皆さんは身体に疲労を溜めながらお仕事をしているらしい。わたしが手を貸すことで薬の生産ノルマが早く達成され、仕事の負担が減って、休憩時間を作ることができるということだ。

「大変なお仕事ですよね。わたしでよければ喜んでお手伝いしますよ」

「ありがとう、リーサは優しいな。錬金術省では『黒髪の天使が神さまから遣わされた』と言って、リーサのことをありがたがっていたぞ」

イケメンにいい子いい子されたわたしは、ひっそりと顔を赤らめながら「でも、拝まれるのは落ち着かないので、できればやめてもらいたいんですけど……」と頼んだ。

さて、異世界に来ても健康なわたしはよく食べてよく眠り、翌朝にはすっきりと目覚めた。そして、朝日よりも日に眩しいイケメンと朝ごはんを食べると、エスコートされて錬金術省へと向かう。

「リーサ、今朝は歩き方が安定しているようだな」

わたしに左腕を貸してくれながら、ディアライトさんが言った。

「あ、わかります？　実はわたしが履いていた靴を元にして、ドレスに合うデザインの素敵な歩きやすい靴を作ってもらったんです。ローファーっていうんですけど」

わたしは通学用のコインローファーを履いて、この国に落ちてきた。柔らかく履き慣れたローファーはパンプスよりも動きやすくていいのだが、残念ながらドレスに合わせるには真っ黒すぎるので、しまっておくことにしたのだ。

で、ローファーを預けた時にナオミさんが言った。

「もしよろしかったら、リーサさまの靴を国の靴職人にお見せしてもよろしいでしょうか。一見、男性向けのようなデザインですのに、女性が履いても違和感がないですし、安定して歩きやすそうなので再現したいのです」

女子高生御用達のローファーは、スニーカーほどではないけれど歩きやすくて、通学時には必須なのだ。制服を着たらそのままフォーマルな場でも通用するし、汎用性が高い靴だと思う。

「いいですよ。そういえば、少しかかとが高めのローファーっていうのも売っていましたよ。安定性はそのままで脚が綺麗に見えるとか。あと、靴屋さんで金具の飾りがついたものも見かけました」

「それはいいですね！　靴職人にも伝えておきますわ」

宰相の娘さんで貴族の令嬢であるナオミさんは、ファッションに敏感らしい。

「期待して待っていますから、出来上がったら、わたしにも試させてください……あ」

靴を渡すことにしてふと思った。

わたしの足は、たぶん臭くないから大丈夫。だって、女子高生だもの、臭くないはずだ、女子高生の足は臭わない……よね？

「万一、臭うといけないので、靴の中には臭い消しのハーブかなんかを突っ込んでおいてくださいね。ペパーミントとかローズマリーとか」

実は小心者のわたしなのであった。

靴職人さんのやる気がかなり高かったらしく、そのローファーの試作品が早々と送られてきたので、今日はさっそく履いているのだ。

「見てください、パンプスと違って足の甲までしっかりと固定されているでしょう？　かかとも太いから歩きやすいんですよ」

わたしは足を止めてからスカートを膝まで持ち上げて、ディアライトさんに新しい白いローファーを見せた。

通学用よりも一センチほどかかとが高くなっているためドレッシーで、甲の部分には金属の細工

（これはもしかすると純金かもしれないけど、怖いから聞かないでいる）と綺麗にカットされて光を反射する色石（これももしかすると宝石かもしれないけど、以下同文）が飾られていて、ドレスにもとても似合っているのだ。この靴なら、わたしにもワルツが踊れそうな気がする。

この国は、魔物や瘴気という危険にさらされてはいるけれど、文明は決して日本に劣っていない。靴は職人の手作りだけど、センスがいいし仕事も速い。機械はないが、その分を魔術で補っているから早くできるそうだ。

「腕のいい職人さんがこの国のデザインを取り入れてくれたから、とても素敵な仕上がりになっているでしょう？　ナオミさんは、社交界で流行るんじゃないかって言ってくれたんですけれど……どう思いますか？」

わたしがちょこんと膝を曲げてから、ダンスのようにその場で回ってみせると、口を開けて固まっていたディアライトさんが「うむっ」とうめき声を漏らし、片手で顔を覆った。

「どうしましたか？」

侍女さんたちには似合っていると絶賛されたのにな。柔らかな白い靴はディアライトさんの好みじゃないのかな……もしかして、もっと大人っぽくて色っぽいやつが好きとか？　赤いピンヒールとか、黒いロングブーツとか、そういう靴を履いている女性が好みだとしたら、わたしに勝ち目はないな……。え、ちょっと待って、勝ち目って、わたしはなにと戦っているの？

それはともかく、ディアライトさんも一言くらい褒めてくれてもいいのに。

わたしが不満げにじっと見つめていると、その視線に気づいたディアライトさんは少し頬を染め、ひとつ咳払いをしてからようやく口を開いた。

「その、なんだ、リーサはわたしを誘っているのか？」

「さそ……え？」

意味がわからずに、首をひねる。

「特になにかに誘ったりはしていませんけれど……舞踏会に誘っているように見えました？」

「うむ、やはりそうか、そうだとは思ったが少し動揺してしまったぞ」

「もしかして靴を見せるのって、なにか特別な意味があるんですか？」

嫌な予感がしたわたしは、口元をひくひくさせながら尋ねる。すると、ディアライトさんが苦笑しながら言った。

「やっぱりまったく自覚がないようだな。この国では、淑女はあまり、いや絶対に、脚を見せない方がいいということを覚えておいた方がいい」

ナオミさんが咳払いをしてから、低い声で言った。

「リーサさま、大事なことなので覚えておいてください。女性がスカートを持ち上げて男性に脚を見せるのは、恋人同士では品のない行為だとはみなされません。むしろ、可愛らしい求愛行動になるのです」

「きゅう、あい？」

「……熱烈な大人のお誘い、と申し上げると伝わりますでしょうか？」

大人のお誘い、大人の……。

「もっと距離を近づけたいの、なんなら夜の寝室に忍んで来てくださってもよろしいのよ、あなたの伴侶になりたいのです、という意味になるのですわ。夜の寝室の意味、わかりますか？」

「……ふぁっ、わかります！　なんてこった！」

わたしは両手で頭を抱えて叫んでしまった。

「そのような知識をリーサさまがご存じで、ほっとしました。閨（ねや）についての基礎教育からお教えしなければならないのかと、一瞬不安に思いましたわ」

ナオミさんが、とてもにこやかに「淑女の嗜みですからね」と言った。

ぎゃー、ディアライトさんの前で閨とか言わないで！

いやん、恥ずかしい！

つまりわたしは今、ディアライトさんに、『わたしたち、大人の関係に進みましょ♡』って全力でのお誘いをやっちゃったわけですか！

だから今、この親切な美形男性は、顔を赤くしてわたしから視線を逸らしているわけですか！

「違うんです、ディアライトさん、そういうんじゃないんです、わたしは本当に靴を見せたかっただけであって、ふっ、ふしだらなことを、誘っていたわけではないんです！」

わたしはぶんぶん首を振りながら、後ろに下がって廊下の壁に張りついた。

まだ頬を染めて、少し、いやかなり色っぽい雰囲気のディアライトさんが、両手を広げてみせながらわたしに近づいてきた。

「いや、大丈夫だ。リーサに他意はないことはわかっていた」

「ありがとうございます、ご理解いただけて幸いなのです！」

「しかしだな、少々刺激的ではあったが……嬉しく思えることであった」

「えっ、えっ、刺激しちゃってすみません！」

うわあああああ、イケメンが迫ってくるよ！

待ってください、わたしの後ろは壁なのでこれ以上下がれないのです。じわじわと近寄るのはやめてください。こういう少女漫画的な展開には免疫がないから、どうしたらいいのかわからないし、ドキドキしすぎて心臓が爆発しそうなんです！

「忘れているのかもしれないが、わたしはリーサの夫になりたいし、絶対になるつもりなのだ」

「すみません、ちょっとバタバタしていたから忘れていました！」

「うむ、思い出してくれれば問題はない。さきほどのことが本気の求愛ではなくても、改めて誘ってもらえたならばわたしはいつでも受け入れるし、その責任は取る。わたしはリーサを幸せにする義務があるからな」

「あ……義務でしたね」

わたしは、どうしてディアライトさんが婚約者だと言い張る事態になったのかを思い出した。

ディアライトさんはキスしちゃった責任を取るために、わたしとの結婚を申し出てくれたんだっけ。なにを思い上がっていたんだろう。ちょっと不思議な力を身につけたからって、調子に乗っていたみたい。自分で自分が痛々しいな。

わたしは俯いて言った。

「突然現れたわたしに親切にしてくださって、ありがとうございます。ディアライトさんには大変感謝しています。でも、あの、例のちょっとした事故の責任を、ディアライトさんに取ってもらいたいなんてことは求めていないとお伝えしておきますね。……実はですね、現代の日本では、キスしたからお嫁に行けなくなるという話は……ないんですよ。ずっと言えなくてごめんなさい」

「リーサはなにを言っているのだ？」

「だから、わたしとキスしちゃったから責任を取って結婚をする、と考えているのなら、申し訳ないので婚約は取り消してもらえますか？」

「取り消しだと？　いや、責任を取るというのは、まあ、そうなのだが、それだけではないというか……」

その呟きを聞いたナオミさんが「ディアライト閣下、女性に対してはきちんと言葉にして気持ちを伝えることが大切でございます。リーサさまがこの婚約が義務だと勘違いなさっているのは閣下の手落ちでございますよ」と淡々と言った。

「そうだな。まさしくわたしの手落ちだ」

ディアライトさんは真顔になり、わたしのすぐ近くまで足を進めてきてしまった。

「聞いてくれ、リーサ。わたしがリーサに求婚しているのは、義務などではないのだ。というか、責任を取るというのはむしろ後づけだ」

「え？　じゃあどうしてなんですか？」

「わたしは心から、リーサと夫婦になりたいと思って求婚している」

なにがどうしてそうなったのだ？

「……ごめんなさい、意味がわかりません」

ディアライトさんが、わたしの頭の右横に手をついた。壁ドンだ。

「なぜわかってもらえないのだ。わたしと結婚して欲しいと言っているのに。リーサのことが好きだと全力で表しているつもりだったのだが」

「えっ？……面白いからわたしをかまっていたのかと思ってました」

「違う」

ナオミさんが、なぜか気配を消してしまったので（この人は間違いなく、くノ一とかそっち系だ）わたしはディアライトさんと無言で見つめ合った。

「あのですね、わたしに回復薬を作る力があるから結婚して側に置いておこう、なんてことは……」

「だから、なぜそうなるのだ。回復薬は関係ない。作れても作れなくてもかまわない。わたしはリーサの能力を利用しようなどと考えていないぞ」

「え、でも、わたしは美人というわけでも、特別可愛いというわけでもないし」

「こんなに可愛いのに、なにを言っているのだ！　それに、リーサはいてくれるだけでいい。側にいるだけでわたしに春の優しい風を運んでくる小鳥、それがリーサなのだ」

距離を詰めてくるイケメンというのは、大変な迫力がある。わたしは狼狽えて壁ドン状態から逃げ出そうとしたが、その前に捕まってしまった。

ディアライトさんが、壁にへばりついたわたしの左側にも手をついた。もう逃げ場がない。

まさかの、異世界で両手壁ドンだ！

「まだ若いリーサをあまり追い詰めるのはよくないと、手加減したのが仇となった。これほどまでにわたしの気持ちが通じていないとは。もっとアピールするべきだったか……」

気配を消しているナオミさんが「閣下、もっと具体的に！　リーサさまに男性として見て欲しいのなら、ちゃんと言葉にして口説かなければなりません」とディアライトさんに謎のアドバイスをしている。

「失礼ながら、閣下は女性におモテにはなっていらっしゃいますが、女性を口説く経験の方は豊富ではないとお見受けいたしますし、リーサさまはまだ可憐な少女ですので男性に慣れていらっしゃいません。ですから、閣下が真心を込めてリードする必要がございますわ。『言わなくてもわかるだろう』などと考えてはなりませんよ」

「うむ、忠告に感謝する」

待って、ナオミさん、待って。確かにわたしは男性に免疫がありませんけど！

「では、改めて。リーサ……」

すごく顔が近い。

こんなに近くで男の人の顔を見るのは初めてなので、恥ずかしくて下を見ようとすると、顎をクイッと持ち上げられてしまった。

まさかの、異世界で顎クイだ！

「全力で口説かせていただこう」

「そっ、そんな畏れ多いことを！　ディアライトさんはいつも親切で優しくて、いい方だと思っています」

両手を揃えて、そっとディアライトさんの胸を押そうとしたのだが、びくともしない。そういえばこの人は、わたしを軽々とお姫さま抱っこできるほどの力持ちなのだった。脱いだら筋肉がすごいのかな……って、なんてことを考えてるの！　わたしのえっち！

「あの、すみません、ちょっと、近いんですけど」

「どうしてわたしがリーサに親切にしているのか、考えたことがあるか？」

「ええと、奈都子お姉さんと一緒に来たから、国賓扱いとか、そんな感じで？　ディアライトさんが国の偉い人だから責任者として面倒を見てくれることになった？」

顎から手を離してくれたものの、また両手を壁についてわたしを囲ってしまったイケメンは、ため息をついた。そして、わたしの左耳に口を寄せて、甘い声で囁いた。

「天からリーサが落ちてきた時、わたしのもとに天使がやってきた、この可愛らしい少女は神からの贈り物なのだと確信して手を伸ばした。目が合った時に、わたしだけのものにしたいと感じてそのまま受け止めて抱きしめた。偶然口づけてしまって、リーサが他の男とは結婚できないと泣くのを目にして、その愛らしさと小鳥のような可憐さにわたしの心は震えた」

「……」

「そして、わたしと結婚するしかないのだとわかり、歓喜に震えた」

「……」

「簡単に説明するとだな」

ディアライトさんは、それこそ天使のように美しく笑って言った。

「わたしはリーサに一目惚(ぼ)れをしたということだ。好きだ、リーサ。わたしはリーサだけを想(おも)っている」

「ふぇっ」

中峰理衣沙、十七歳。趣味は土いじりの、おばあちゃんっ子。

流行りのファッションには興味がなく、普段着は某量販店のトレーナーとジーパンを愛用している。好物はあんぱんで、牛乳を飲みながら食べるのが好き。

我ながら、全然ぱっとしない女子だと思う。

そんなわたしが、生まれてこの方たったの一度も、告られたことも告ったこともないという、平凡な（本当は平凡よりも地味寄りなんだけど……そこは武士の情けで平凡ってことにしておいてね！）女子高生であるわたしが、今どうなっているかというと。

「どんな女性よりも、リーサのことが一番好きだ。誰よりも可愛い。最高に可愛い。好きすぎてわたしだけのものにしたいくらいだ、絶対に誰にも渡したくない」

異世界の王宮の廊下でレースとかフリルのついたドレスに身を包み、胸にリボンと綺麗な石（これは石だ、めっちゃ光ってて、すごいお値段がつきそうだけど、聞いてないからただの石だ）のついたブローチをつけてもらい、舞踏会にお出かけですか？　という、七五三と従姉妹（いとこ）の結婚式が同時に来たようなドレスアップした姿で、超絶美形の錬金術師に壁ドンされている。

「こんなにも可愛らしい人に出会えて、わたしは神に感謝をしている」

この世界にやってきてまだ三日目だというのに、壁ドン、撫でポ、顎クイという、ときめき三要素をクリアしてしまった！

「これはまさに、愛というものなのだろう。絶対に幸せにするから結婚してくれ」

そして、記念すべき初告られ体験は『好きです。よかったらお付き合いしてください』ではなく、『一目惚れをしたから結婚してくれ』だ。

モテキャラではないわたしには、この展開は荷が重すぎる。重すぎて心も身体も震える。

どうしたらいいのかわからない。

「リーサ、愛している。わたしはリーサのすべてが欲しい。そして、わたしのすべてをリーサに捧

げたい。だから、この気持ちを受け取ってくれないか?」

わたしの顎が再びクイッと持ち上げられ、美しい顔が段々近づいてきて……。

「リーサ、愛している……」

「きゅう」

「リーサさま!」

「リーサ!」

わたしはそのまま、気を失ってしまったのだった。


「……あの?」

「リーサ、すまない!」

目が覚めたらわたしはソファーに横たわっていた。そして、目の前にディアライトさんが跪いていた。

「歳若く繊細なリーサに、わたしの熱い想いをそのままぶつけてしまった。年長者としての余裕がなくて申し訳ない」

「いえいえ、大丈夫です、恋愛慣れしていなくてすみません。そんなに好意を持っていただけて、とっても嬉しいんですけど……」

わたしは目を逸らして「なんか、恥ずかしいんです。照れちゃうの」ともじもじした。

「くうっ、純粋な小鳥ちゃんが可愛すぎる……」

ディアライトさんは両手で顔を覆って悶えている。

ふたりの甘酸っぱい雰囲気を見守っていたナオミさんが言った。

「おふたりともたいそう初々しい感じで、こちらも少々恥ずかしくなってしまいます。それはさておきリーサさま、お加減はいかがですか？」

「あ、もう大丈夫です、復活しました、体調はいいです」

ドキドキしすぎて気を失っちゃうなんて、お子さまっぽくて恥ずかしいよ。

念のためにと、わたしはディアライトさんに回復薬を飲まされた。貴重な薬なので遠慮しようとしたけれど「リーサがたくさん作ってくれたから数に余裕があるのだ」と押し切られてしまったのだ。

お味はというと、ふわっとラムネの香りがする甘くて美味しいお薬でした。

「リーサの心をこちらに向けようとして混乱させてしまったようだ。反省している。もう暴走はしないように気をつけるので、許してもらえるだろうか？」

「いいえ、わたしこそ、驚かせてしまってすみませんでした。いろいろと、その、ゆっくりめに進めていただけると助かります」

「承知した」

にっこり笑うディアライトさんの顔が眩しすぎる。わたしは『結婚するかどうかなんてすぐに答えは出せないけど、でもこの人といると幸せになれそうな気がするよ、おばあちゃん』と心の中で呟いた。

「もう大丈夫なので、そろそろ出かけましょうか」

わたしが立ち上がると、ディアライトさんがお姫さま抱っこをしようと腕を差し出した。

「歩きでお願いします」

悲しい子犬のような顔をしてから、彼は普通にエスコートしてくれた。

幸せだけど、過保護すぎて駄目になっちゃいそうだよ、おばあちゃん。


「そうだ、リーサにお願いがあるのだが」

錬金術省に向かう廊下を歩きながら、ディアライトさんが言った。

「なんですか?」

ドキドキしながら、至近距離にいるイケメンの顔を見上げる。

「これからは、わたしのことを『アラン』と呼んでくれないか?」

「えっ?」

彼は目を細めながら「実はわたしは、友人にさえ『ディアライト』と呼ばれていて、愛称で呼んでくれる者が誰もいないのだ。だから、リーサに親しく呼んでもらえると嬉しいのだが」と可愛らしく首を傾げた。

クールで強引なイケメンから、可愛い系にジョブチェンジしたのだろうか。

乙女心を揺さぶる技に長(た)けている。

「そういうのは、畏れ多いというか……少し抵抗があります」

「駄目か？　リーサにしか頼めないのだが……呼んで欲しいな。駄目なのか?」

悲しげな顔で、ディアライトさんが言う。

なんだか毛並みのいい犬がしょんぼりした様子に似ている……犬をいじめているような罪悪感が……駄目駄目、それでは相手の思う壺だ。もっと気持ちを強く持たねば。

「あの……」

「アラン、と」

「でも」

「アラン、と言ってみてくれ」

「いや、それは」

「ア、ラ、ン」

にこっ。

無邪気な笑顔を見せてきた。

むむむ、この犬は猫をかぶっているようである。まん丸いおめめで甘えてきて要求を呑ませようとする、押しが強いわんこだ。

「わたしがリーサと名を呼ぶのだから、リーサもアランと呼ばないと釣り合いが取れないのではないかと思う」

「ならば中峰とお呼びください」

「リーサという名前が可愛くていい。わたしはリーサが好きだ」

このっ、イケメンの無駄遣いめ！　いちいち愛嬌と色気を乗せて、わたしを翻弄してこないで欲しい。

「でも、やっぱり、目上の人だし……」

「結婚するのだから、そんなことは気にしなくていい。それに、結婚したらリーサ・ディアライトになるからな、うん」

「そういえばそうでしたね」

「よし、早く名前を変えてしまおう。それならさっそく、結婚式の日取りを……」

「ごめんなさい、ディアライトさんのお気持ちは嬉しいんですけど、まだ知り合ったばかりだし、これはとっても大きな人生での決断なので、もう少し考えたいんです」

「そうか……世界を渡るという環境の変化もあったことだし、それは仕方のないことだ。では、おとなしく待っているから、アランと呼んでくれ。そうしたら、わたしは安心して待てる気がする。それでいいだろう?」

待てをする犬なの?

「……じゃあ、アランさん」

短くて呼びやすくなるから！　それだけだから！

今日からあなたはアランさんです。

「はい、リーサ」

彼は嬉しそうに笑った。

そのお尻で、幻の尻尾が激しく振られているような気がしたので、思わず心の中で『アラン、ボール取ってこーい！』と言ってしまった。

SIDE　錬金術師アランフェス・ディアライトの苦悩と喜び

わたしの名はアランフェス・ディアライト。ルニアーナ国の錬金術師長である。

人はわたしのことを感情を表さない冷たい人物であると評し、『人間らしい感情は錬金の材料として使い切ってしまった』などと失礼なことまで噂（うわさ）している。

確かに、わたしは自分の気持ちをなるべく殺して生きてきた。そうしないと、どんなトラブルに巻き込まれるかわからないからだ。

ディアライト伯爵家は辺境の貴族である。瘴気が湧き魔物の襲来を常に警戒する厳しい土地に住む、ごく平凡な容姿をした両親から生まれたわたしは、神の悪戯（いたずら）で田舎の地にふさわしくない外見を得てしまった。緑色と銀色が混ざった輝きを放つまっすぐな髪に、日に焼けても白さを失わない肌、そして人形のように整った容貌のせいで、幼い頃はよく女の子に間違えられたものだ。

そんなわたしを、母と上の姉はとても可愛がってくれて、お転婆（てんば）を超えて獰猛（どうもう）と言っていい下の姉にはいじめられた。

下の姉と喧嘩しても勝てるようになるため、そして見た目から判断する奴（やつ）らから舐められないように幼い頃から鍛えた格闘技術と剣術で、わたしは絡んでくる悪ガキを叩き潰して配下に加えた。

ちなみに、のちに我が国の騎士団に入ってその名を轟（とどろ）かすことになる下の姉とは互角に戦えるようにはなったが、勝てる気はしない。下の姉がナイフでぶつ切りにしてくれた髪（これを見た母親と上の姉はたいそう嘆いたものだ）と極悪な目つきをしたわたしのことを『お嬢さま男』と揶揄（からか）う者など誰もいなくなった頃、わたしには錬金の才があると判明した。

　わたしは九歳で王都に上がり、錬金術の師匠についてさまざまな技術を学んだ。魔力を安定させるため髪を伸ばすようにと師匠に勧められたわたしは、まだまだ少年の体型をしていたので、怪しい趣味を持った貴族（気持ちが悪いことに、そのほとんどが男だ）に度々目をつけられた。

　気色の悪いことを囁かれたからといって、仮にも貴族に対して暴力を振るうわけにはいかなかったので、氷よりも冷たいゴミムシを見るような目つきと、感情を消した顔で武装した。

　そして、姉が入った騎士団の修練場を訪ねて、ほとんど真剣勝負で姉に向かって派手に剣を振るい、修練用の人形を殴りつけてバラバラにし、わたしを本気で怒らせた者の行く末を暗示させながら薄い笑みを見せていると、いつの間にかわたしの周りから人が消えた。

「騎士の中には、頭の中に筋肉が詰まっている奴らもいるからな。早いうちに釘を刺せてよかったじゃないか。うっかりおまえに手を出す奴らを粛清していたら、騎士団が壊滅してしまうからな」

　可愛い顔をしているのに狼（おおかみ）のように獰猛な姉は、そう言って高らかに笑った。

　ちなみにこの姉は、どういうわけだかひょろっとして穏やかそうな伯爵家のボンボンと恋に落ちてしまい、とっとと嫁に行ってしまった。なんだか裏切られた気分だ。

　面倒な人間関係に巻き込まれるくらいなら孤独でいる方を選んだわたしに、錬金術の師匠は「難儀な運命だなぁ……」とため息をつきつつも、わたしの才能を伸ばしてくれたので、若くして錬金術省に入り、功績を上げ、今やそのトップに立つこととなった。

幸運なことに、錬金術を行う者は男女関係のあれこれや恋愛感情がうんぬんといったことよりも、研究に興味がある傾向が強い。わたしの見た目など、薬草の新鮮さや魔石に込められた魔力の強さの前ではまったく関心を集めないのだ。

とはいえ、師長となったわたしは『地位も名誉も財力も身分もある見栄えの良い男性』となってしまったため、想いを寄せると称した下心が満載の、白粉と香水の匂いを撒き散らす、やたらとヒラヒラしたドレスの胸元を大きく開けた『やんごとなき貴族の令嬢』と引き合わされたり、なぜか勝手に感情的になられたり、人でなしと罵られたり、勝手な言いがかりをつけられ、貴重な時間を無駄にさせられた。あいつらはニジクジャクの羽根を尻に刺したケリアシダチョウだと思う。

だが、視線に殺気を込めて「うるさい」と一言呟くだけで、大抵の片はついた。

わたしの評判はさらに落ちていったが、仕事の邪魔にならなければどうでもよい。

錬金術省の研究室で、魔物除けや瘴気を薄める道具を開発しつつ、常に不足している回復薬を全力で錬金する日々を過ごしていたある日、神殿に神託が下りたとの連絡があった。この国の命運を握る、聖女の降臨が預言されたということで急いで神殿に向かうと、途中で騎士団長に会った。

「おお、ディアライト殿！　いつも回復薬を感謝する！」

「職務だからな」

「相変わらず愛想がない奴だな」

「愛想は錬金の材料にはならない」

小走りで神殿に向かいながら、回復薬では治しきれなかった傷を身体中に持つ彼と話す。ちなみにこいつはひそかに下の姉に惚れていたらしい。告白もできないうちに失恋して落ち込んでいたところを、「一発活を入れてやれ」という姉の命令で、弱った心を剣で叩き直してやったら酷く恨まれたのだが、なぜかそこから腐れ縁ができてしまった。

「上級回復薬は、まだできそうもないか？」

「さすがのわたしも、材料がなければ錬金はできない。騎士団の人員に余裕があるならば、極薬草を探しに遠征してもらいたいのだが」

「そんな余裕はまったくない。戦いの状況は厳しく、手練れの戦士が重傷を負って離脱していく。本当に、辛い状態なのだ」

「そうか……」

騎士団長は、苦いものを飲み込んだような表情になった。

手足の欠損や複雑な外傷は、回復薬では治せない。上級回復薬があればまた前線で力を振るえる猛者が、涙を飲んで後退しているのだ。

「聖女の降臨で、少しでも良い方へと向かってくれるとありがたいのだが」

「そうだな。わたしが自分で極薬草を探しに出てもよいならば……」

「やめてくれ！　ディアライト殿になにかあったら、この国は消滅するぞ！」

「ああ、そうだろうな。だが……」

回復薬の供給が少しでも低下したら……ぎりぎり保たれている均衡が傾き、ルニアーナ国は瘴気と魔物に呑み込まれてしまうだろう。だが、最悪の事態になる前に上級回復薬を作らなくては、この国に未来はない。

そうこうしているうちに、寒い石造りの神殿に着いた。

「騎士団長に錬金術師長、こちらへ！」

部屋に入ると、扉が閉じられた。天井に異変を感じて仰ぎ見ると、さまざまな色の光が入り混じる不思議な点が現れ、徐々に大きくなった。そして、そこから長い黒髪の不思議な衣装を着た女性が、ゆっくりと床へ降りてきた。

「聖女さま！」

「おお、聖女さまが降臨なされた。神よ、感謝いたします」

部屋に歓迎の拍手が沸き起こった。もちろん、わたしも手を叩く。瘴気との戦いが有利になる要素ならば大歓迎だ。

わたしの叔母くらいの年齢に見える聖女は、大変落ち着いた様子で我々を見た。

「皆さん、こんにちは。連絡があったと思いますが、わたしは神さまから聖女としての業務を承ってこの世界に参りました。よろしくお願いいたしますね」

とても事務的な口調だ。これならば、頼りになりそうである。彼女は横を向いて、小さく笑いながら呟いた。

「瘴気とか魔物とか、ザクザク浄化してしまおう。きっとストレス解消にいいわ……部長の顔を思い浮かべながらね……」

え？　顔が怖くて背中がぞくっとしたんだが？　今のは聞き間違いか？

この聖女、雰囲気がなんとなく下の姉に似ている感じが……うう む、気のせいか。聖女が獰猛なはずがないだろう……ないと思いたい。

と、天井に新たな気配を感じ、上を見た。

なにかが来る。

「え、待って、落ちる、落ちるーっ！」

まさかの、少女の悲鳴が聞こえた。

聖女と同じ黒髪の、聖女とは違った短いスカートを穿いた少女が、半分泣きながら天井から落ちてくるのが見えた。

「か、可愛い……」

小さな手をぱたぱたさせながら、小鳥のような少女が落ちてきた。小さな白い顔にくりんとした黒い瞳、ちっこい鼻にちっこい口。

ええと、なんと言ったっけ……そう、ユキシロ（注：日本でいうシマエナガ）にそっくりだ！

わたしの身体に電撃が走り、『欲しい』という強い欲望に駆られた。

この少女はケリアシダチョウではなくユキシロだ。ああ、こんなに可愛らしい女性がこの世に存在したのか！

——なんなのだ、この初めての気持ちは？

わたしは胸の奥できゅんきゅんと駆け巡るなにかに戸惑ったが、今はそれどころではない。

わたしの可愛い小鳥ちゃんが怪我をしたら大変だ。

「落ち着きなさい、大丈夫だ」

落ちてくる少女の意識をわたしだけに向けたい。わたしを見てくれ、わたしだけを。こーいこいこいこい。

「こっちに来い」

声を張ると、少女の丸くて黒い瞳と視線が合った。ああ、やっぱりものすごく可愛い！　ぺろぺろしたくなるような、飴玉のような目だ。わたしのきゅんきゅんが瞳に吸い込まれそうになる。ちらちらと寄越される他人の視線はわずらわしいだけなのに、小鳥ちゃんの瞳にはわたしの全部を見てもらいたい！

落ちてくる彼女は、わたしに手を伸ばした。

ふおおおおーっ、これは可愛すぎるだろう、わたしの胸に飛んでくるがいい小鳥ちゃん！

可愛すぎて心臓が止まるかと思った。

全力で腕の中に受け止めた少女を、怪我をさせないようにと抱きしめて身体を密着させ、密着させすぎてバランスを崩し床に転がってしまう。ついでにクンクンしてしまう。

いい匂いがする。

なんだこの幸せな柔らかさは。

柔らか……な……唇、だと？

おお、天から舞い降りた不思議な少女は、わたしに、口づけをくださった！　そのちっこいお口で、わたしの唇に、ちゅっと！

なんという祝福だろう！

わたしの上に乗っていた大慌ての小鳥ちゃんは、びっくりした顔で飛び退いて、激しく動揺して手を羽ばたかせ、その姿がもう息が止まるかと思うくらいに可愛かった。可愛すぎて、もう一度ちゅっとしてしまいそうになる。

そして、彼女は、幼子のように泣き出した。

うおおおおおおおお可愛い！

ものすごく可愛い！

まんまるおめめから涙が零れ落ちて、ああ、なんて甘そうな涙なのだ、あれをぺろぺろしたい！

ちょっとこのまま抱き上げてわたしの屋敷に連れていって部屋に閉じ込めてもいいだろうか、銀の籠を特注で作って閉じ込めてしまうのもいいな、金で作った細い鎖に繋いで決して逃げられないように……いや、さすがにそれは駄目だろう。人として駄目なことだ。だが、わかっていても、なんとかこの天からやってきた小鳥ちゃんをわたしだけのものにしたい。

「わたし、知らない男の人とちゅーしちゃったよう、どうしようおばあちゃん、もうお嫁に行けない身体になっちゃったよう……」

嫁……だと？

……よし。わかった。このわたしに、錬金術師長アランフェス・ディアライトにすべてを任せるがいいぞ、わたしの可愛い小鳥ちゃん！

これは、この少女をわたしの嫁にしろという神からの啓示に間違いないのだ。

この天使のような小鳥ちゃんはきっと、とても臆病な少女なのだ。尻に羽根を刺したようなケバケバしい装いで胸を露わにしながら迫りくる女とは違って、ちゅっとしただけで泣き出してしまう繊細な少女なのだ。

慎重に、怖がらせないように、柔らかな羽毛のように全身を優しく包み込んで、気がついたら逃げられないところまで来てしまった、という具合にうまく囲わなくては。絶対にわたしのもとから離れないようにさせるのだ。

大丈夫、わたしならできる。
わたしの可愛い小さな小鳥ちゃん。
いつかこの熱い気持ちを告げる時が来るまでは、大人の余裕で見守るのだ。
いつか、わたしだけのものになる日まで。

楽しい錬金術

「おはようございます。今日もよろしくお願いします」

錬金術省の、回復薬の工房に入って元気に挨拶をする。すでにたくさんの人が作業を開始していて、わたしの姿を見ると笑顔で歓迎してくれた。

「いらっしゃいませ、天使さま！」

「お待ちしておりました、錬金の天使リーサさま。来てくださって嬉しいです。ぜひとも毎日お越しください」

「天使さま用のお茶とお菓子も用意してございます。すごーく美味しいやつを、今朝買っておきましたよ」

「じゃーん、なんと錬金術で製作した冷蔵庫もございます。甘くてみずみずしい果物を冷やしてありますからね、いくらでもむかせていただきますので召し上がってくださいね」

だから、拝むのはやめてください。

あと、露骨におやつで釣らないでください。

「今日もうちの師長と仲良しですわね！　どうぞこれからも末永く錬金術省をよろしくお願いいたします」

「師長、頼みますから全力で天使さまをつなぎとめてくださいよ！」

冗談のように言っているけど、錬金術師さんたちの目が本気だよね……。

「リーサ、部下が勝手なことを言ってすまないな。皆のことは手足のようにこき使ってもかまわないし、単なる下僕だと思ってくれ。余計なことを言われなくても、リーサは永遠にわたしだけの天使だ」

「あっ」

手の指と指を絡めた恋人つなぎにされてしまい、わたしは上目遣いでディアラ……じゃなくて、アランさんの顔を見た。

「わたしがお菓子を食べさせてあげよう」

「いえ、ひとりで食べられますので」

安定の甘やかしっぷりなんだけど、彼がわたしのことを保護する存在ではなく女性として、その、本気で好きなのだと知ってしまったら、なんだか恥ずかしくなってしまった。

「来てくださって、ありがとうございます。昨日、リーサさまがお使いになった錬金釜ですが、あの後から魔力の通りが良くなって、大変効率よく回復薬を作ることができました」

昨日、回復薬作りの説明をしてくれたお姉さんが言った。

「そうなんですか」

「はい、それもリーサさまのお力のようですね。本日は七台の釜が稼働しております。できることなら、各釜で薬を作っていただけるととても助かるのですが……」

「あ、かまいませんよ。釜の調子が良くなって作業が捗るのなら、いくらでもお手伝いします」

「ありがとうございます！」

部屋中から拍手が起こった。

「リーサさま、こちらにテーブルを用意させていただきましたので、ご自由にお召し上がりください」

別のお姉さんの声がしたのでそちらを見ると、可愛らしい花柄のクロスがかかった小さなテーブルと椅子が、窓際のスペースに用意されている。お菓子が山盛りになった籠とティーセットも置かれていた。

お花が飾られたテーブルには『錬金の天使リーサの休憩所』（聖女や天使というのは敬称なので、大人が『天使リーサさま』と言うと二重の敬称となってかえって失礼なのだそうだ）という飾り文字で書かれたカードが載っていた……錬金術師さんは変わったユーモアをお持ちのようだ。

「うわあすごい。わざわざすみません。おもてなしをありがとうございます」

「いえいえ、この部屋に天使さまがいてくださるだけで、我々の効率が上がります」

「そうですよー、リーサさまのお姿を拝見するだけで癒されますし」

錬金術師のお姉さんたちと話していると、周りから「天使さま可愛い」「ほんと、癒される」「しかも休憩時間を増やしてもらえる」「錬金の神に遣わされた、まさに天使」などとひそひそ話しているのが聞こえた。

「リーサは、ほんの少しだけ手伝いに来たのだぞ」

ディアラ……アランさんは、威嚇するような咳払いをしてから言った。

「では、リーサ。今日もわたしと回復薬を調合……」

そのセリフをお姉さんがひったくる。

「師長、本日は向こうで企画会議がありますので。新作についてのスケジュール調整も行ってください」

「だが、わたしはリーサと……」

「忙しいので、ちゃんと仕事してくださいい。リーサさま、わたしはアミールと申します。本日はわたしがリーサさまにつかせていただきますね。よろしくお願いします」

「はい、アミールさん、よろしくお願いします」

二十歳すぎくらいのお姉さん錬金術師だけど、気が強いようだ。にっこり笑ってディアライトさん、じゃなくて、アランさんを「天使さまのことはわたしにお任せください」と追い払ってしまった。

「リーサ、体調がおかしかったら、すぐに手を止めるのだぞ」

「わかっています、無理はしませんよ」

「いや、心配なので、やはりわたしは」

「行ってらっしゃい、アランさん」

「……ふっ、行ってくる」

職場に来てからは厳しい表情だったのに、アランさんと呼んだらほにゃっと崩れた顔になってしまった。そしてそのまま、機嫌がよさそうな足取りで会議とやらに行ってしまった。

アミールさんは感心したように言った。

「さすがです、『錬金の天使リーサ』のふたつ名を持っていらっしゃるだけありますね。あの師長まで錬成なさるとは」

いやいや、そんなふたつ名は持ってないし、人を錬成なんてしていないよ。

わたしはアミールさんと一緒に、一番から七番へと釜を移りながら回復薬を作った。わたしがかき混ぜると薬草は砂糖細工でできているかのようにするすると溶けていき、五分も経たずに回復薬が仕上がっていく。

「昨日よりも早くないですか？」

「……作業に慣れてきたのかな」

そして、わたしが使った後にはしばらく錬金釜の性能が上がるということで、錬金術師さんたちの手で薬草は次々と回復薬へと錬金されていった。

一段落ついたところでナオミさんがお茶を淹れてくれたので、『錬金の天使リーサの休憩所』コーナー（いつの間にか、カードではなく金属製プレートが置かれていた。アミールさんの話によると、錬金術師は無駄に器用らしい）で休憩しながら、アミールさんに錬金術についての知識を教えてもらった。

「錬金術とは、本来ならば人の暮らしを楽にするための知恵なのですが、現在は魔物の被害から身を守る技を編み出すことが主な仕事となってしまいました。魔物除けの道具や回復薬が一番求められていますね。魔導砲も開発したのですが、発射する時に多くの魔力を必要とするので人を選ぶ武器なんですよ。今は特に、回復薬の需要がとても高いのです」

ここで作る回復薬は、民間のものと違って、簡単な骨折まで治してしまう優れものらしい。それがあまりにも便利なため、地球のような医療技術は発達していないそうだ。

「アランさんに聞いたんですけど、もっとすごい上級回復薬っていうのもあるんですね」

「はい。上級回復薬があれば、戦いで手足を失った人の身体も元通りになるんです。けれど、極薬草と呼ばれる特別な薬草が必要で……極薬草はかなりの魔力がないと育たないため、今のところ栽培もできないんです」

「冒険者に依頼を出して、取ってきてもらうしかないんですね」

「はい。ただし、魔力が濃い危険な森の奥深くなどの場所に、稀にしか育たないので、腕利きの冒険者でもめったに採取することができません。そのため現在、上級回復薬の在庫は皆無ですね。もしも極薬草が入荷できましたら、リーサさまにお見せしますね」

アミールさんは「『上級回復薬さえあれば、また最前線で戦えるのに……』負傷した騎士がそう呟くのを聞くのが辛いです。皆さん、勇敢で誇り高い方ばかりなんですよ。……実はうちの兄も、そうなんです」と、悲しげな表情で俯いた。

極薬草、か。種さえあれば、箱庭で育てられるかもしれないな。

魔物と戦って大怪我をしても、また戦いの場に戻ろうとするなんて……できることなら、アミールさんのお兄さんみたいな勇敢な人の身体を治してあげたい。

後でノムリンとお狐ちゃんに相談してみようかな。

わたしは聖女じゃないから魔物と戦ったり浄化したりはできないけれど、親切な人たちが住むこの国のために役に立てればいいなと思っている。

錬金釜の性能がアップしたため仕事がどんどん進み、本日の午前中の作業も順調に終了したので、錬金術師の皆さんはかなり長めの休憩を取ることができると喜んでいた。軽く仮眠も取れば体内の魔力の回復も充分できるので、身を削るような業務でくたくたにならないで済むらしい……いや、身を削っては駄目だけれどね。

でも、そこまで働かないと回復薬の需要は満たせないのだそうだ。王宮は安全だし食べるものにも困らないため、前線の苦闘を頭で理解することしかできないが、なかなかシビアな世界にやってきてしまったようである。わたしもこのルニアーナ国で残りの人生を過ごしていくわけであるし、神さまからいただいた力を活用して、少しでもお手伝いできたらと思う。

戻ってきたらいきなりわたしを抱きしめて、それからべったりと離れない美貌の錬金術師長と部屋に戻ってきてからゆっくり昼食を取り、錬金術師の皆さんのために「午後のお仕事もがんばってくださいね、アランさん」と照れながらも優しく送り出してから、ナオミさんに「箱庭に顔を出してから、少し休みます」と告げて寝室にこもった。

「昨日植えた薬草は、うまく育ったかな？　ノームのノムリンに任せてあるから大丈夫だとは思うけど」

わたしはナオミさんに頼んで用意してもらった、女性用のシャツにブカブカのオーバーオール風パンツという動きやすい服に着替えて、鍵を取り出した。

部屋の中央で鍵を構えると、扉が現れた。鍵穴に挿して回し、ドアを開ける。

数メートルの小道を歩いた先には立派な畑があった。

「こんにちはー」

「あっ、リーサが来たんだよ！」

幼児サイズだけど立派な大人だという可愛いノムリンが、身長よりも長いスコップを両手で持ち上げて「ばんざーい！」と喜んでくれたのでほっこりした。どうやら精霊というのは、大人になっても無邪気な存在らしい。

「うわあ、畑がすごいね、薬草がすっかり大きく育ってる。お世話をしてくれてありがとうね、ノムリン」

小さな畑は一面が緑色になって、陽の光を浴びて輝いている。

わたしは日当たりの良い畑に足を踏み入れて、みずみずしい緑の葉を元気に伸ばしている薬草に手を触れた。ほうれん草くらいの大きさに育って、肉厚の葉も噛んだらシャキッと口の中で弾けそうな茎も、そのまま食べたくなるほど美味しそうだ。

「……うん、しっかりしてる。もう蕾ができてるね」

葉をかき分けてみると、小さな蕾が隠れていた。力強く育った植物には、見ているこちらが元気になるようなパワーがあるよね。

「もう根っこから引っこ抜いて収穫してもいいくらいなんだよ」

「そうだった、花が咲いちゃうと回復薬にならないんだよね。収穫しなくちゃ」

「ならないんだよねー」

わたしとノムリンが話していると、木の小屋の扉が開いてお狐ちゃんが飛び出してきた。

「理衣沙よ、待ちかねたぞ！　今日は羊羹を持ってきておるのじゃー」

「わーい、食べる食べる！　でも、その前に、薬草を収穫しちゃいたいんだけど」

「よしよし、おやつの前のひと仕事じゃ。我も手伝ってやろうぞ」

お狐ちゃんはやる気満々で、すでに着物にたすきがけがしてあった。

稲荷大明神は稲を象徴する穀霊神であり、農耕神だ。そんなお稲荷さんの眷属だから、お狐ちゃんも農業がお好きなようだ。加護をくれる神さまと趣味が合ってよかったな。

それからわたしたち三人は、よく育った薬草を抜いた。

「わあ、根っこがしっかりしているね」

「栄養たっぷりで育った、いい薬草なんだよ」

「理衣沙、箱庭が育って、ほれ、泉が現れたぞ。根についた土を洗い流そうぞ」

「本当だ、綺麗な水が湧いていて素敵な泉だね。この周りにもお花を育てたいな」

畑を耕し、薬草を育てたことで、さらなる加護の力をもらえたらしく、可愛らしい泉が現れたので嬉しくなった。

わたしたちは、少し広くなった畑……庭？　とにかく、広くなった敷地の端に現れた泉で薬草を洗って、ノムリンが出してくれた蔓(つる)のような紐でくくった。

「けっこうな量になったね。スーパーで売っているほうれん草にそっくり」

種の量が少なかったけれど、神さまの箱庭の栄養たっぷりの土でよく育った青々とした豊かな葉の薬草を十本まとめた束が十二個もできた。ちっちゃな種からこんなに立派な薬草ができるんだから、植物って不思議だよね。

一部は種を採るためにそのまま花を咲かせることにして、植えたままになっている。これはノムリンが後で種を採取しておいてくれるそうだ。

「リーサ、見て見てー、こっちの薬草はもっと大きく育つまで待つんだよ」

「あっ、何粒か混ざっていた違う種だね……あれ？　薬草にしてはずいぶん背が高いね」

濃い緑色の茎がまっすぐに伸びて、稲くらいの高さに育っている。こちらはほうれん草っぽくなくて、黄緑色に鮮やかな水色の葉脈が入った葉がたくさん、うちわのように広がっている。地球ではあり得ない色をした植物だ。

「こんなに大きく育つとは、間隔を空けて種をまいて正解だったね。ところでこの葉っぱ、光ってない？」

明るいからわかりにくいけど、葉の色がとても鮮やかに発色していて、それ自体が発光しているようにも見える。見た目が芸術的な植物だから、花瓶に生けても素敵だろう。薬草ではなかったようだが、どんな花が咲くのか今から楽しみである。

「うん、この葉っぱは光ってるよ！　夜に見るととっても綺麗なんだよ！」

気のせいではなく本当に光っているらしい。

「やっぱり。光るなんて、華やかでファンタジックな植物だね……って、ここには夜があるの？」

「もちろんあるぞ。理衣沙が帰ってからは、夜と昼が交代でやってくる仕組みなのじゃよ。夜の箱庭に来たかったら調整するゆえ、申し出るがよい」

神さまの加護の便利仕様がすごい。

ノムリンからジョウロを借りて、大きな方の薬草に水やりをした。

「この大きな薬草はもう少し育てて蕾ができたら、お薬にするため種用以外は収穫するよ。最初はあんまりできないけど、これからたくさん増やせるよ」

「ありがとう、どんな花が咲くのか見てみたいな。楽しみだね……こっちの普通の薬草の束をどうやって運ぼうかな。台車とかってある？」

「残念ながらないんだよ」

「まあ、これくらいなら往復すればわたしひとりでも運べるね。でもこれ以上増えたら、運搬するのに台車が欲しいな」

そう、せっかくなので、ここでできた薬草を錬金術省に持っていって回復薬にしてみようと思うのだ。残業になったら申し訳ないので、わたしが作業するつもりだけどね。

収穫物を日陰に積んで、ノムリンのジョウロで根に水をかける。

「こんな感じ？」

「うん、いいよ。こうしておけば、一日くらいなら採りたての新鮮さが保てるんだよ」

「おお、精霊の水はすごい力があるんだ……なんか、動いたら喉が渇いたね」

というわけで、今日はこの不思議な水でお茶を淹れて（これがまたすごい美味しいお茶になって、お狐ちゃんもびっくりしていた）羊羹をお茶請けにし、楽しいおやつの時間となった。

「そうだ、お狐ちゃん、この庭……っていうか畑の土地が広がってるみたいだね」

「そうじゃよ。この箱庭は、面倒を見てやると喜んで育つ、生きている土地なのじゃ。ちなみに、忘れ去られると寂しくて縮んでしまうがのう」

まさかの生き物だった！

「土地が寂しくなっちゃうの？　それはかわいそうだよ」

わたしはこの可愛い庭のために、毎日お手入れに通おうと決心した。

「リーサ、広くなったところも耕しておいていいのかな？」

「そうしてもらえると助かるよ。ノムリン、よろしくね。侍女さんに、花の苗と野菜の種と、いろいろのを用意してもらえるように頼んであるから、少し待っててね。あ、サツマイモっぽいお芋は先にもらってきたんだっけ。種芋になるらしいよ」

わたしは席を立って寝室に戻り、ねっとりして黄色い、形はジャガイモだけど味はサツマイモのように甘みのあるお芋の入った布袋を持って戻ってきた。ナオミさんの話では、魔物との戦いで食料もかなり不足してきているらしい。

「これなんだけど。四つくらいに切って植えるといいらしいよ」

「やったあ、嬉しいよ！　たくさん耕してふっかふかの土にするよ！　そして、このお芋を植えるよ！」

ノムリンは喜びの踊りをしている。

可愛い。

中身は大人だけど見た目は幼児だから、ほのぼのとした気持ちになる。

いいなあ、この箱庭は本当に癒されるなあ。

「美味しいお芋ができたら、焼き芋を作ってみんなで食べようね」

「焼き芋！　すごく楽しみだよ！」

「おお、我も焼き芋は大好物なのじゃ！　早く植えて食べるのじゃ！」

お狐ちゃんが、自慢の素晴らしい尻尾をふさふさ振ってはしゃいだので、その魅力に抗えなかったわたしは「お願い、ちょっとだけもふらせて！」と、気持ちの良い手触りを堪能させてもらった。

土いじりが大好きなノムリンは、急いでお茶を飲み干すと「早くお芋を植えるんだよ！　焼き芋楽しみだよ！」と叫んで、畑の拡張作業をしに小屋を飛び出していった。働き者のノームがいてくれるから、とても助かる。

「確か、切ったお芋を植える時には腐らないように灰をつけるんだったかな」

わたしは日本にいた時に図書館から借りて読んだ、家庭菜園の入門書の内容を思い出して言った。

「僕に任せてくれれば腐らせないよ。よく育つように、精霊の水で洗ってから植えようよ」

「それはいい考えだね」

小屋にあったナイフでお芋を四つに切ると、断面を精霊の水でよく洗う。

そして、ノムリンが耕してくれたふかふかの土を掘って、みんなでお芋の植えつけをした。

「美味しいお芋がたくさん採れるといいね」

元気に育ちますように、と優しく土をかけてお芋を植えていく。

「ふふふ、今から楽しみなのじゃ」

お狐ちゃんも小さな手に土を山盛りにして、「早く芽を出すのじゃぞ」ともふもふの尻尾を振りながらお芋を植えた。

今日やろうと思っていたお仕事が終わり、わたしは薬草を持って帰ることにした。

寝室の床は絨毯が敷いてあるので、わたしは作りつけの棚の上に薬草を積んだ。

「お狐ちゃんに頼んだら、スーパーでお菓子を買ってきてくれるかな？」

羊羹もいいけど、ポテチなんかも食べたいんだよねー。

後で聞いてみよう。

わたしは箱庭に戻って、ふたりにさよならをした。

「それじゃ、また来るね。次は大きい方の薬草も収穫できるかな？」

「きっとできるんだよ！　楽しみにして欲しいよ！」

「では、また後日にのう。芋がどのくらい育つのか、楽しみなのじゃ」

「ノムリンに任せてよ！」

お狐ちゃんも、植物を育てる楽しみに目覚めてすっかりここの常連になってるね。楽しそうにぴょんこぴょんこ跳ねながら竹垣を飛び越えて姿を消したよ。

寝室のドアを閉めてから、わたしはベッドに横になってひと眠りした。それからベルを鳴らして、現れたナオミさんに「お昼寝が終わりました」と声をかけた。

「それでですね。突然ですが、台車というか、食事を運ぶカートをひとつ貸してもらいたいんです」

ナオミさんは「まあ、すごい」と棚の上に山積みになった薬草の束を見てから「承知いたしました。すぐに手配いたします」と答えてくれた。

「それから、ディア……じゃなくてアランさんに、神さまの加護の力で薬草が手に入ったので、新鮮なうちに調合してしまいたいって連絡してもらえますか？」

「はい、承りました。リーサさま、午後のおやつはどうされますか？」

「あっ、食べます！　先に食べます！」

だって、ほら、わたしって育ち盛りじゃない。

農作業の後は、すごくおなかが空くんだよ、これは仕方がないことなんだよ。

「……リーサ、これが加護の力で手に入れたという薬草なのか？」

おやつを食べ終わってから、わたしの部屋に呼び出されたアランさんは、配膳用のカートに載せられた薬草の束を手に取って鑑定して「これは驚いた。素晴らしい品質だな」と呟いた。

「箱庭の加護は想像以上にすごいもののようです。これからも箱庭の畑で薬草を作っていきたいと思っています」

「畑で作ったということは、もしやこれは、昨日リーサに渡した種をまいてできたというのか？　たった一日でこのような質の良い薬草が育ったというわけか」

「はい、箱庭には神力が満ちているそうで、そこで育てた作物は早く育ち、品質も良くなります。薬草の種を採って、どんどん増やしていくつもりです」

「そうか……」

喜んでもらえると思ったのに、アランさんは難しい顔でなにやら考え込んでいる。

「ええと、問題でもあるんでしょうか」

「……いや、なんとかするから大丈夫だ。リーサの身の安全は我々が守る」

身の安全？　どういうことなのだろうか。

わたしはナオミさんに目で問いかけた。

「リーサさまのお力が予想以上に素晴らしいため、それを我がものにしようと企む者が現れる可能性が高くなった……ということですわ」

「我がもの？」

「現在、回復薬を必要としているのは、我が国だけではないのだ。大量の薬草が手に入るとなったら、箱庭の加護を持つリーサの身を奪おうと企む国がないとは限らない」

えっ、ヤバいじゃん！　まさかの、国レベルの危険性が出てきたの？

「やだな、人さらいに狙われたらどうしよう……」

恐怖を感じて声を震わせるわたしを、アランさんがぎゅっと抱きしめてくれた。

「心配いらないぞ。リーサはわたしが守るからな」

「アランさん」

「不届きな輩は徹底的に叩き潰して、魔物の森の肥やしにしてくれよう」

「そこまでやらなくていいです、怖いから」

アランさんが頼りになるのはいいけれど、考え方がちょっと過激な気がするよ。

とりあえず、その問題は棚上げすることにして。箱庭でできた薬草の検証をする必要がある。

「あの、さっそくこれで回復薬を作ってみたいのですが。皆さんのお仕事が終わってからでもいいので場所を……」

「いや、釜は空いている。すぐに作れるぞ」

というわけで、ナオミさんが薬草の載ったカートを押してくれて、錬金術師長閣下にエスコートされたわたしは再び錬金術省の建物を訪れた。

「おや、天使さまだ。いらっしゃい」

「おやつ、食べますか？」

錬金工房の扉を開けると、顔馴染みになった錬金術師さんたちに声をかけられた。だが、なぜにいきなりおやつなのだろうか。一気に気持ちが和んでしまった。

「お仕事中にすみません、お邪魔しますね」

アランさんにエスコートされながら部屋に入る。お昼前にたくさんの回復薬を作ってしまったため、材料の薬草が残り少ないとのことで、午後は少しのんびりムードらしい。

普段は午後もやっぱり戦場になるとのことだ。

わたしの後から、薬草の積まれたカートを押したナオミさんが入ってくる。作業に余裕のある錬金術師の皆さんは、新たな材料の出現に一瞬『えっ、仕事が増えるの？』って顔をしたけれど、特に生きのいい薬草だとわかったらしく興味津々といった様子でカートに近づいてきた。なんだかんだいって、錬金に関するものが好きなのだろう。

「この薬草は……見るからに薬効が強そうな、新鮮なものですね。こんなに質の良い薬草を採取できる者が、この国にいるのですか？」

「いや、これは冒険者が集めた野生の薬草ではなく、リーサが用意したものだ」

「天使さまが？　いつ薬草を摘みに行かれたのですか？」

「ええと、それは……」

秘密の箱庭の畑で育てて、ノームくんと神さまの眷属ちゃんと収穫してきました、なんて公にしてもよいものなのだろうか？

先ほどのアランさんの表情を思うとまずい気がする。ここの人たちは信用できるけれど、人の口には戸を立てられないのだ。聞かれたらまずい人の耳に届いてしまったら困ったことになるだろう。

わたしが目を泳がせていると、アランさんが助け舟を出してくれた。

「この薬草をどうやって手に入れたかは、神の領域なので質問は無用である！　もちろん、この薬草に関しての一切を錬金術省外には漏らしてはならん！」

「了解（ラジャー）！」

わあ、神さまの存在が大きいこの世界ならではの解決法だった！

「なるほど、天使さまの御業（みわざ）ですからね、なにが起きても不思議ではありません」

聖女に対しての畏敬の念が大きなこの国では、わたしもなんとなく不可侵な存在になっているらしい。皆さんはすぐに納得してくれた。

「それにしてもこれは、とても力を感じる薬草ですね。手に取ってみてもいいですか？」

「許す」

アランさんが偉そうだ。でも、出所不明のこの薬草に関しての責任を彼が一切負ってくれる、という意味でもあるので仕方がない。

「それでは試しにこれを使ってみようと思う。釜の用意をしてくれ」

「了解です」

アランさんの指示で釜が用意されて聖水が注がれた。わたしも回復薬作りにだいぶ慣れてきたので、エプロンを借りて手早く身につけると、ためらいなくかき混ぜ棒を手に持つ。

「それではアランさん、薬草をお願いします」

「任せろ。ふたりの共同作業だな、仲の良いふたりだからこその素晴らしい技を見せよう」

両手に薬草を持って、アランさんが嬉しそうに言う。

イケメン錬金術師長の甘い視線をどう受け止めたらいいのか、わからないよ。

「……ええと、混ぜますね」

彼の熱い視線から目を逸らしたわたしが釜の中の聖水をかき混ぜると、アランさんがそこに箱庭の薬草を投入した。

「よく効くお薬になーれ」

おまじないを唱えながら混ぜたら、あっという間に薬草が溶けて、そこには単なる透明な聖水が入っているだけになった。さらにひとつ、もうひとつ、と薬草を入れたところで、釜の中が光った。

「はやっ！　嘘でしょ、もうできたの？」

あまりにも早いので、驚いたわたしはかき混ぜる手を止めた。

「確かに光ったから……完成しているな」

釜の中では見慣れた回復薬が淡い緑色の光を放っている。いつもは十個くらいの薬草が必要なのに、たったの三つでできてしまったなんてびっくりなのである。

アランさんが釜に手を当てて中身を鑑定して「間違いなく回復薬ができている」と言ってくれた。

「ええっ、秒でできた、だと？」

「薬草が三つで回復薬ができるなんて！　聞いたことがないわ！」

「しかも、溶けるのもとても速くなかった？」

「聖水に入った途端に消え去ったぞ」

部屋中にざわめきが広がる。

アランさんは「これがわたしの婚約者の実力だ」と満足そうに頷いた。『わたしの婚約者』というところで妙な力強さを感じるんだけど、わたしの気のせいかな？

「さすがだな、リーサ。これが特別に上質な薬草だからだろう。リーサ、アミールにも作らせてみてもいいか？」

「はい、大丈夫です」

「いいんですか？　ありがとうございます！」

「いいなー、アミールさん」

「いいないいなー」

錬金術師って、錬金にかかわるとちょっと子どもっぽくなるね。

アランさんの指示でたった今出来上がった回復薬は瓶に詰める場所に運ばれて、新たな釜と聖水がセットされた。嬉しそうな顔のアミールさんが「それでは、作らせていただきますね」と手をわきわきさせてからかき混ぜ棒を持ち、釜の中をくるくるし始めた。

釜の中へ、アランさんが薬草を投入した。

「あら……これは素晴らしい薬草だわ。すぐに生成されます」

手慣れた様子で作業するアミールさんだが、昨日は普通の錬金術師はひとりでひと釜の回復薬を作ることはできないと言っていた。薬草を釜の中に入れるとかなり集中してかき混ぜるが、わたしほどすぐには薬草は溶けない。それでも、昨日見た時より速いスピードで形が崩れていく。

やがて、三つ目の薬草が投入されて、溶けきった。

「で、できたわ！」

釜の中が光り、興奮した様子でアミールさんが手を止めた。

「信じられない！　わたしひとりでひと釜の回復薬が作れました……」

アランさんが鑑定して「うん、回復薬が完成している」と告げると、アミールさんは小さく飛び上がって喜んだが……ふと、彼女の表情の変化に気づく。回復薬の釜を見てから、なぜか寂しげに目を閉じたのだ。

あれ？　どうしてそんな顔をするんだろう。

「リーサ、この薬草は皆使ってしまってかまわないのか？」

「あっ、はい、どうぞ。全部お薬にしてください」

やる気満々の錬金術師たちの手によって、わたしたちが育てた薬草はみんな回復薬へと錬金された。今日はとても多くの薬ができたので、戦いの前線に余裕を持って送ることができるとのことだ。

回復薬が不足すると、軽傷の者にまで行き渡らなくなり、痛みをこらえて戦わなくてはならないというのだから酷い話である。

少しでも多く薬を作りたい。

薬草の種が採れたらまいて、これからもっとたくさんの薬草を収穫できるようにして……あれ？　薬草を作りすぎたら、錬金術師さんたちが倒れちゃうかな？

そんな不安をアランさんに漏らすと、彼はいい笑顔で「それは気にしなくていい。倒れる前に、回復薬を飲めばいいのだ」と言った。

なんてこった、それはドーピングってやつじゃないか！

わたしが顔を引き攣らせていると、いい笑顔のままのアランさんが続ける。

「薬を消費しても、飲んだ以上に回復薬を作れるから効率がいい。大丈夫、皆この仕事に慣れている」

「そう、ですか……」

身体の心配をしてるんだけどなあ、本当に大丈夫なのかなあ。

ところで、ちょっと引っかかっているのがアミールさんの様子だ。わたしは彼女の隣に立つと、顔を見上げて（この世界の女性は、みんな背が高いのだ）「アミールさん、あの薬草になにか気がかりがあるんですか？」と尋ねた。すると彼女は「いいえ、違うんです。ごめんなさいね、わたしが勝手な期待をしてしまっただけなの」と言って、目を伏せた。

「質の良い薬草だったから、もしかして上級の回復薬ができるかもしれないって……考えてしまいました。ふふっ、そんなわけがないのにね。でもね、そう思ってしまうほど、あの薬草は素晴らしいものなんです」

手塩にかけて（主にノムリンが、だけどね）育てた薬草を褒められて、わたしも嬉しい。けれど、アミールさんの悲しげな表情が気になる。

アミールさんが話を続けた。

「お昼前に少しお話ししましたが、わたしには歳の離れた兄がいます。手練れの騎士として、瘴気が満ちた前線で部下を率いて長いこと戦っていたのですが、七ヶ月前の大瘴気事件で負傷をしてしまいました。膝のね、関節のところに魔物のかぎ爪が刺さって、腐食してしまったんです」

「膝の関節を？　ううう、聞いただけで痛そうです」

わたしは自分の膝をさすって震えた。

「すぐに回復薬を飲んだのだけれど、壊れてしまった関節は治らなくてね。もう戦いの場には出られなくなってしまいました。杖がないと歩けなくなってしまったんです。物心ついてから騎士を目指して、隊長職に就いてこの国を守ろうとがんばってきた兄は、すっかり気落ちしてしまいました。でも、上級回復薬があれば、兄の脚も治るはずなのです」

アミールさんは、大怪我をして戦えなくなったお兄さんの姿を見るのが辛いんだね。この国には戦いで傷ついて苦しむ人と、一緒に苦しむ家族がたくさんいるんだ。

「それで、さっきので上級回復薬ができたんじゃないかと思ったんですね」

「はい。魔力を多く含んだ特別な薬草、極薬草でなければ上級回復薬は作れないことはわかっているんです。極薬草は薬草のように人為的に栽培できなくて、危険な魔物の棲む森の奥深くでしか採れないから、納入されるのはごく稀だし。もしも極薬草があっても、貴重な薬だから兄に使われるとは限らないけど……でも、可能性はゼロではないから」

アミールさんはそう言って、無理やり笑ってみせた。

「だからわたしは、上級回復薬ができることを信じ、ここで回復薬を作り続けます」

魔力を多く含んだ、極薬草。

特別な場所でしか育たないという極薬草。

わたしの脳裏には、箱庭ですくすくと育つ、光を放つ不思議で巨大な薬草が浮かんだ。薬草の種の中に交ざっていたあのちょっと違う薬草って、もしかすると、もしかしない？

普通の畑では育たない極薬草の種が、神さまの加護と土の精霊ノームの加護がある特別な畑にまかれたら……ものすごーくよく育って、光ったりしてもおかしくない。そうしたら、もしかすると、たくさんの人が待ち望んでいる極薬草の栽培が可能になって、上級回復薬を量産することができる？

あの薬草が収穫できるのは、明日の午後だろう。

「リーサさまの薬草を、すべて回復薬に調合し終わりました」

考え込んでいると、錬金術師さんに声をかけられた。

「あっ、お疲れさまです！　ありがとうございました」

「こちらこそ、ありがとうございました。リーサさまのおかげで多めの回復薬を前線に届けることができます」

「それはよかったです、わたしも嬉しいです」

やりきった顔の錬金術師さんたちに「それではまた明日、よろしくお願いします」と挨拶をして、わたしはアランさんにエスコートされながら自分の部屋に向かった。

「リーサ、さっきからなにか考え込んでいるようだが、気にかかることがあったのか？」

わたしがおとなしくしているからか、アランさんにそんなことを聞かれてしまった。

「……アランさんに内緒の相談があるんですけど」

「式の日取りか？」

「違います」

「……もちろん、冗談だ、ははは……」

いやいや、ちょっと本気が混ざってませんか？

「それではリーサの部屋にお邪魔させていただこう」

わたしたちは、ソファーの置いてあるリビングに入り、侍女さんたちにお茶の準備をしてもらってから、ナオミさんを残して人払いした。

「ナオミさん、これから話すことはこれまで以上に秘密を守って欲しいんです」

「わたしの主人はリーサさまおひとりです」

わたしがすべてを言う前に、ナオミさんがきっぱりと言った。

「リーサさま付きの侍女になったその瞬間から、わたしはリーサさまのお考えを第一に動こうと誓っております。リーサさまのことは、この身を盾にしてお守りいたします。異世界の神さまのお使いであるリーサさまが秘密にしろとおっしゃることは、この命が尽きようとどのような拷問をされようと決して漏らすことはございません。リーサさまが命じるならば、実の父であってもこの国の宰相をこの手にかけることも……」

「うわあ、怖いことを言わないでーっ」

ナオミさんが、予想以上にヤバかった件！

護衛兼、忍び兼、影の暗殺者なの？

アランさんもドン引きしてるよ。

彼は鋭い視線でナオミさんを見て言った。

「いや、わたしがリーサの一番の理解者だ」

対抗してるのか！

「リーサさま、どうぞこのナオミにどのようなことでも遠慮なく命じてください。わたしはリーサさまの願いを叶える（かな）ために存在するのです」

「ちょっと狂信者っぽいよね、ナオミさん！　落ち着こうか！」

「リーサさまの言葉は神からの言葉に等しいのです」

「わたし、いつ洗脳しましたっけ⁉」

「これはわたしの天命なので、リーサさまは軽い気持ちでわたしを手足としてお使いくださいませ」

「そんなの無理だよう……」

苦難の多い生活を強いられるルニアーナ国の方は、かなり個性が強い性格にお育ちのようですね。聖女の奈都子お姉さん、どうか皆さんをお救いください！

わたしは気を取り直して話を続けた。

気のせいだよ、わたしのために暗殺マシーンと化する忍びの血を引く美女なんて、この部屋にはいないんだよ。

「実は、いただいた種の中に少し薬草とは違うものが交じっていまして、それも箱庭で育てているんですけど……。アランさん、薬草よりもずっと背が高くて、茎は濃い緑色ですが葉は黄緑色と水色で、手のひらよりも大きな丸い形の葉をしている光を放つ植物に、心当たりはありますか？」

「……それ、は、その特徴を持つ植物は……」

目を見開いて、しばし言葉を失ってから、アランさんが言った。

「それは、極薬草だ」

ああ、やっぱり。

薬草の種に交じっていた謎の種は、やはり極薬草だった。もしかすると、極薬草というのは薬草の突然変異なのかもしれない。なんらかの理由で魔力を大量に吸い込んでできた薬草の種が、魔力の多い場所に植えられると、極薬草になるという話ならば筋が通る。

「その植物は、今のところ数本だけなのですが、おそらく明日の午後には蕾をつけると思うんです。種を採るためのものを残して収穫し、上級回復薬の調合を試してみたいのですが……その使用効果を確かめるために、アミールさんのお兄さんに被験者になってもらうことは可能でしょうか？」

「可能だと思われる。アミールの兄は王都の警備隊に所属しているから、呼び出せばすぐに来るだろう。だが、なぜアミールの兄なのだ？」

「一番適切な人物だと思うからです」

わたしはアミールさんへの同情で人選したわけではないことを話す。

「この国では上級回復薬自体が希少な薬だそうですし、極薬草と上級回復薬のことはまだ公にはしない方がいいと思うのです。錬金術省の職員であるアミールさんのお兄さんで、騎士団の元隊長という職務に就いていた人物なら、口の堅さにも期待できると思うんですよね」

「なるほど」

「もちろん、予想外の副作用が出る可能性があることを、被験者であるお兄さんに納得してもらった上の投与になりますが」

「そうだな、よい人選だ。さすがはリーサだ、可愛いだけではなく頭もいいな」

にっこり笑顔で頭を撫でられてしまった。

「あ、ありがとうございます」

なんだかすっかり撫でられ慣れてしまったよ。

ナオミさんはというと、この衝撃的な話が全然耳に入っていませんみたいなポーカーフェイスで部屋の隅に佇(たたず)んでいる。

「となると、薬を作る場所だが……錬金術省ではなく、こちらで作ってはどうだろうか？」

「そんなことができるんですか？」

「携帯用の錬金釜を用意すればいい。錬金術の勉強をする者は皆、それぞれの錬金釜を使って自宅で練習するからな。わたしが昔使っていた釜なら、屋敷から持ってこられる。問題はどの部屋にするかだが……」

わたしの部屋には、ナオミさんだけでなく、他の侍女さんやメイドさんも出入りしているのだ。マイ錬金釜を見られても大丈夫だとは思うが、話というのはどこからどう広まるかわからないから、できれば非公開にしておきたい。

「箱庭には、錬金釜を置く場所があるのか？」

「小屋があるから、そこに置けるかと思います。ちょっと見てきていいですか？」

アランさんがかまわないと言うので、わたしは鍵を構えた。

リビングに、扉が現れた。

わたしは鍵を開けて中に入り、念のため扉を閉めてから、畑へと向かった。

「うわあい、リーサ、いらっしゃい！」

「ノムリン、お仕事ご苦労さま。ちょっと小屋を見に来たんだよ」

お狐ちゃんの姿がないなと思いながら小屋に入ろうとすると、竹垣を飛び越えて子狐が現れた。

「わーい、もふもふっこが来たー」

わたしは飛びついてきた可愛い子狐を大喜びで抱っこして、もふりを充分に堪能してから「あっ、違う」と用事を思い出した。

「お狐ちゃん、この小屋に回復薬を調合するための器具を置きたいんだけど」

「おお、そうか。そろそろ小屋も大きくなるはずじゃ。それ、ひと部屋増えておるぞ」

「ええっ、庭だけでなくて建物も育つの？」

成長する箱庭の加護、すごいね。

小屋の中に入ると見慣れないドアがあり、その向こうに部屋ができていた。

「よかった、ちょうどいい部屋ができたね。じゃあね、確認したから戻るね」

「なんじゃと！　せっかく遊ぼうと思って……いや、理衣沙の務めを手伝ってやろうと思って、じゃな……」

「ごめんね、お狐ちゃん。ルニアーナ国って、本当に厳しい状況でさ、奈都子お姉さんもがんばってるし、わたしもできるだけみんなのためになることをしたいんだよね。明日来るから、その時に畑のお世話をしようよ」

「……わかった。我は聞き分けのいい狐じゃからな。少しノムリンと畑を触ってから帰る」

お狐ちゃんは幼女の姿になって言った。どうやら土いじりの虜になったようだ。わたしも土に触りたいけど、ここはぐっと我慢だね！

「うん、また明日ね」

お狐ちゃんは手を上げると、跳ねるような小走りでノムリンの方に行った。

わたしが扉から自分の部屋に戻ると、アランさんが「早いな」と言った。彼らは、わたしが数秒だけ姿を消したと認識しているのだろう。

「どうだった？」

「ばっちりです。錬金釜を置けるちょうどいい場所がありましたので、明日にでも持ってきてもらっていいですか？」

「わかった。釜をしっかりと整備してここに持ってこよう」

にこやかに話していたアランさんが、ふと真面目な顔をした。

「極薬草を栽培でき、それで上級回復薬を作れるとなると、リーサには本格的な護衛をつけた方がいいいな」

「護衛、ですか？」

「うむ。この国の要人には皆、専用の護衛がついている。決して秘密を漏らさぬ、身元のしっかりした騎士を探しておこう。ナオミはいい腕をしているし頼りになるが、騎士が側に控えていると抑止力にもなるからな」

「そ、そうなんですね」

身を守る必要性が出てきたってことは、危険があるということだ。上級回復薬が作れるということの意味は、わたしが考えているよりも大きいのかもしれない。

あと、やっぱり、ナオミさんはただものではなかったんだね！

わたしがナオミさんを見ると「しっかりお守りいたします」と上品な笑顔で頷かれた。


翌朝もアランさんと一緒に朝食を食べて、午前中の錬金術省の仕事が一段落したら呼んでもらい、回復薬作りの手伝いに参加することになった。

食後のお茶をいただいていると、アランさんが言った。

「聖女による瘴気の浄化も、急を要する箇所が終わったということだ。今夜あたりに聖女ナツコと遠征部隊が戻ってくるという情報を得たのだが……」

「奈都子お姉さんが帰ってくるんですね！　よかったあ、日本からやってきていきなり激務に就くんですもん、いくらバリキャリだからって、異世界に来てまでそんなに働かなくてもいいと思うんですよね」

　奈都子お姉さんは、働き方改革をすべきだと思う。

　なんでもかんでも引き受けたら、それが当たり前になっちゃうんだよ。

　アランさんは、少し難しい顔をした。

「そうだな。いくら聖女でも力には限りがあるだろうし、わたしも聖女ナツコは無理をしすぎだと思う……浄化した場所では、かなり激しい戦いがあったと聞く。わたしは辺境の出身だからよく知っているが、瘴気の湧く場所では魔物の力がとても強いのだ」

　気のせいか、彼の言葉の歯切れが悪い。

「今回の遠征は比較的王都の近くであったが……予想以上に厳しいと耳にした」

「ええっ、そんな怖い場所に行ってたんですか？　お姉さん、大丈夫かな。回復薬をたくさん作って、みんなに飲んでもらいましょうね」

「そう、だな」

　回復薬はドリンク剤よりも効くと思うから、気軽に飲めるようにたっぷりと用意しておかなくちゃね。

　アランさんはまた大切な会議に呼ばれたとのことで、アミールさんが呼びに来てくれたので、錬金術省に行って「我らの休憩を増やしてくださる天使！」と褒めたたえられながら回復薬を作って、戻ってお昼を食べた。

　午後は箱庭に向かおうと思ったら、アランさんがわたしの部屋まで携帯用の錬金釜を持ってきてくれた。錬金の魔法陣を綺麗に彫り直してくれたそうだ。

「お忙しい中で準備してくれたんですね、ありがとうございます」

「いや、これくらいなんでもない。リーサのためならば、わたしは仕事を休むことすら厭わない」

すごいドヤ顔で仕事を休む覚悟を言われたので、わたしは顔を引き攣らせた……もしかして、錬金術師長って年中無休だったりするの？

ブラックすぎて怖い。

「お休みをきちんと取ってくれると嬉しいです。そして、わたしを庭園に連れていってください」

「そうか、わたしとデートしたいと思ってくれているのか」

ものすごく嬉しそうな顔をしているので、いろんな花を見たいだけとは言えないよ。

釜は運びやすいようにカートに載せられていて、かき混ぜる棒や、できた薬を入れる瓶とか、詰める時に使う漏斗とか、細々とした錬金グッズもついている。さすがはデキる錬金師長だけあって、細やかな配慮をしてくれて助かる。

アランさんとナオミさんは箱庭のことを知っているからいいけれど、他の侍女さんやメイドさんには知られない方がいいだろうということで、カートはこっそりと部屋に持ち込まれた。

わたしは農作業用に用意してもらった動きやすい服に着替えると、寝室で開いた扉からカートを転がして箱庭に行った。

「ノムリン、こんにちはー」

「リーサ、早く早く！」

箱庭に着くなり、ノームのノムリンがわたしを呼んだ。

「大きな薬草が育ってもう花が咲きそうなんだよ。蕾のうちに採らないと、薬が作れないんだよ」

「そうだった！　大変、早く収穫しなくちゃ」

わたしがカートをそのままにして慌てて畑に行くと、こーんこーんという声と共にお狐ちゃんが竹垣を越えてやってきた。すっかりこの箱庭に馴染んでいる。

「理衣沙よ、我も手伝うぞ！」

「ありがとう、狐の手も借りたいところなんだよ」

「うむ、我の狐の手は特製じゃから、とても頼りになるぞ」

幼女の姿になったお狐ちゃんと、わたしと、ノムリンは、腰くらいの高さに育った立派な薬草を見た。うちわのような葉っぱは、ほうれん草ではなくて蕗(ふき)に似ている。ひまわりのような茎に水色と黄緑色に光る葉がたくさんついた植物は、絶対に地球にはない。

「昼間でもわかるくらいに強く光ってるね。ノムリン、育て方が上手だなあ」

「リーサに喜んでもらえて嬉しいよ。たくさんの力を取り込んだから、こんなに光っているんだよ。みんなで八本できたけど、種を採るのに三本は残したいんだよ」

「うん、わかった。五本抜こう」

「しっかりと根を張っているから、引っ張っただけじゃなかなか抜けないんだよ。リーサとお狐ちゃんが力を合わせて引っ張って、僕がスコップで根っこの周りを掘るんだよ」

「了解！　ノムリン、頼んだよ！」

「我の力を見せてくれようぞ！」

わたしとお狐ちゃんは、極薬草（おそらく）の根元をつかんで引っ張った。

「うわ、びくともしない」

「これはまた、がっつり根が張っておるのう」

ノムリンが大きなスコップで土を掘り返してくれたけれど、極薬草（たぶん）の根の強さは大変なもので、わたしとお狐ちゃんが全力で引っ張ってもなかなか抜けなかった。

「これはあきらかに普通の薬草ではないのう。力に満ち溢れておる」

「力があるってことは、薬効も高いってことだから大歓迎だね。でも、抜けないと困っちゃうよ」

三人で汗だくになりながらがんばって、なんとか花が咲く前に五本の極薬草（ほぼ、そうだと思う）を収穫した。

魔物のいる森の中でこんな生命力に溢れた草を採るのは、ものすごく大変だと思う。見つけるのも大変、採るのも大変だから、上級回復薬があまり作れないのもわかる。

「みんなありがとう、お疲れさまでした」

「ふう、まさにお疲れさまなのじゃ」

「がんばって、素敵な収穫ができたよ！　よかったよ！　わあ、残した薬草の花が咲き始めたよ！」

淡い水色の柔らかな花弁が、ほころんだ堅い萼（がく）の中から現れて大きく広がる様は見事だった。普通の薬草とは違って、フリルのような薄い花びらが何層にも重なっている八重咲きなので、華やかな存在感がある。花の中央をよく見ると黄色く色づいていて、ねっとりとした蜂蜜のような強い光を放っている。これは凝縮された魔力なのかもしれない。

とても綺麗な花なので見とれてしまったけど、咲いてしまうと薬効は消えてしまう。蕾のうちに収穫できて間一髪セーフ！　と冷や汗をかいているわたしに鑑賞する余裕はあまりないのだ。

わたしたちは抜いた極薬草を急いで泉のところに持っていって、根っこの土を洗い流した。そして、新鮮さを保つために、ノムリンのジョウロの水をたっぷりとかけてもらう。これでもう花が咲くことはないので、ほっとひと息ついた。

「ふう。もう安心だね。そうだ、今日は錬金釜を持ってきたから、極薬草……この光る大きな薬草がおそらくそういう名前なんだけどね、これを加工して薬にしてみたいんだけど……わたしったら聖水を持ってくるのを忘れちゃったんだよね」

そう、回復薬を作るには、薬草と聖水が必要なのだ。

だが、ノムリンは「全然問題ないんだよ」と笑った。

「聖水が薬草の成分を引き出す水なら、僕が出す精霊の水でも大丈夫だと思うよ。ジョウロの水をたっぷりと使うと、とてもいい回復薬になると思うんだよ」

「え？　……ああ、そうか、それもそうだよね」

聖水は、神殿で神官が神さまにお祈りして作り出す、聖別された特別な水なのだ。普通の水で薬草を煮出しても、薬湯というか薬草茶というか、柔らかな効き目のものしか作り出せないが、聖水を使い、錬金の過程を経ると、回復薬という骨折すら治してしまうとんでもない力を持つ薬となる。でも、ノムリンの水も特別な精霊の水なのだから、聖水を使うのと同じくらいの効果があるのだろう。

「なんなら、うちの神社の水を汲んできてもよいのじゃが？」

お狐ちゃんが言ってくれた。

うん、神力に満ちたお稲荷さんの水でも、いい回復薬ができそうだよ。

放置してあった錬金釜の載ったカートをからからと押して、小屋の中に新たにできた部屋に持っていく。

さあ、さっそく上級回復薬作りに……。

「理衣沙よ、そう焦るでない。急いては事を仕損じるものじゃぞ。薬草を収穫して疲れたし、喉が渇いたじゃろう。そら、今日は豆大福を持ってきたのだ。ちと煎茶でも淹れてひと息つこうぞ。無理をすると余計な失敗を招いてしまうぞ」

「僕もおやつにしたいんだよ。薬草は逃げないから、少し身体を休めてから薬を作るといいんだよ。リーサは無理することないんだよ」

「……うん、そうだね。お狐ちゃんも、ノムリンも、ありがとうね」

ふたりとも、わたしのことを見守ってくれているのだ。早く上級回復薬作りを成功させたいと焦る気持ちがあるのも見抜かれてしまった。さすがは神さまの眷属と精霊である。

というわけで、美味しい豆大福と精霊の水を沸かして淹れたお茶を飲んで、わたしは薬作りに取り組む英気を養ったのだった。

わたしはふたりに、魔物との戦いで脚を痛めてしまった騎士を治すために、上級回復薬を作りたいのだという話をした。

「リーサに賛成だよ。人が痛い思いや辛い思いをすると、僕たち精霊も辛くなるんだよ。その、脚を痛くした人も、他の怪我をした人も、早く治してあげたいんだよ」

「我々もそうなのじゃよ。人は皆、我らの子どものようなものじゃからのう」

ふたりがそう言ってくれたので、わたしは心の中が温かくなった。

「それじゃあみんなで薬を作ってみよう」

「おう、だよ！」

「おう、なのじゃ！」

精霊のノムリンも眷属のお狐ちゃんも、人間の錬金術に興味があるらしくて、ノリノリで手伝いを申し出てくれた。ということで、ノムリンは釜に精霊の水をジョウロで入れる係、お狐ちゃんは極薬草を入れる係、わたしは混ぜ混ぜして錬金する係となった。

なんだか学校の調理実習を思い出しちゃったよ。

みんなで料理するのって、楽しいんだよね。

「それではノムリン、お願いします」

「はーい、なんだよ」

錬金術省のものよりも小ぶりな錬金釜に、ノムリンが精霊の水を注いだ。

「いいお薬になーれ、なんだよ」

ノムリンがそう言うと、水が淡いブルーに光った。

「おお、精霊の祝福じゃな」

「精霊の祝福？」

わたしはお狐ちゃんに尋ねた。

「精霊の祝福を得られた特別な水を使うと、力のある薬ができるのじゃろう。ノムリンの心遣いじゃ」

「そうなんだね、ありがとうノムリン。それでは、混ぜまーす」

わたしはかき混ぜ棒を入れて、くるくると錬金釜の中をかき回しながらお狐ちゃんに「薬草をお願いします」と合図を出した。

「ちょっと大きめの薬草だけど、全部入るのかな？」

「ふむ、根の方より入れればよいのじゃな。それ、よき薬となるのじゃぞ」

お狐ちゃんも心を込めて、錬金釜に極薬草を入れてくれた。水に触れたところから薬が溶けていく。わたしは懸命に手を動かして混ぜ込んだ。

「れんきーん」

「れんきーん」

「れんきーん」

わたしたちは口々に唱えた。

面白がっているんじゃないよ、心をひとつにしているんだよ。

まあ、みんな笑っているけどね。

「よかった、ちゃんと全部入ったよ」

大きな極薬草は蕾の先まで無事に小さな釜の中に収まった。錬金術とは物理を無視する技だから、質量がどうとか考えないでいいらしい。

と、極薬草がすっかり溶けて透明な水になったかと思ったら、釜の中が黄緑色と水色に光った。

「わあ、普通の薬草の時とは違う光り方だな……これで完成したみたい」

わたしは混ぜる手を止めて、釜の中を見た。二色の光がちらちらと輝く透明な薬が、釜の底にほんのちょっぴりできていた。

「思ったよりも量が少ないね。あんなにあった水はどこに消えちゃったんだろう」

「ほほう……この光は先ほどの薬草の葉の色じゃな。うまく出来上がったようじゃのう……どれ、我が舐めてみようか？」

「お狐ちゃん、舐めたらなくなっちゃうよ」

「冗談じゃよ」

手先が器用な上に力持ちのお狐ちゃんが釜を片手で持ち上げて、漏斗を差した回復薬用の瓶へと出来上がった薬を移してくれた。

ノムリンがじっと見守っているのが可愛い。光る薬が綺麗だからかな。

「薬草一本でひと瓶ができるみたいだよ。他の薬草もお薬にしちゃうんだよ」

「うん、そうだね」

こうしてわたしたち三人は「れんきーん」と唱えながら、楽しく回復薬を作った。

「五本できたね。一本はさっそく、脚が不自由になったアミールさんのお兄さんに使ってみるつもりなんだけど、あとは、とりあえずここの棚にしまっておこうかな」

貴重な薬だから、箱庭に置いておいた方が安心だ。今のところ、この国の人たちはいい人たちばかりだけど、油断してはならない。人の善意を信じるのは良いことだが、善意にあぐらをかいて気を抜いたり甘えすぎたりしてはいけないって、おばあちゃんが言ってたもん。

「リーサ、一本はリーサが持っているといいんだよ。使いたい時に使った方がいいんだよ」

「そうじゃよ、これは理衣沙の薬なのじゃから、遠慮せずに使うべきじゃな」

「僕が持ち歩けるようにするんだよ」

ノムリンは丈夫そうな蔓を取り出すと、回復薬を包む網を編んで、そこに長い紐もつけてくれた。

「わあ、ノムリンは器用だね」

「これを首にかけておけばいいんだよ」

「よし、我が理衣沙以外の者には見えず使えぬようにしてやろうぞ」

お狐ちゃんが瓶に向かっておまじないの言葉を唱えてくれた。

「ありがとう」

というわけで、三本の薬が棚にしまわれて、わたしの首には鍵と瓶がぶら下がった。重さがないし、使う時以外は触れないから邪魔にならない。どうせ他人には見えないのだから、ファッションセンス的にアレな感じになるのは我慢しよう。

「錬金釜って洗うのかなあ」

「僕が綺麗にゆすいであげるんだよ」

ノムリンが釜の中にジョウロの水を入れて、かき混ぜ棒で混ぜる。

いや、それ、もったいなくない？

精霊の力がたっぷり入ったゆすぎ水だよね。

「そういえば、畑の土を触ると手がすべすべになるよね？　って、わたしだけか」

お狐ちゃんもノムリンも、幼児特有のぷっくりしたみずみずしいお肌をしてるしね。だいたい、人間じゃないし。

ノムリンが手を休めて言った。

「畑の土には、命の力がたくさんこもっているからだよ。触ると力が移ってくるんだよ」

「そっか。ハンドクリームの代わりに土を少しもらっていこうかな」

「いいよ！　たくさん持っていってよ」

土の精霊だけあって、土を褒められてとてもご機嫌になっているノムリンはちょこちょこと駆け出すと、よく耕した畑の土を両手にいっぱい持ってきた。

「これもれんきーんしてみようよ。きっと楽しいんだよ」

「なるほどね！　うまくできるかな？　なんか、できそうな気がするな」

「やってみてもよかろう。ほれ、釜の中には水もあるし」

「そうだね」

回復薬と精霊の水の混ざった水の中に、ノムリンが土を入れてくれたので、わたしはかき混ぜ棒で混ぜ混ぜしながら「れんきーん！　お肌すべすべウルウルつやつやの、クリームになーれ」と唱えた。

すると、釜の中が黄色く光り、錬金が成功した。なんと、釜いっぱいに半透明の淡い黄色のクリームジェルができている。めっちゃ効果がありそうなビタミンカラーだ。ちょっとゼリーみたいで美味しそう……いや、舐めないよ。

「たくさんれんきーんできたよ、楽しいんだよ！」

「ほほう、土がまったく違う姿に変わったのう。錬金術とは興味深いものじゃ」

お狐ちゃんが指先にジェルをつけて観察し「綺麗だし、いい匂いのするものじゃのう」と言った。

「ほんと、錬金術って不思議で面白いね……でもこれ、どうしようかな。いい入れ物があるといいんだけど」

「どんな感じにしたいのかな、だよ？」

「これくらいの大きさで、蓋が閉められるものがいいな」

わたしは手で大きさを作ってみせた。

「それなら僕にいい考えがあるんだよ！　実は僕の友達がリーサのお庭に遊びに来たがっているんだよ！　その子は木の細工がとっても上手だから、きっと入れ物も上手に作ってくれるんだよ！」

ノムリンが身体の脇で両手をぱたぱたさせながら言った。

「ふむ、よいのではないか？　ここはさらに広くなりそうだし、精霊がもうひとり増えてもよさそうじゃ」

「そか。じゃ、ノムリン、お願いします」

「任せてなんだよ！」

ノムリンは走って竹垣を飛び越えて、すぐに小さな女の子の手を引いて戻ってきた。

はやっ！

そして幼女が増えた！

「こんにちはですの。ここはとても素敵なお庭ですの」

女の子の髪は新緑の色をしていて、頭のてっぺんには白い花が咲いている。ピンクのほっぺたをした幼女は、嬉しそうに言った。

「わたしもここに来て遊んでもいいんですの？」

「ノムリンと一緒に、畑とか花壇の管理をしてくれることが遊びというなら、ぜひお願いしたいな」

「それは嬉しいですの！　よろしくお願いしたいですの。あ、わたしは樹木の精霊、ドリュアドなのですの。ノムリンみたいに名前をつけて欲しいですの」

「あ、そうなんだね。じゃあ……アドリン」

「まあ、素敵な名前ですの！」

「リーサがいいお名前をつけてくれたんだよ！　アドリンは僕らの仲間なんだよ！」

ノムリンとアドリンが手を繋いで、喜びの踊りを踊りながらくるくる回っているのに、お狐ちゃんってば地面に手をついて「だから……理衣沙のネーミングセンスについて一言意見したいのじゃ……」と呟いていた。

お狐ちゃん、ちょっと失礼だよ？

ドリュアドのアドリンはどこからかよく乾燥した木を取り出して、小さなノミを動かしてかかかかかかかっと木の入れ物とそれに合った蓋を作り上げて「どうぞなの」と手渡してくれた。

「これは、木のぬくもりのある素朴な容器……すごい特技を持ってるね、アドリン」

「リーサの役に立てて嬉しいですの。もっとたくさん作るですの」

アドリンの高速かかかかかかかかっは見事なもので、あっという間に釜のクリームジェルが全部収まる入れ物を作ってくれたので、わたしたちはれんきーん！　とかけ声をかけながら中に詰めた。

「今日はたくさん錬金できて楽しかったんだよ」

お狐ちゃんがさらに用意してくれた海苔(のり)つきの醤油(しょうゆ)だんごを食べながら、わたしたちはまたお茶にした。緑茶の風味が心に染み入る。

「このクリームジェルは、顔に塗っても大丈夫かな」

「大丈夫じゃろう。おお、理衣沙の額にニキビの痕が残っておるぞ」

「仕方ないの、これは青春の勲章なんだよ。おふ」

お狐ちゃんがニキビ痕めがけてクリームジェルを塗ってくれたけれど、量が多すぎて、結局顔中に広げてしまった。

「……なんだろう、これ、顔全体がもちもちになったよ」

「理衣沙よ、ニキビの痕が消えたぞ」

「え？　……わあ、ツルツルになってる！　あれ、これってもしかすると、ほぼ薬みたいな化粧品なのかな？」

ニキビの痕って傷の痕みたいなものだよね。ってことは、これはついでにお肌がすべすべになる傷薬ってことか！

便利そうだけど、まだ公にはしない方がよさそうなので、わたしは贅沢なハンドクリームとしてひとつだけ持っていることにして、あとは箱庭の戸棚にしまった。

「理衣沙よ……もしやこれは、毛先が傷んだ髪にも効くのではないか？」

お狐ちゃんが、女の子らしく気がついた。

「リーサのために、わたしが木の櫛を作りますの」

耳つき幼女がわたしの髪にべたっとクリームジェルをなすりつけると、またしてもノミをふるってかかかかかかかかっと見事な櫛を削り上げたアドリンが、わたしの背中まである黒髪を梳ってくれた。

「うわあ、リーサの髪がキラキラになったんだよ！　とても可愛いんだよ！」

「するすると櫛が通りますの。素敵な黒髪ですの」

「あ、ありがとう……」

手荒れに効くハンドクリームを作るつもりだったのに、なんかすごいものができちゃったなあ。

超、回復させちゃおう

箱庭で楽しく過ごした時間は、元の世界に戻るとほんの数十分だった。

わたしは寝室のテーブルにハンドクリーム……のつもりがなんかすごい塗り薬になってしまったアレのケースを置き、無事にできているといいなと思いながらカミーロさんに使う回復薬をポケットに入れて、リビングへと向かった。

「ただいまー」

「お帰りなさいませ、リーサさま。お疲れさまでございます。軽食はいかがいたしましょうか?」

お茶の用意をしながらナオミさんが尋ねてくれた。

「さっき箱庭の中で海苔だんご……ええと、もちもちしてお醤油と海苔のついた……あー、わからないよね? 説明が難しいんだけど、美味しい食べ物を食べてきちゃったから、おなかは空いていないんです」

「わかりました。『海苔だんご』という食べ物は、もしかすると我が家のご先祖さまも召し上がっていたのでしょうか」

ナオミさんのご先祖さまが庶民の生活をしていたとすると、似たようなものを食べていた可能性は高いね。

「たぶん、食べていたと思うんだけど……作ってあげたいなあ。残念ながら、お米と海苔とお醤油がないと作れないいんですよね」

「左様でございますか。それは本当に残念です」

先祖に誇りを持っているナオミさんが、本当にがっかりした表情になっていて、なんか可愛い。

「そのうち状況が落ち着いたら、この世界に日本のものに似た食材がないか探してみるね。日頃の感謝を込めて、ナオミさんのために和食を作ってあげましょう！」

「まあ、畏れ多いですが、とっても魅力的なお話ですわ」

「わたしも食べたいから、畏れ多くしなくていいよ、一緒に食べようよ……あっ、タメ口になっちゃった、ごめんなさい」

「いいえ、どうぞお気になさらずそのままで。わたしのことは『ナオミ』と呼び捨てでくださってけっこうですのに……」

「さすがにそれはハードルが高いよ。でも、よく考えたら、神さまのお使いのお狐ちゃんにもこんな風に話しているから、別にいいのかな」

それを聞いたナオミさんが、非常に顔色を悪くしてしまった。身分の上下関係が日本よりはっきりしているこの国では、侍女に向けて神さまの眷属よりも丁寧に話しては駄目だったようだ。

「違うよ、お狐ちゃんとは初対面の時から気軽に話していてずっとこんな感じだし、ほら、最初なんてあの子から抱きついてきたんだよ！　敬語どころじゃないよね、えへへ」

とりあえずは笑ってごまかす。

「あのね、それでね、日本のお菓子は和菓子っていうんだよ。きっとご先祖のコサブローさんだっけ、その人も好きだったんじゃないかな？　ナオミさんは子孫だから、餡子も美味しく感じると思うよ」

侍だと言っていたらしいが、どう考えても忍びの者だったらしいコサブローさんも、昔からの甘味である餡子が好きだったと思う。

「『餡子』でございますか」

「甘くて美味しい食べ物なんだよ……思い出すと食べたくなっちゃう」

日本人の血を引くナオミさんの口にも、和菓子はきっと合うはず。わたしのためにもナオミさんのためにも、早く日本食作りに取りかかりたいものだ。

ああ、聖女の奈都子お姉さんも、きっと白米が食べたくなるに違いない！

最悪の場合はお狐ちゃんに頼んで持ってきてもらうつもりだけど、わたしたちが幸せに暮らすために、この国でもご飯が食べられるようになって欲しいんだよね。

うちの箱庭、水田も作れるかな……って、どんどんお庭から離れていっちゃうよ！　箱庭じゃなくて箱農地に……あ、それはそれでアリかな？

「失礼いたします。ディアライト錬金術師長閣下がお見えです」

侍女さんのひとりがアランさんの来訪を告げに来たので、わたしは「じゃ、行きましょうか」と席を立った。ナオミさんも、メイドに片づけを頼んでわたしと一緒に部屋を出る。これから錬金術省の一部屋を借りて、新たな回復薬の効果を人体実験……じゃなかった、治験をして、どの程度の効果があるのかを確かめるのだ。

回復薬を使う前にアランさんの鑑定をするのだから、絶対に安全なはず。何度も言うけど、人体実験ではない。

「リーサ、例の……は、できたのか？」

「閣下、はやるお気持ちはわかりますが」

「ああ、そうだな。すまなかった」

彼はナオミさんに頷くと、何事もなかったように、わたしにエスコートの腕を差し出した。

この王宮ではどこでなにを聞かれているか、わからないのだ。もしも、わたしの手によって上級回復薬が完成したことが公になったら、かなりの騒ぎになるだろう。なにしろ、材料の調達から調合までをわたしひとりで、しかも短時間で行ってしまうのだから……この世界の常識を超えているわけだ。

歩く非常識の理衣沙さんですよ。

聖女の降臨のおまけとしてやってきて、箱庭というわけのわからない特殊な力を持っているたいして役には立たない子。

ちょっと錬金術のお手伝いができるから、まあまあ自分の食い扶持（ぶち）くらいは稼げそうな子。

それくらいの立ち位置でいた方が、きっとわたしは気楽に暮らせると思う。

わたしたち三人は『なんにも隠し事はないですよ』というお澄まし顔をしながら錬金術省に入り、そのままちょっとした会議ができそうな小部屋に入室する。ナオミさんは部屋の隅にすすっと移動すると、そのまま置物のように立っている。心なしか、気配が徐々に薄くなっているような……もしかしてこの女性は隠密（おんみつ）に関するスキルを持っているのかもしれない。

部屋には三十歳くらいの男の人がいて、彼は左手に杖を持っていた。魔物との戦いで膝を痛めてしまい、杖の補助がないと歩けなくなってしまったという、アミールさんのお兄さんだろう。

ずっと剣を振るって戦いの場に身を置いていた男性は、しっかりと鍛錬していたらしく、体格が良くて筋骨隆々である。それなのに、杖がないと歩けなくなるというのは辛いだろう。

彼は頭を下げて「自分は騎士団所属で現在は王都警備の職に就いております、カミーロと申します。天使さまのお噂は妹より常々伺っております。本日はこの身で天使さまのお役に立てることができれば幸いに存じます」と、とてもお堅い感じの自己紹介をした。

アランさんは、冷たい口調で言った。

「カミーロ、わかっているだろうが、ここでのことは一切他言無用だ」

アランさんの方が年下なんだけど、階級的にはずっと上なので、カミーロさんはかしこまって答えた。

「はっ、承知いたしました！　なにがあっても驚くなと、妹に言い含められておりますゆえ、たとえこの身体がバラバラになろうとも、この口は閉じたままでおります！」

やだよう、アミールさんてばなんて説明したの。わたしはマッドサイエンティストじゃないんだから。それに、バラバラになんてしないからね。

そしてなんとなくアミールさんとの力関係がわかってしまったよ……歳の離れた妹が可愛くて、逆らえないお兄ちゃんなんだね……。

「ふむ、よい心がけだ」

「やる時はひと思いにお願い申し上げます！」

「心得た」

アランさんは、冷たく全肯定の返事をするのをやめてください。

「リーサ、薬を出してくれるかな」

いつものように麗しく微笑みながら、アランさんが手を出したので、隠しポケットにしまってあった薬瓶をその上に載せた。

相変わらず他の人に対する口調や表情とわたしへの甘々加減との温度差が激しいよね。ふたつの顔を持つイケメンって呼んじゃうよ？

そして『ああ、なるほどね』って顔で目を逸らすカミーロさんは、アミールさんからなにを聞いているのかな。

「……確かに、これは品質の良い上級回復薬だな」

鑑定を終えたアランさんがそう言ったので、わたしは「やったあ！　ちゃんと上級回復薬ができていたんですね！　やっぱりあの綺麗な薬草は極薬草だったんだ」と胸を撫でおろす。

「えっ、今、上級回復薬って……」

アランさんは驚くカミーロさんをさくっと無視した。

「よくやったな、リーサ」

「えへへ、ありがとうございます」

錬金術師長にいい子いい子されるわたしを見て、カミーロさんはそっと目を逸らしながら「……」と無言を貫く。

「カミーロ、膝周りはなにかを巻いたりしてはいないな」

「はっ。なにもしておりません。下を脱ぎましょうか？」

「必要ない。リーサもおまえの下着は見たくないだろう」

はい、見たくないです。

「でも、患部の確認はした方がいいんじゃないですか？」

「カミーロ、ズボンを脱いで腰の周りに巻け。なんならシャツも脱いで巻け。わたしの婚約者に変なものは見せるな」

「はっ！」

「リーサはこっちだ」

わたしの顔が、アランさんに押しつけられる。

ねえ、後ろを向くだけでよくないかな？

カミーロさんの用意ができると、アランさんが膝を確認する。わたしも横から観察する。

「外見からは関節の異常はわかりませんね。まだ傷跡が残っています。回復薬では治らなかったんですか？」

「状況によっては、回復薬をふたりで分け合わねばならない時もある。そういう場合は傷が完全には治りにくくなるのだ」

「辛いですね……それなら、わたし、もっとたくさんお薬を作ります！」

人が痛い思いをするのが嫌なので、自重しないで薬草を栽培して、普通の回復薬を量産してしまおうと心に誓った。

「ではカミーロさん、この薬を飲んでください」

アランさんから薬の瓶を渡されたカミーロさんは、その色に見惚れた。

「なんて美しい薬なんだ……」

回復薬の瓶は透明なガラスなので、中の薬が透けて見える。黄緑色と水色の光がゆらゆらと混ざり合う上級回復薬は、オブジェにしたいくらいに美しい。

ちなみにこの瓶も、錬金術で製造しているらしい。瓶を作るための器具があって、そこに魔力を含んだ魔石をはめてガラスの材料を入れると、丈夫な瓶が出来上がるとのことだ。

「力のある薬ほど美しいのだ。遠慮なく飲むがいい」

カミーロさんは深呼吸をして薬を飲み干し、「うおお、なんたる美味！」とうっとりした顔で瓶をテーブルに置いた。そして、膝周りの異変に気づいた。

「常に鈍い痛みを感じていたのに……一瞬で消えました……おお、これは？」

カミーロさんは左脚を持ち上げたり下ろしたり、何度か繰り返してから、両脚で立って屈伸した。

「おお！　なんということだ！」

彼は軽くジャンプして、その場で大きく足踏みをした。

「おお！　おお！」

おお、しか言わないカミーロさんに、アランさんが命令した。

「カミーロ、報告せよ」

「はっ！　左膝の損傷及び不具合は、体感では完全に消滅しました。完治したと言ってよいと思われます。左脚の筋力低下も消滅して、全身から力がみなぎり、このまま前線に復帰することも可能な状態であります！」

カミーロさんはキリッとした表情でアランさんに報告を終えた。

「報告ご苦労であった。この件については先ほども命じたが他言無用である。医者には話を通してあるので、診察をしてしばらく経過観察を行い、完治したことが確認できたら、再びその剣を振ってもらおう。人手不足だからな、しっかりと働いてくれたまえ」

「はい。身を粉にして働かせていただき……たく……」

カミーロさんの顔がくしゃっと崩れてしまった。

「自分はまた、剣を握れるのですね……」

直立不動で、両目から涙を流している。

「ありがとうございます！　天使さま、このご恩は決して忘れません！　このカミーロの命はもう天使さまのものです！　煮るなり焼くなりご自由にお使いください！」

わたしは人を煮ないし焼かないよ。

「カミーロさん、脚が治ってよかったです。無理をしないで、少しずつ身体を動かしてくださいね」

「ああ、お優しい天使さま……ありがとうございます……」

跪いてわたしを拝み始めたので、慌てて「拝むのはやめてください、ええと、アランさんからお話がありますので」と言って立ってもらう。

「カミーロよ、天使リーサに大恩を感じているか」

「はっ！」

「リーサの秘密を決して漏らさぬことを誓うか？」

「この命が尽きるとも漏らさないことを誓います！」

「では後日改めて、おまえをリーサの護衛騎士に推したいと思う。この稀有なる若き天使を命をかけてお守りする、大変な名誉のある役目だ」

おお、カミーロさんが護衛になってくれるなら心強いね！

「はっ！　そのような重要なお役目をいただけるとは、ありがたき幸せに存じます！」

カミーロさんの顔が涙ですごいことになってるよ。わたしが「引き受けてくれてありがとうございます」とお礼を言ったら床に跪いてしまったので、慌てて立たせる。

「よし！　では以前のように杖を持って、膝が完治したことが誰にもわからないようにしろ」

「はっ！　失礼いたします！」

カミーロさんの顔がさらに酷くなり、涙と鼻水でぐちゃぐちゃになっているのを見て、アランさんが「ええと……その顔で歩き回っては目立ちすぎる。これで拭いてからにしろ」と、棚にあった布を渡してあげた。

大丈夫、雑巾ではなさそうだ。

カミーロさんは万感の思いを込めてわたしを見つめると、深々と頭を下げた。

困っていたら、アランさんが「わたしの可愛い婚約者をあまり見るな」と、安定のおとぼけをかましながらわたしの前に立ってくれたので、ちょっとほっとした。

「言うまでもないが、おまえの怪我が一瞬で治ったことは誰にも知られるな。上級回復薬が存在することも、わたしが許すまでは決して知られてはならない」

アランさんが、自由に歩けるようになって喜ぶカミーロさんに冷静に言った。見事なまでにわたしに話しかける時と言葉の温度が違う。

人を寄せつけない錬金術師長と呼ばれるのは、この喋り方が問題なんじゃないかな。

でも、誰にでもにこやかに話しかけるアランさんの姿を想像すると、胸のあたりがもやもやっとしてしまうのは、わたしの甘えなのか独占欲なのか……。

「しばらくは杖を手放すな。少しずつ膝の調子がよくなっていくふりをするように。わかったな？」

「はっ！　自分の演技力を振り絞り、完治したことは決して漏らさぬように努めます！」

「あの、ちょっとお尋ねしますが、カミーロさんは演技力に自信があるんですか？」

「自分にはありません！　しかし、天使さまへの忠誠心と気合でなんとかします！」

「……えー、なんとかなるものなのか、心配なんですけど」

「カミーロ、万一怪しまれるようなら、わたしが再びおまえの膝を砕くからな」

「アランさんが怖いこと言ってる！　カミーロさん、死ぬ気で演技してくださいね！　わたし、アランさんが膝を砕くところなんて見たくないですからね！」

部屋の隅っこで気配を消していたナオミさんが、すすっとわたしに近づいてきて囁いた。

「ならば、このナオミがリーサさまのお目に触れないところで、見事、砕かせていただきますわ」

「それも嫌だから！　なんでみんなカミーロさんの膝を砕くこと前提で話してるの！」

するとアランさんは優しげに言った。

「リーサは優しいな。上手に砕けば、今度は普通の回復薬で治るだろう。リーサが気に病むことはないぞ」

「はい、わたしもそういうのは得意でございますから、回復薬で綺麗に治るようにいたしますわ」

「ナオミさんまでやめてよう……」

わたしは涙目でカミーロさんを見た。

「カミーロさん、がんばってくださいね」

「天使さまの激励をいただき、もう思い残すことはありません！　怪しまれるようならば、この命を断つ覚悟でおりますゆえ、どうぞ天使さまはご心配なさらぬよう！」

「うわあん、心配だらけだよう……」

カミーロさんは、とても熱い男のようだ。

「カミーロさんは、もっと命を大切にしましょう。死んだらわたしがアミールさんに恨まれるから、全力で演技をがんばってくださいね」

「はっ！　自分は死にません！」

不安要素だらけではあるが、カミーロさんは死なないお約束をして去っていった。

スキップしそうになって、慌ててよろける演技をしている……全力の演技を見せてもらったけど、やっぱり心配である。

「じゃあ、戻りましょうね」

なんだか（主に精神的に）疲れを感じてしまったから少し休ませてもらおうと思ったのだが、アランさんの顔を見ると少し不機嫌そうなので「あ、まだなにかありますか？」と聞いてみた。

「リーサは……カミーロのようなたくましい男性が好みなのか？」

「へいっ？」

驚きのあまり、変な返事をしてしまった。

「なんで、どこからそんなことを思いついたんですか？」

「カミーロと、たくさん話をしていた！」

えええええ？

そんなことを言われても困るよ、わたしは薬を作った責任があるから、使用者であるカミーロさんのことを観察していただけなんだよ？

だが。しかし。

短い時間だけどアランさんと一緒にいるわたしは、彼の取り扱い方について学習しているのだ！

「単に見た目の好みからすると、アランさんが一番です」

「ほ、本当か？　こんな感じで、大丈夫なのか？　なにかもっと、『こうしたらいい』とかはないか？」

超絶美形男性のくせに、この人はなにを言っているのやら。

「わたしは外見よりも中身が大切だと思います。真面目で信頼できる、親切な人柄の男性がいいですね。アランさんは、この世界で一番信頼できる男性だと思っていますよ」

「そうか！　よかった！」

彼の顔が、大輪の薔薇が開いたようにぱあああああーっと明るくなった。顔面から光を放っているかのように輝いていたので、わたしは眩しさを感じて目を細めてしまった。

顔面力が強すぎると思うよ。

「では、部屋まで送ろう」

ご機嫌なアランさんに指を絡めた恋人つなぎにされてしまったので、ナオミさんに視線で『どうしよう』と尋ねたけど『自業自得ですわ』という生温かい笑みを返されただけだった。

とってもご機嫌のアランさんがずっと笑顔だったので、すれ違う女性が見とれてしまって大変だったのだが、恋のライバルが現れることもなく無事にわたしの部屋の前に着いた。

「わたしはもう少し仕事を片づけてくる。今夜のディナーも共にいただこう」

「はい。お仕事、大変だけどがんばってね、アランさん」

「……ありがとう、リーサ」

アランさんの右手がわたしの頬に伸びて、そっと触れた。

「うっ、いかん。離れがたい気持ちが抑えられなくなってしまう」

彼は目を瞑(つむ)って頭を数回振ると、今度はわたしの手を取ってその甲に唇を寄せた。

「ア、アラン、さん？」

「婚約者なのだから、アランと呼び捨ててかまわない」

ううううう、唇をくっつけたままで喋らないで！

もぞもぞする！

手も心ももぞもぞするよ！

顔を火照らせながらあわあわしていると、ようやく唇を離した。

「リーサは本当に可愛いな……ずっと一緒にいたい、ずっとくっついていたい、早く結婚したい」

「え」

「とっとと仕事を片づけてくるからな！」

アランさんは爆弾宣言をして、大急ぎで錬金術省へと戻っていった。わたしが呆然(ぼうぜん)と後ろ姿を見送っていると、ナオミさんがドアを開けて「どうぞ」と声をかけてくれた。

「リーサさま、少しゆっくりなさってくださいね」

「……ありがとう。ねえナオミさん、アランさんは本気でわたしと結婚する気なんだよね？　あんなにカッコいい人と平凡なわたしじゃ釣り合わないような気がするんだけど……」

最初は、不慮の事故でこの国に来てしまったわたしへの同情とか、責任感とか、リップサービスでとりあえず言ってるだけじゃないのかと疑っていたけれど、彼の振る舞いを見ていて、恋愛初心者の鈍いわたしもさすがにそうではなさそうだと気づいた。

「あんなに甘ったるい姿を見たことがございませんので、完全に本気だと思います。女性を落とすための演技ができるような器用な方だという情報はございません。閣下ではお気に召しませんか？」

「いや、そういうことじゃないんだけど……え、わたしは選べる立場なの？」

「まあ、今頃なにをおっしゃいますやら」

ナオミさんが笑った。

「リーサさまは、ご自分の重要さをわかっていらっしゃらないのですわね。そこが無邪気な天使さまの愛らしいところでございますが、残念ながらこの世界に住むのは善人ばかりではございません……まあでも、リーサさまはそのままでいらっしゃってくださいませ。リーサさまを煩わせる者は、このナオミがすべて排除いたしますので」

おほほほほ、と優雅に笑うナオミさん、ちょっと怖い。

アランさんは、わたしのところと職場とを往復して今日も忙しそうだったが、無事に仕事を終え、ディナーを一緒にいただいた。

「アミールに、カミーロの件を話しておいた。とても喜んで、リーサにくれぐれもよろしくと礼を言っていたぞ」

「そうなんですね。アミールさんはお兄ちゃん思いだから、酷い怪我をして、以前のように動けなくなった姿を見守るのは辛かったですよね」

そういう勇敢な人物は、この国には他にもたくさんいるだろう。その人たちにもなんとか上級回復薬を飲ませたい。


アランさんとナオミさんと一緒に、どうすればわたしの存在をなるべく隠しながら上級回復薬を普及させられるか、錬金術省の管轄下に置くか騎士団長を巻き込むか、などという計画を練って日々を過ごしていたら、部屋に使者が訪れた。

「ディアライト閣下、聖女ナツコさまがご帰還なさったとのことです」

「奈都子お姉さんが戻ってきたの？　会えるかな？　会いたい！　ちょこっと顔を見るだけでいいから！」

アランさんに「お願い！」とおねだりしたら、彼は「くっ」と目を逸らしながら「わかった。ひとまず王族への報告があるだろうから、その前に少し話を……」と言葉を切った。

「どうしたの？」

「いや……」

歯切れの悪い口調が気になるけれど、奈都子お姉さんに会うのが先だ。わたしは立ち上がるとアランさんの腕を引っ張り、奈都子お姉さんを出迎えるために王宮の入り口に向かった。

「……お姉さん？」

「あは、ミスっちゃった」

ベールをかぶりお付きの女性に支えられながら歩く奈都子お姉さんには、左肩から先がなかった。

「嘘……どうして……」

「不覚ながら油断しちゃったんだよね。疲れると仕事にミスが出がちだけど、この世界ではかなりヤバいことになるわけだわ。理衣沙ちゃんは充分に気をつけてね」

「や、お姉さん、まさか……」

ベール越しに、美しく織り上げられた布をぐるぐると巻かれた頭が見える。

「回復薬にはずいぶんとお世話になったよ。理衣沙ちゃんががんばってくれたんだってね」

「それ、その……頭の、それは」

「左側からやられてね。腕と目を持っていかれたんだよ」

めまいがして、その場に座り込みそうになる。ふらつくわたしの身体を、アランさんが「大丈夫か？」と支えてくれた。

「心配しないでよ、痛みはないから。わたしは右利きだし、なんとか、なるよ、きっと大丈夫……片腕片目の聖女じゃカッコつかないかな……」

力なく笑うお姉さん……全然大丈夫そうじゃないよ！

どうしよう、心が痛い。すごく怖い。魔物のいる世界とはどういうものなのかを実感して、改めて恐怖が込み上げてくる。

こんな、普通のお姉さんが前線で戦わなくちゃいけない、恐ろしい世界だ。平和な日本とはほど遠い、命の危険がある世界。

そしてわたしはさらに恐ろしいことに気づいてしまった。

「……ねえ、もしかして、わたしのせい？　お姉さんが無理したのは、わたしのせいなの？　事故でこの世界に来てしまったわたしのために、急いで平和な世界を取り戻そうとして、それで無理なことをして、それでお姉さんはっ」

「お黙り、んなわけないでしょうが！　アホなことを言わないの」

叱るように言うけれど、言葉に力がない。身体の調子が悪いのだろうか？

「だって、早くこの世界を浄化するって言ってたし……わたしが安全に暮らせるようにするって……言ってたじゃん……」

「ま、わたしはそのために来たんだし、この命を救ってくれた神さまとの約束を果たさなきゃ、だしねー」

「お姉さんが犠牲になるなんて聞いてないよ！　なんでよ、お姉さん、こんなことに……嫌だ、酷すぎるよ、だってお姉さんは聖女として日本から来て、ここの世界の人じゃないじゃん……こんなの、駄目だよう……」

この世界の命の価値は軽い。

お姉さんは日本人だから違うとは言いたくないけれど、こんな風に、腕と目をなくしてしまうなんて、わたしの理解の範囲を超えている。

「……ショックじゃないとは言わないけどさ、一度は死んだ身だからね。この世界に来るのと引き換えに引き受けた仕事だし」

「でも嫌だよ！　おかしいよ！　こんなの……」

神さま、どうしてなの？

優しくて勇敢で親切なお姉さんが、なんでこんな目に遭わなければならないの？

なんで守ってくれなかったの！

「奈都子お姉さん……」

目元が決壊して、熱い涙が噴き出し、わたしはそのまま「うわああああああ」と号泣した。

「理衣沙ちゃん、気分が悪くなっちゃったの？　わたしは大丈夫だからさ、ごめんね、こんな姿を見せて。ちょっとあんた、なんでこの子を連れてきちゃったのよ！」

お姉さんはアランさんに向かってドスの効いた声で言った。

「遅かれ早かれ、リーサも知ることだ」

「でも、喜ぶ子犬のように駆け寄ってきてからの、わたしのこの姿は、あんまりじゃない！　ショックが大きすぎだよ」

「お姉さん……ね、お姉さん」

わたしはだらだらと涙を流しながら、胸元の瓶を……わたし以外には見えない瓶をつかんで、蓋を開けた。

「口開けて」

「はい？」

「いいから、早く、口を開けて！」

アランさんにも見えてないはずだが、彼はわたしが持っているものに気がついた。

「リーサ、ここでは駄目だ」

「大事な奈都子お姉さんがこんなことになったんだよ、一秒だって放っておけるはずがないよ！　お姉さん、わたしを信じて口を開けて」

わたしが泣きじゃくりながら迫ると、ただ事でない様子に怯みつつも口を開けてくれた。

「……わかった、わかったってば。あー」

わたしは瓶の中身をお姉さんの口に流し込んだ。

「わあ、めっちゃ美味しい味がしたよ！　なにこれ、新しいおやつ？」

「聖女ナツコよ、おまえもかなりの天然だな」

アランさんが呆れたように言った。

「この場でおやつを飲ませるわけないだろうが。おっとまずいぞ、包帯で圧迫していたら……」

アランさんが大慌てでお姉さんの肩に巻いてある包帯を剝ぎ取った。

「ちょっ、いきなりなんなのよ」

「閣下、なにをなさるのですか！　聖女さまに無体を働くのはおやめくださいませ！」

お付きの女性が悲鳴を上げて止めようとする。

「いくら錬金術師長閣下といえども、負傷した女性にこのような辱めは……」

「黙れ！　ナツコ殿、目の中に詰め物などしてないな？」

「目に？　そういうのはしてないけど、どうしたのよ？　……ん？　なんだろうこれは、怪我をしたところがムズムズするんだけど」

「頭の布も念のため取れ！　リーサ、ほら、取れ！」

うわあ、そうだよ、薬が効いたら新しい目玉と左腕ができちゃうんだよね、ヤバいじゃん！

「ごめんねお姉さん、ちょっと取るよ、しまったなあ、先に解いておけばよかったよ！」

わたしもアランさんに加勢して、頭の布を急いで取った。

「……あー、めっちゃムズムズする！　なんかすごいおやつ飲まされた？」

「ナッコ殿はおやつから離れろ。ニホン人というのはみんなそうなのか？」

「えー、わたしもそんなにおやつおやつ……あ、言ってたっけ」

大慌てだったけれど、お姉さんの頭の布も、肩の包帯も、全部取れた。

そして。

「うひゃー、マジかー、こんなことってあるんだ、すげー」

言葉遣いが聖女からかけ離れていく奈都子お姉さんが驚きの声を上げる中で、左目と、肩から先の左腕が、もきゅもきゅもきゅと再生した。

おお、さすがは上級回復薬、たいした効き目である。

見た目がちょっとグロくて怖いけど、それ以上に嬉しいから大丈夫だ！　あ、やっぱ怖いわ！

「え、嘘、マジこれ？　なんか、生えてきた？　元に戻ってるの？　目も腕も新しく生えてきたってことは、まさかトカゲか？　わたしはトカゲのエキスを飲まされてトカゲ人間になったの？」

「あははは、お姉さんが動揺しすぎて、面白いこと言ってるー」

なんだかテンションが高くなって、笑いが込み上げてきた。

奈都子お姉さんは、瞼の上から目を触りながら「目玉もできてる？　うん、できてるわ、おおう、見えるようになったし……すげーな」と独り言を言っている。腕が生えるところはその途中を観察できた（正直言って怖かった）けれど、眼球はそうもいかない（わたしも目を逸らしていた。怖すぎる）ので実感が湧かないのかもしれない。

でもトカゲから生えるのは尻尾だから、ちょっと違うね。

あれって切れてからものたのた動くから、気持ち悪くて嫌いだよ。

「……ああ。すごいや。ほくろまで元通りに治ってる」

奈都子お姉さんは腕をさすりながら顔をくしゃりと歪めてふうっと息を吐き「あーもう、本気で嬉しいんだけど」と鼻声で小さく呟いた。

しみじみと喜ぶその姿を見て、わたしは身体の力が抜けた。ナオミさんがそっとハンカチを差し出してくれたので、べちょべちょになった顔を拭く。

「お姉さんの怪我が治ってよかったよう。最初の姿を見た時は、どうしようかと……あ」

視界にアランさんが入ったわたしは、その場に固まった。涙も止まった。

彼の顔には『よかったな』と『わたしの婚約者リーサ、よくやった！』と『こんなにおおっぴらに上級回復薬を使うとは……』と『これは想定した以上に悪い状況になってしまった』が入り混じった、なんとも言えない笑みが浮かんでいたからだ。

イケメンだからこそ、その笑顔が怖いです。

「はあ、やらかしてしまった……」

上級回復薬が存在していること、そしてこれをわたしが作り出したことが公になると、大変な騒ぎになるのは間違いがない。だから、しっかりと根回しをし秘密が守られるように準備してから発表しよう、それまでは絶対にバレないようにしようねって、アランさんと話し合ったばかりなのに。

カミーロさんのことを無茶苦茶脅して口を封じたのに。

彼は今頃、杖を持って下手くそな演技をがんばってるというのに。

衆人環視の中で上級回復薬を使って、お姉さんの左目と左手を完治させてしまいました……って、わたしの馬鹿馬鹿馬鹿馬鹿！　もっとやりようがあったのに！

お姉さんの怪我を見たら頭にかーっと血が上って、さっきしたばかりの大切な話を全部忘れちゃってた……どうしよう……。

「理衣沙ちゃん……どうしたの？」

奈都子お姉さんが新たな半べそをかいたわたしに言った。空気の読めるバリキャリお姉さんは、不都合が起きたことを敏感に悟ってくれたようだ。

「ね、もしかすると、さっきのやつって理衣沙ちゃん的にあかんやつだった？」

ひそひそと囁かれたので、わたしも「めっちゃあかんやつ。人に見せたらあかんやつだったのに、やらかしちゃったの」と鼻をすんすんいわせながら囁き返した。

「うーん、わたしのために、なんかごめんなさい」

「お姉さんは悪くないです。頭がアホのわたしが悪いんです」

もう、本当に、自分の馬鹿さ加減に涙が出ちゃうよ。

その時だった。

「なんという素晴らしい出来事だろうか！　この国を救うために降臨された聖女ナツコと、稀有なる清らかな心を持つ天使リーサ！　皆の者、ふたりを見守る神より、偉大なる奇跡を賜った瞬間を目にしたか！」

すごく大きな声で、両手を天に向けたアランさんが叫んだ。

どうしちゃったの？

舞台俳優みたいでカッコいいけど。

「神よ、我らを守り賜う慈悲深き神よ！　ありがとうございます！」

そして、わたしたちに目配せをしたので、わたしとお姉さんも『あっ、そうか！』と察して両手を天に向けて叫んだ。

「神さま、奈都子お姉さんの怪我を治してくださってありがとうございます！　お姉さんはこの国のためにとてもがんばって、大怪我をしたのに弱音を吐かないんです！　すごく偉いお姉さんなんです！」

「ちょっ、照れるし！　えーと、神さま、わたしの怪我を治してくださいまして、多大なる感謝を申し上げます。神さまの奇跡でさらに元気な身体になったので、引き続き瘴気の噴き上がる場所を浄化していく予定です。いい仕事をしてみせますので見守ってください！」

やる気に満ちた宣言をするお姉さんのことが心配で仕方がないわたしは、両手を下ろしてお姉さんの肩を揺すった。

「えっ、もう怪我しないようにしてよ！　絶対に無理しないで！　お姉さんが怪我したら、わたし、やだよ、やなんだよ！」

奈都子お姉さんは、両手を上げたまま「おう、了解した」と答えた。

「神さま、理衣沙ちゃんが泣くので、無理なスケジュール進行はいたしません。納期の遅れよりも怪我をしないことを優先させていただきますことを、ご了承ください！」

ちょうどいいタイミングで、もう日も暮れたというのに天から光が降りそそぎ、お姉さんを照らした。

「ふむふむ、それでいいらしいね」

「いいに決まってるよ！　お稲荷さんだって、お姉さんに辛い目に遭って欲しくないんだから！」

「ああ……それもそうだよね。お稲荷さんはわたしが小さい時からずっと守ってくれた神さまなんだから、無理して怪我することなんて望んでないよね」

奈都子お姉さんは「理衣沙ちゃんはいい子だね。わたし、気持ちがキリキリしてたことに気づいたよ。こんなことじゃ、うまくいくわけがないわ。ありがとうね」と言ってわたしの頭を撫でてくれた。

すると、わたしたちふたりに、さらに強い光が降り注いだ。

「神が聖女と天使を祝福なさっている！」

「なんという神々しいお姿なのだろう」

「素晴らしい奇跡だ！」

中にはその場に跪いて、神さまへの祈りを捧げている人もいる。

よかった、なんとかこの場は『神の奇跡が起きた』でごまかせたようだ。

まあ、わたしがこの世界に来たのも、箱庭の力をくれたのも、すべて神さまがやったことなんだから、わたしたちは嘘をついていないのだ。

奈都子お姉さんは「それでは皆さま、失礼いたします」とにこやかに手を振りながら、わたしの手を引いてその場から脱出した。そして足早に歩くと「この部屋は使って大丈夫だから」と言って、

後からついてきたアランさんとナオミさんとの四人を部屋に入れ、扉を閉めた。

とりあえず、ソファーに座る。アランさんがわたしの隣に座ったのを見て、お姉さんが「番犬かい」と突っ込んだ。

「坊や、うまいことやってくれたじゃない。ありがとう」

お姉さんに褒められたアランさんが、意外そうな顔をしながらも「一時的なごまかしだから、上級回復薬について詳しい者には効果がないだろう」と言った。

「あの美味しいやつは上級回復薬っていうんだね。なるほど、味も上級だったよ……そうそう、わたしたちはこれから王様たちに報告をしなくちゃいけないいんだ。明日はさすがに休むつもりだから、理衣沙ちゃんがどうしていたかをゆっくり聞きたいな」

相変わらずハードなスケジュールだ。

「お姉さん、疲れているんでしょう？　大丈夫？」

「それが……さっきのアレ、わたしの積み重なっていた疲労を綺麗に消しちゃったんだよね。効果がありすぎてヤバい薬かもしれないから、気をつけた方がいいよ。アレを飲まされて、無限に無休で働かされて……なんてことになったら、ブラック企業どころの騒ぎじゃないからね」

「ひいっ」

なんて恐ろしいことを考えるんですか、お姉さん！

しばし思案していたアランさんが言った。

「そうだな……それならば、その報告のついでに、上級回復薬の調合に成功したことも告げておこう。国の重鎮が集まるからちょうどいいだろう」

「アランさん、上級回復薬についてはまだ他の人には内緒にするんじゃないの？」

「いつかは話さなければならないことだし、ナツコ殿の身体の欠損が回復したのを見て、わかる者にはわかっただろうからな。特に国王陛下には話を通しておいた方がいい。リーサの身の安全についても相談しなければならないし」

奈都子お姉さんは「魔物との戦いだけで手いっぱいなはずなのにね。人間というのは愚かな存在だとつくづく思うよ」とため息をつきながら言った。

「それに、この国のお偉いさんたちもきな臭いね。どうもわたしと理衣沙ちゃんを、貴族のお坊ちゃんとくっつけようとしてるらしいよ」

「ええっ？」

わたしが驚いていると、アランさんが苦いものを口にしたような表情で言った。

「その通りだ。王族や上級貴族との婚姻を秘密裏に進めようとしているらしい。まあ、この国ではよくある手段なのだが」

「結婚して子どもでも産ませて、この国から出ていかないようにさせる……まあ、政略結婚でございますね。父の考えそうなことでございますわ」

ナオミさんが低い声で教えてくれた。

「理衣沙ちゃんはどう思う？　王子さまと結婚したい？」

お姉さんにそう聞かれたので「わたしは回復薬を作って困っている人たちを助けたいとは思うけれど、製造マシーンにされるのはごめんだよ。そんな変な作戦を立てる人たちのことは気持ちが悪いって思う」と答えた。

「気持ちが悪いって……正直だね」

お姉さんは噴き出した。

「わたしも『気持ちが悪い』に賛成だよ。じゃあ、そういう奴らを粉砕する方向で進めようか……

ディアライトくんはなにをやっているのかな？」

隣に座っていたアランさんがわたしをひょいと抱き上げて自分の膝に乗せたので、奈都子お姉さんが呆れ顔をする。

「リーサはわたしが守るし誰にも渡さない。絶対にだ」

「ええと、この人、とっても過保護なんだよね」

「……」

聖女さまはチベットスナギツネのような顔をしてため息をついた。

この部屋には誰も入れないように改めてアランさんに頼むと、わたしは奈都子お姉さんに言った。

「ちょっと箱庭に行って、上級回復薬を取ってきます」

首に下げていたものはさっき使ってしまったし、奈都子お姉さんにも携帯していてもらいたい。

この人は、目を離すと無茶をする人だということがよくわかったから！

「箱庭って、理衣沙ちゃんがもらった加護の力？」

「そうなの。異空間にあるちょっとしたお庭……畑なんだ」

「了解、戻るまで待ってるよ」

わたしは胸に下がった誰にも見えない鍵を持ち、現れた扉を開けて抜けた。

「消えた！　どうなってるのかな」

「後でリーサに説明をしてもらえ」

扉を閉めようとしたら、向こうにふたりの姿が……いや、ナオミさんの姿も見えた。相変わらず気配を消すのが上手すぎる。プロフェッショナルな、『異世界くノ一』女性だ。

そういえば、奈都子お姉さんとアランさんの間には、初対面の時のようなギスギス感がなくなっている。

仲良くなってくれると嬉しいんだけどな。

あっ、でも、わたし以上に仲良くなって大接近したらちょっとモヤるかも……なあんてね。

なんてことを考えるわたしの前に、ノムリンとアドリンが飛び出してきた。

「あれ、リーサだよ！」

「リーサ、こんにちはですの。見て見て、小屋を可愛くしたんですの」

「ノムリン、アドリン、こんにちは。すごいね、グレードアップしてくれたんだね。とても可愛くできてるよ」

扉こそついていたものの、床は土間だし壁は板切れだし、いかにも農作業用の小屋だったのが、ちょっとおしゃれなログハウス風になっていた。木の扱いが上手なアドリンが改装してくれたようだ。中に入ってみると家具も素朴なカントリー調で揃えられていて、可愛らしい花柄のファブリックが増えている。

「この布も、アドリンが用意してくれたの？」

「そうですの。木綿や麻の布を織ったり草木染めをしたりして、とても楽しかったですの」

「すごいね。わたしの趣味にぴったりだよ。わたしも今度やってみたいな」

「わたしもリーサとやりたいですの！　この小屋に作業部屋を作ってもいいならば、準備をしておきますの」

「ぜひお願いしたいよ、楽しみにしているね」

わたしがそう言うと、アドリンは頬を赤くして「わたしも、すごくすごく楽しみですの」と笑った。

「僕たちはリーサの精霊になったから、リーサの気持ちがわかるんだよ」

「わかるんですの」

幼児と幼女が笑い合っている……可愛すぎる……なごむ……。

いや、なごんでいる場合ではなかった！

「そうだ、実は上級回復薬を取りに来たんだ。ノムリン、この三つの薬の瓶も、この前みたいな感じで首からかけられるようにしてもらえる？　すごく便利でよかったの」

「もちろんだよ！　リーサの役に立てて嬉しいんだよ」

箱庭で育てた極薬草からできた薬は五本で、ひとつはカミーロさん、ひとつは奈都子お姉さんに使った。

そして残った三本の上級回復薬を、わたしとアランさん、奈都子お姉さんで所持しておこうと考えたのだ。

特に奈都子お姉さん、あの人には絶対に持たせないと駄目だ！

次は右腕か、それとも足か、なんて心配してこっちが眠れなくなってしまう。

「お狐ちゃんは来てないかな？　お狐ちゃーん、お願いしたいことがあるんだけど」

遠くの方から「ちいと待つのじゃー」と声がしたので外に出ると、しばらくして幼女の姿のお狐ちゃんが竹垣を越えてやってきた。

「こんにちは、お狐ちゃん。今日も元気だね」

「ほれ、おやつじゃ！」

にこにこ顔のお狐幼女は、エコバッグを差し出しながら高らかに言った。

おやつの準備が一番か！

「餡子ときな粉のついた草餅じゃぞ！」

「うわーい！」

反射的にバンザイをしてしまったが……いや待て、違うよ。

「ごめんね、今、ちょっとバタバタしてるから、おやつは三人で食べておいて。お狐ちゃん、この三つの瓶も、わたしとわたしが渡した相手以外には見えないし使えないようにしてもらえるかな？」

「お安いご用じゃが……おやつ、しないのか……」

しょんぼりしたお狐ちゃんに不思議なおまじないをしてもらい、わたしはひとつを自分の首にかけた。

「一緒に草餅を食べたいのはやまやまなんだけど……」

いくら時間の進み方が違うといっても、みんなを待たせておいて自分は草餅を食べるとか、人としていけない行動な気がするよ。

「理衣沙にも事情があるのじゃろう、仕方がない。では、たくさん持ってきたから、向こうで食べるがいいぞ」

お狐ちゃんに、竹の皮で包まれた草餅を渡された。

もうこれ、絶対に美味しいやつじゃん！

「いろいろありがとうね、お狐ちゃん」

「気にせんでよい。理衣沙が異世界でがんばっていることは承知しておるからな。また皆で楽しく遊ぼうぞ」

「うん、リーサ、がんばるんだよ！　僕たちはいつでもリーサを待ってるんだよ！」

「ここはとても楽しいところですの。リーサとゆっくり遊べる時を楽しみにしているんですの」

アドリンが抱きついてきた。

柔らかほっぺの幼女、マジ可愛い。草餅より柔らかいぞ。ぷにぷに。

名残惜しいけれど、みんなにバイバイと手を振って、わたしはパラダイスのような箱庭を後にした。

「お待たせー」

「はやっ！　全然待ってなかったけど、大丈夫なの？」

お姉さんが驚いている。

「諸事情により、まったく問題ないんです。あ、お土産に草餅をもらったからみんなで食べちゃわない？」

奈都子お姉さんが目を輝かせた。

「嘘、マジ、草餅？　大好物だよ、また食べられるなんて」

「餡子もきな粉もついてるの」

「うわあ、餡子は嬉しいな。神かよ！　神としか思えないよ！」

「うん、神さまからもらった草餅だよね」

「そうだった！」

わたしと奈都子お姉さんが謎のコントをしていたら、いつの間にか姿を消していたナオミさんが部屋にティータイム用のカートを運んできて手早くお茶を淹れ、草餅用のお皿を並べてくれた。

「ありがとうございます、ナオミさん。一緒に食べてね。日本のおやつなんだよ、甘くて美味しいよ」

「よろしいのですか？　ありがたくいただきますわ」

ものすごく切迫した状況だというのに、わたしたちは王さまたちを待たせておいて、ゆっくりとお茶と草餅を楽しんだ。

アランさんは首を傾げながらも、草餅が気に入って食べていた。

「このもちっとしたものは薬草が練り込まれているのか？　いい風味だな、んぶふぉっ」

きな粉にむせてるイケメン、尊い。

ナオミさんも「我らが祖先コサブローも食べたかもしれないお菓子なのですね。甘さがちょうどよくて、たいそう美味しいです」と、感慨深そうにしている。

お口の周りに餡子がついてるよ。

いち早く食べ終わったアランさんが、動きを止めた。

「これは……魔力の限界が上がった気がするが？」

なんとお狐ちゃんにもらった草餅は、魔力の限界突破効果があった。ナオミさんも「わたしもです。成人してから魔力量が増えることはほとんどないと言われていますが、確実に増加を実感しております」と驚いている。

わたしはお姉さんに言った。

「神さまにもらったものを食べると不思議なことが起こるって話、日本でもあったよね。お稲荷さんの草餅にもあったのかな？」

「うん。食べ物やお酒は神さまへのお供えに使うし、やっぱり魔力や神力に深い関係があるのかもね」

「なるほどね。ちなみに、魔力がまったくないわたしには変化はなさそうだよ」

「わたしもなんともない」

人間が耐え得る限界まで、容赦なく力を盛られている奈都子お姉さんの魔力量にも変化がなかったようだ。

「これ以上増えたら、神の領域に片足を突っ込んじゃいそうだからね。増えなくて助かったわ」

お姉さんが人外にならなくて、わたしもよかったと思う。

「あと、お姉さんとアランさんに、上級回復薬を持っていてもらいたいんだ」

お姉さんはもちろんだけど、命の危険が日本よりもずっと高いこの国で、アランさんに万一のことがあると嫌だから、彼にも持っていてもらうことにする。

「残りの上級回復薬は三つなの。争いが起こるといけないから、ある程度量産できる目途がつくまではまだわたしたち以外には渡さない方がいいと思う。ちなみに、神さまの眷属に頼んで、他の人には見えないし使えない仕様にしてもらってるんだ」

「ほほー、それはいい仕様だね」

わたしがアランさんの首にノムリンが作ったペンダント状の瓶をかけると、彼はなぜか嬉しそうな顔をした。そして、奈都子お姉さんにもかけると、彼が少し悔しそうな顔をしたのでおかしくなった。仲良くなったと思ったけど、お姉さんに対する謎の対抗心は健在のようだ。

さて、王さまや宰相さまといった偉い人を待たせているわけだけれど、お姉さんはむしろ待たせた方がいいと言う。

「こっちは、いわばボランティアをしに縁もゆかりもないこの世界にやってきたわけだから、わたしたちが必要以上にへりくだることは、むしろ悪手だな。傍若無人な振る舞いをしていいとは言わないけれど、毅然（きぜん）としていた方がいいよ」

「うんうん、わかった」

わたしはお姉さんに頷いた。

「わたしは全面的にリーサの側に立つが、王族や宰相を始めとする重鎮たち、そして神殿関係の者たちはルニアーナ国の利益を一番に考えている。純真なリーサの気持ちに付け込んで利用しようとしてくるかもしれないが、わたしが防ぐから任せてくれないか？」

「はい、アランさん。よろしくお願いします」

「アラン、でいいと言っているのに。忘れないようにおまじないをしておこう」

アランさんがおでこにちゅっとしたので、わたしは思わず「ぎゃう」と言ってしまい、お姉さんに「あれれ、どこからかヒキガエルが出てきたよ」と笑われてしまった。

乙女に向かって酷いよう。

ということで、充分に気持ちが落ち着いたところで王族たちの待つ会議室へと向かうことにする。

招き入れられたわたしたちは部屋の中に進み、用意された席に着いた。ナオミさんも入室して、わたしの背後に控えている。お父さんであるゼンダール宰相はナオミさんをちらりと見ると、小さくため息をついた。娘が完全にわたし側についてしまったからだろう。

会議室のテーブルには、国王夫妻と、黒いおひげが白くなったらサンタクロースに転職できる宰相さんと、おじさん神官長と穏やか系イケメンの若い副神官長、今日も暑苦しい筋肉がムンムンしている騎士団長（見た目はおじさん、実はまだ三十前だとアランさんに聞いた）と、防御魔術師団長の頭良さそうなイケメンお兄さん。さらに攻撃魔術師団長のナイスバディなお姉さん。

みんな、奈都子お姉さんの左目と左腕を凝視していた。

偉そうな大人ばかりの中にまだ未熟なわたしが加わるので緊張するけれど、アランさんも奈都子お姉さんも一緒だし、自分のこれからに関わってくるのだから、しっかりしなくちゃと思う。

席に落ち着くと、宰相が口を開いた。

「まずは、放置しておくと王都に危険がもたらされたと思しき、二ヶ所の瘴気噴き出し口の浄化について、報告をしてください」

このような細かいやり取りが続き、それが一段落してから、みんなはわたしに注目した。

「リーサさま。我々は当初、あなたは手違いでこの国に来てしまった無力な少女という認識でした」

宰相がそう言うと、ルニアーナ国の人たちも頷いた。

「しかしながら、先日は錬金術省に行かれて、大変な速さで回復薬をお作りになった、とのことですね」

「ええ、まあ」

「そしてさらに、どこからか大変質の良い薬草を手に入れて、錬金術省でかなりの量の回復薬を調合することができましたね」

なんだか尋問されているような気になったので、わたしはポーカーフェイスを保ちながら少し首を傾げて「さて？」という表情をした。宰相は不満げな顔で続ける。

「そして、聖女ナツコの大怪我です。リーサさまがナツコさまに顔を合わせてものの数分のことで、なにがどうなったのかまったくわからないまま、瞬時にナツコさまのお怪我が完治したそうですね」

しましたねー。よかったですねー。さすがは情報通の宰相さん、伊達(だて)にナオミさんのお父さんをやっていませんね。忍びの者を配下にしているのでしょう。

でも、わたしは懸命に表情を保って、また首を傾げた。

「神の慈悲、神の奇跡、聖女ナツコと天使リーサへの神の祝福……そのような話にしたいようですが、どう考えても、上級回復薬を使ったとしか思えません」

奈都子お姉さん、アランさん、ナオミさん以外の皆さんは、激しくうんうんうんうんと頷いている。

全然ごまかされていないようだが、それは想定内だ。

えー、それってなんですかー？　と言うように、わたしはこてんと首を倒して、とぼけたような表情で宰相を見た。ついでに、にこっと笑ってみせた。

ひげの宰相さんは、今度は深いため息をついた。

「リーサさま、ディアライト殿、差し支えない範囲でかまわないのです。情報を提供してもらえないでしょうか？　もしも、リーサさまが持つ『箱庭』という神よりの祝福の力で上級回復薬が作れるとしたら、これは大変なことになるのです。我が国だけではなく、他国も巻き込んだ事態になるでしょう」

「え、どうしてですか？」

一応わかってはいるが、とぼけて聞いてみる。

「リーサさまを拉致監禁して一生上級回復薬を作らせよう、などと考える不届きな輩に狙われることが、充分に考えられるのですよ」

ええ、それは絶対に嫌ですね。ルニアーナ国にも他の国にも、利用されるのはまっぴらごめんなのです。

「それでは、わたしからお話しさせていただきますね」

緊張するけれど、ここからはわたしががんばって交渉し、有利な条件を引き出さなければならない。もちろん、後ろ盾であるアランさんと聖女の奈都子お姉さんと、腹心の侍女であるナオミさんの援護はあるけれど、すべてを任せて後ろに隠れていてはいけないと思うのだ。

「わたしが神さまからいただいた加護の力で、薬草、及び極薬草を手に入れることができ、回復薬と上級回復薬を作ることができる、という皆さんの推測は肯定させていただきます」

ほおおうっ、という声にならないため息のようなものが部屋に広がった。

「現在、お世話になっているこの国の窮状を理解していますので、加護の力で手助けをすることはやぶさかではありませんが、聖女としてこの国のためにやってきた奈都子お姉さんとは違い、わたしはこの身を削ってまで尽くそうとは考えておりません。また、わたしにできる限度を超えた回復薬の提供を強制された場合には、即、停止させていただくつもりです」

『わけがわからずこの国にやってきて、のほほんと過ごしている女の子』のわたしがはっきりと要求を主張したので、会議室のメンバーは戸惑っているようだ。

「今現在、手元にある上級回復薬は三つ。ひとつはわたしが、ひとつは聖女奈都子お姉さんが、そしてひとつが錬金術師長のアランフェス・ディアライトさんの管理下にあります。神さまのお力で、それぞれを持つ三名以外には存在すら感知されず、もちろん使用することも不可能となっています」

他の人には使わせない。次にできたら、ナオミさんには持たせるつもりだ。

「聖女ではないわたしがこの国で為すことは、わたし自身が幸せに暮らすこと。神さまの眷属よりそう言われています。そして、その眷属はわたしが安全で楽しく暮らすことの手助けをしてくださっています。もしも他国の者がわたしの自由と幸福を奪うような真似をすれば、眷属も黙っていないでしょう。すなわち、天罰が下る可能性が高いのです」

「天罰、だと？」

宰相が言った。

皆を脅すような発言をしなくてはならないので、息をつくために言葉を止めると、アランさんがテーブルの下でわたしを励ますように手を握ってくれた。

わたしは一同を見回した。

「神さまって、おおらかというかアバウトというか、力が大きすぎて人間には予想がつかない行動を取ってしまうってご存じですか？」

その場にいる者は顔を見合わせたが、神官長のおじさんと副神官長のお兄さんは激しく頷いているので、思い当たることがあるようだ。

「わたしが危惧しているのは、天罰が……下手すると、この世界全体に下りかねないってことです」

「……恐ろしい話ですが、充分にあり得ます」

神官長が低い声で肯定した。

「ですので、わたしが上級回復薬を用意できることは、絶対に他国には口外せず、聖女の怪我が治ったことは奇跡だと言い張ってくださいね」

わたしは顔面蒼白になった皆さんに、にっこり笑って言った。

「この世界に来てまだ数日ですが、アランさんもナオミさんもとても親切にしてくださって、わたしも居心地よく暮らしています。だから、また他の世界に飛ぶなんてことはしないで、ここで暮らしていきたいと思っているんです」

「……そうか。天使リーサは、この世界が滅んでも別の世界に行ける、ということなのか」

宰相のおじさんは、震える声で言った。

「わたしも奈都子お姉さんも、この世界が浄化されて、人々が安全に、幸せを感じて生きられたらいいと願っています。世界を滅ぼしたくないんです。ですから、最悪な状況を引き起こさないために、拉致監禁といった事態を招くようなことはしないでください」

わたしと奈都子お姉さんが頷き合うと、相槌を打つようにどこからか『こーん』という狐の鳴き声が聞こえた。どうやらお狐ちゃんが加勢してくれているようだ。

「も、もも、もちろん、他国に天使リーサの秘密を漏らすようなことはいたしません！」

『拉致監禁』というワードを出して、おそらくわたしの行動を制御し、回復薬を作らせようと考えていた宰相は、予想外の流れに声を震わせながら言った。

「しかしながら、やはり、リーサさまの安全を守るために我々は万全を尽くそうと考えている次第でございます。たとえばですね、王族や公爵などの身分の高い人物と婚姻を結び、他国から手出しができないようにするとか……」

「異議あり！」

大きな声で宰相の発言を遮ったのは、もちろん、わたしの婚約者のアランさんだ。だが、宰相は彼を睨みつけた。

「ディアライト錬金術師長、事態は変わったのだ。リーサさまはこの国にとって大変な重要人物なのだぞ」

「いくら事態が変わろうとも、我らの婚約は変わらない」

宰相はぐぬぬぬぬと唸った。

「ディアライト伯爵家には、確かに国境を守る力がある。しかし、天使リーサを他国の思惑から守るとなると、いささか力が足りないのではないか？」

アランさんは目を細め、宰相を鼻で笑った。

「宰相、わたしの実家の事情など関係がないだろう。リーサを守るのはこのわたしだ。だからわたしと正式な婚約を結び、早急に結婚するべきだと考えられる」

「いくら師長であるとはいえ、一介の錬金術師が国を相手に天使リーサを守りきることができるというのか？」

「敵対するものをすべて滅してよいのなら、余裕でヤれるが？」

「なっ……」

宰相が絶句していると、騎士団長が手をあげて発言をした。

「あー、忌憚(きたん)ない意見を述べさせてもらう。ディアライト殿と剣で戦ったら俺でもかなわないかもしれないし、この男は騎士団全体を敵に回しても普通に勝ち抜いて他国に逃走すると思う」

防御魔術師団長も手をあげた。

「はい、わたしからも。魔力が豊富なディアライト閣下ご本人が、錬金術省で開発した錬金魔導具を使ったら、その高い火力で我が国の結界は間違いなく破られますね」

攻撃魔術師団長も手をあげた。

「ディアライト錬金術師長の錬金魔導具には、うちらの攻撃魔術と互角の攻撃力があることはご存じですか？　彼はこの王都くらいなら壊滅状態にできますよ」

宰相は口をあんぐりと開けてから、アランさんを指差して叫んだ。

「……こ、こやつは、そんな危険人物だったのか！」

騎士団長が肩をすくめて言った。

「なにを今さら、だな。現場の人間ならば皆知っているぞ、宰相。天使と聖女と同じくらい敵に回しちゃ駄目な奴が、ディアライト殿だ。見方を変えれば、天使の護衛にこれほどの適任者はいないってことだな」

宰相が絶句して、国王夫妻となにやら視線で語り合っているので、わたしはアランさんに囁いた。

「アランさんって、そんなに強いの？」

「ああ、強いぞ」

どこからどう見ても荒事には向かなそうな、知的な美形錬金術師長が、麗しい笑顔を見せて囁き返した。

「わたしの強さはきっと、リーサに出会い守るためのものだったのだ」

「えっ」

アランさんに手を取られて、わたしは驚きの声を上げた。

「愛するものを守るために、わたしはさらに強くなれる」

手の甲にちゅっとキスをしたかと思うと、アランさんが立ち上がりわたしをお姫さま抱っこした。

「ええっ、アランさん、こんな人前で……」

助けを求めて奈都子お姉さんを見ると「お幸せにー」と肩をすくめられてしまった。

「わたしは誰の前でもリーサへの愛を誓えるが、リーサはどうなのだろうか？　プロポーズの返事をこの場でもらいたいのだが。もしや、わたしのことをそれほどは好きでないのか？」

「……んもおおおおおーっ！　アランさんの馬鹿！」

この世界に落ちてきて不安でいっぱいだったわたしを受け止めようと手を伸ばしてくれたのは、アランさんだけだった。その後も、わたしみたいな平凡な女の子のことを大切にしてくれ、結婚したいと言ってくれた。仕事が忙しいのに頻繁にわたしのところに来てくれて、いろいろ気にかけてくれて、いっぱい話をしてくれたから、異世界に来た不安や寂しさをあまり感じずに過ごすことができた。だから、わたしの答えはひとつだ。

「アランさんのことが大好きです」

「その言葉が聞けて、わたしがどんなに嬉しいか、わかるか？」

グリーンの瞳を甘くきらめかせて、この国で最強の錬金術師長は言った。

「リーサ、愛している。一生わたしの側にいてくれ」

「アランさん……わたしも愛してます」

そのまま、今度はちゃんと自分の意志で、わたしとアランさんはキスをした。


「うわあああああ、恥ずかしいよう」

なんてこった、ついつい盛り上がってしまい、衆人環視の中でちゅーしちゃったよう。そして、アランさんは照れて真っ赤になるわたしを見て「リーサ、可愛い、食べてしまいそうに可愛いな、わたしの天使」なんて言って喜んでしまい、ものすごくご機嫌でにっこにこになり、いつも以上に美形オーラを振りまいていて眩しいよう。

奈都子お姉さんとナオミさんはデレデレなアランさんを温かい目で見守ってくれているけれど、他の人たちにはかなりの衝撃だったようだ。

「ディアライト閣下がおかしくなった……」

「ああいうキャラじゃないだろう。本当に本人なのか？　いや、あの無駄な美形っぷりはまさしくディアライト閣下そのものだが」

「我が国の重要人物が、あんなに残念な男だったとは」

酷い言われようですね！

「この通りわたしたちは相思相愛だ。ということで国王陛下、正式な婚約をする許可をもらいた

い！」

わたしが照れている間に、抱っこの姿勢を崩さないままのアランさんがこれからの段取りについて堂々と発言した挙句、見事に正式な婚約が整った。

恥ずかしくて顔を覆った指の隙間から、国王陛下が「早く、さあ急いでそこにサインを！」とアランさんに急かされて結婚誓約書にサインをする姿が見えた。顔色がちょっと悪かった。

淡い緑の髪に美しいエメラルドグリーンの瞳を持つという癒し系カラーのアランさんだけれど、顔が整いすぎているから真顔だと怖い。

彼は国王陛下を見下ろしながら言った。

「わたしはもちろん、この国の錬金術師長として国の安全と平和のために働いていきたいと思っている。しかし、国よりもリーサが優先だ。この国がリーサの利益に反する存在になるようであったら、躊躇せずにリーサを取ることを断言しておく」

「ディアライト錬金術師長、頼むから、少しは躊躇してはもらえぬか？　わしはこの国が滅ぶような未来を迎えたくないのだ。決して天罰を受けるようなことにはならぬようにするゆえ、万一の時にはぜひとも時間をもらいたい」

ますます顔色が悪くなった国王陛下が震える声で頼んでいた。

婚約のなんだかんだで話がかなり横道に逸れて、そのまま高速道路に乗って爆走してしまったので、本来の道に戻ることにする。

「ええと、話の続きをしましょう」

椅子に戻ったわたしは言った。

「のちほど上級回復薬をおふたり以外の人物には使用できないようにした上で、国王陛下と王妃陛下にひとつずつお渡しします。国の象徴でもある王族に万一のことがあると、ただでさえ不安定な国状が悪化する恐れがありますので、必要とあらばためらいなく使ってくださってかまいません」

「ありがとう、感謝する」

国王陛下が頭を下げたら、なぜかアランさんと側に控えるナオミさんが満足そうに頷いた。

「もうひとつお話があります。実はですね、わたしはもう一種類、とても効果のある薬を持っているんです」

わたしは木の入れ物を取り出した。これは箱庭でアドリンに作ってもらったもので、中にはハンドクリーム風万能薬が入っている。

蓋を開けて見せると、半透明の黄色いジェルクリームはほんのりと光を発した。神力と魔力と精霊の祝福がたっぷり含まれているからかな?

「これは、皮膚に塗って使う回復薬で、通常の飲むタイプのものでは消せなかった傷跡が消えます。騎士団長さん、よかったら傷跡に塗らせてもらえますか? 騎士の勲章とかで消したくないのなら、無理強いはしませんけど」

実は、ナオミさんの傷で実証済みなのだ。

この腕が立ちそうな美人侍女さんの身体には、引き攣って変色した傷跡が無数に走っていた。今は王宮で働くくノ一系侍女だけれど、以前は戦線に立って勇敢に戦っていたらしい。

無惨な傷跡を見せながら「リーサさま、戦士は男性だけではないのですわ。けれど、戦場で命を散らした同胞たちのことを考えれば、このような身体になっても長らえているわたしは幸せなのでございます。ただ……この身体を殿方には見られたくありませんので、一生独身でいるつもりなんです」と笑うナオミさんを見たら、なぜだか泣けてきてしまった。

男女で差別をするつもりはない。

けれど、やっぱり、女性がこんな傷跡を抱えていたら駄目だ。

というわけで、わたしは「リーサさま、ご無体な、あーれー」と、どこかで聞いたような悲鳴を上げるナオミさんのドレスをひん剝いて、薬を全身に塗ってあげました。

もちろん「よいではないか、よいではないか」と言うのがお約束です。

無残な傷跡が消えて、シミひとつない美しい肌に戻ったナオミさんが、しばらく鏡を見てから号泣し始めたので、つられて一緒に号泣してしまったのもお約束ですよね。

「かまわんぞ、騎士の勲章は傷跡ではなく剣の腕だからな。好きなだけ試してみてくれ」

騎士団長が立ち上がってわたしに左腕を出した。

「ずいぶんときらびやかな薬だな。これが俺の一番目立つ傷跡だが……おい、ディアライト殿、なんで邪魔をするんだ！」

クリームを塗ろうとしたわたしと騎士団長の間に、アランさんが立ちはだかった。

「わたしの可愛い婚約者に、むさ苦しい男の腕を触らせたくない。錬金の天才であるこのわたしが懇切丁寧に塗ってやろう。ありがたく思え」

「ちっともありがたくねーよ！　やめろ、なんか嫌だから、自分で塗る！」

「なにを照れている」

「照れてねーよ！　やめろ、この女顔」

「貴様……ついでに脱毛してやろうな」

「痛えっ！」

どうやらこのふたりは仲良しさんのようだね。

そして、目が笑っていない笑顔のアランさんに腕の毛をむしられた騎士団長の腕は、傷跡がすっかり消えてツルツルになった。

「これは……すごい効果だ……信じられん……神の奇跡が俺の腕にも起きたとは……」

腕を撫でながら、騎士団長が言った。

「騎士団長さん、この薬をいくつかお分けしますので、ぱっと見て傷が目立つ人から塗ってもらえますか？　傷跡を気にしている人を優先でお願いします」

「……天使リーサよ、感謝いたします。勇敢な騎士ほど、見るも無惨な傷跡を持っているのです。決して口には出しませんが、特に女性の身には辛いものだと思います」

うん、それはよく知っているよ。ナオミさんの涙は忘れない。

「それからこちらの薬をひとつ、王妃さまに管理していただきたいのです」

わたしの合図でナオミさんが進み出て、王妃陛下の前に塗る万能薬を置いた。そして、奈都子お姉さんが説明をする。

「わたしも使ってみましたが、この薬は顔や髪に擦り込むと艶と潤いをもたらしますので、化粧品としても使えるんですよ。王族というのはその国の象徴であり、国民の心の拠り所となります。ですから、王妃さまはルニアーナ国の母であり、国の花であっていただきたいと考えます」

王妃陛下は戸惑った様子で言った。

「でも、天使リーサ、この薬が必要な者は他にたくさん存在しているのではないかしら？」

「大丈夫、万能薬は必ず必要な人に行き渡るようにします。王妃さま、華美になって欲しいというのではありません。この国の母として、美しく健やかなお姿で国民を導いて欲しいのです」

「天使リーサ、あなたという方は……ありがとうございます」

王妃陛下は薬の入れ物を手にすると「わかりました。わたしはこの国の王妃としてふさわしくあるため、こちらを使わせていただきます」と微笑んだ。

こうして、会議は終了し解散となった。

「それではリーサ、部屋に戻って結婚式の段取りを話し合おう」

わたしをエスコートしようと腕を差し出しながら、アランさんが言った。国王陛下が婚約の書類にサインしてからとても嬉しそうだ。

もちろん、わたしも嬉しいけどね。

でも、さすがに今夜は結婚式の夢を語る元気がない。アランさんの腕に手を添えながら「もう疲れちゃったから、申し訳ないけどそういうのは明日にしてもらってもいいですか？」とお願いした。

「もちろんだ、気がつかなくてすまなかった。リーサは華奢(きゃしゃ)だからな、体力がなくても仕方がない。リーサの健康が最優先だ、部屋に届けさせるから回復薬を飲みなさい。今夜は薬草の葉のサラダを出すように厨房(ちゅうぼう)に知らせておこう」

貴重なお薬と薬草だけどいいんですか？

わたしと違って、錬金術省でブラック勤務を平然とこなすアランさんは、とても体力があるようだ。まさか剣術まで極めているとは知らなかった。いつ鍛錬してるのか不思議だ。

「正式な婚約者となったことだし、リーサはこのままわたしの屋敷に住むことにするのはどうだろうか？」

「いいえ、結婚式を済ませるまでは、別に暮らしたいと思います。お堅いと思うかもしれないけど、わたしはそういうことについては、おばあちゃんにしっかりと躾けられたの」

「そうか……それでは仕方がないな。さすがは天使を育てた方だ、大変しっかりした女性だったと思われる」

天国のおばあちゃん、両親が事故で亡くなってからわたしを立派に育ててくれてありがとう。

理衣沙はイケメン錬金術師長の花嫁になります……って、違うじゃん！

「アランさん、ちなみに、おばあちゃんはまだ生きてますからね。おばあちゃんも神さまに他の世界に送られたから、そっちでおじいちゃんと暮らしているの。もう会えないけど、元気にしてるって聞いてるんだ」

「なんと、リーサさまはさまざまな世界に遣わされる神のお使いの血族でいらっしゃったか！」

これは、こっそりと近寄ってきて話を聞いていたらしい宰相のおじさんの言葉だ。急に叫ぶから驚いたよ。

「これはこれは、お見それいたしました」

頭を下げる宰相さんに「祖母は高齢なので、たぶん、お仕事は頼まれずに異世界で普通に暮らしていると思いますけど」と答えておいた。

わたしは結婚する気満々なアランさんに釘を刺す。

「結婚式は、奈都子お姉さんが浄化を進めて、ある程度国情が安定してからにしてください。まずは回復薬の用意を優先したいの。結婚式の準備に時間を使えないよ」

「そうだよ」

奈都子お姉さんが援護してくれた。

「わたしも精いっぱい浄化して魔物の湧きを抑えていくけどね、しばらくは厳しい戦いが続くと思うんだよ」

わたしたちの結婚に反対しなくなったお姉さんは、強い味方になってくれる。

「ディアライトくん、結婚式というのは女の子にとっては夢の晴れ舞台で、ドレスとかその他いろいろ、充分に準備をして臨みたいものなんだ。理衣沙は真面目で義理堅い子だから、前線で戦っている人がたくさんいるのに、頭の中をお花畑にして過ごせないんだよ。まずは瘴気と魔物をなんとかしようね」

わたしはうんうんと頷いて「お姉さんの言う通りです」と言った。

奈都子お姉さんの言葉を黙って聞いていたアランさんは「なるほど、了解した」と頷いた。

「浮かれてすまなかった。異世界より助けに現れたふたりが、これほどまでにこの国の平和を考えてくれているというのに……わたしは自分のことしか考えられなかった……」

沈痛な面持ちのアランさんに、わたしは慌てて言った。

「あのね、わたしもね、もちろん楽しみなんだよ。アランさんは、優しくて、頼りがいがあって、お仕事ができて、カッコよくて、アランさんの奥さんになれるわたしは幸せ者だよ」

「そんな風に思ってくれるのか、ああリーサ！　可愛すぎる！」

わたしはアランさんにぎゅうっと抱きしめられて、額と頬に激しく口づけられてしまった。

「うにゃああああっ、ちょっ、アランさん！」

「リーサ、好きだ、愛している。もう一生離さない」

抱きしめられてもがきながら、わたしは「落ち着いて！　アランさん！　どうどう！」と叫んだ。

ここはまだ会議室なんですけど！　みんながガン見してくるんですけど！

「リーサのためならなんでもするぞ。リーサの敵はこのわたしが殲滅する。リーサを邪魔する者はすべてこのわたしが……国土ごと消滅させる……ふふふ……」

アランさん、ありがとうね。

頼りになる旦那さまになりそうでとても嬉しいよ。

でもね、皆さんが顔面蒼白になっているから、物騒な愛情表現はそのくらいにしておいてね。

そして、奈都子お姉さんが「絵にかいたようなイチャイチャを見せられて、一杯飲みたい気分になってきたわ。今夜は飲むぞー、おー」と力なく言いながら帰っていったから、二日酔い対策用に回復薬を届けた方がいいと思うんだ。

SIDE　錬金術師アランフェス・ディアライトの華やかな日々

錬金術師アランフェス・ディアライトは、廊下の隅で俯き、両手のひらで顔を覆った。

「くっ……油断すると、表情がだらしなくなってしまう。せっかく我が天使リーサに『アランさんはカッコよくて優しくて頼りになって仕事ができて人望も厚く、凛々(りり)しくたくましい素敵な男性だから、ぜひぜひお嫁さんにして欲しいな』と言ってもらえたのだから、そのイメージを崩したくない。しかし、可愛いリーサのことを考えるたびに、顔が……笑み崩れていってしまう。どうしたらいいのだ」

理衣沙はそこまで褒めていない。おそらくアランフェスが脳内で何度も理衣沙の言葉を再生しているうちに、彼の海馬にバグが起きたと思われる。

「ああ、リーサが可愛くて息の根が止まってしまいそうだ。しかし、わたしが死んだらあの愛らしい天使を手に入れようとする有象無象が寄ってくるだろうから、絶対に、命を落としてはならない。幸せな新婚生活のために、わたしはたゆまぬ努力をしなければならないのだ！　なにしろ、新婚さんだからな、わたしと若妻リーサはわたしの屋敷で……いかん、期待と不安で心臓が苦しくなってきた」

妄想が暴走していた。

いい歳をして初めて恋に落ちた若者にとって、好きな女の子からの愛情のこもった褒め言葉は破壊力がありすぎたのだから、これはまあ、仕方がないと言えよう。しかし、こんな下心満載のアランフェスの悶え叫びを聞いたら、さすがの理衣沙もドン引きするかもしれない。

幸か不幸か、顔が良く背が高く脚が長く、遠くから見ても間近で見ても非の打ちどころのない外見を持つアランフェスは、王宮の廊下で挙動不審な振る舞いをしている時でさえ美しかった。

彼の怪しい独り言が耳に入らない人々は『ディアライト閣下は、錬金術についての高尚な悩み事があるのだろう』と、尊敬の念さえ抱いて通り過ぎたが、騎士団長は騙されなかった。

「やあ、錬金術師！　腹でも壊したか？」

背中を思いきり叩かれたアランフェスは、氷点下の瞳で騎士団長を見て「脳まで筋肉な騎士団長にとっての悩みは、腹具合についてくらいなのか。羨ましいことだ」と低く言った。

「ふん、ぬかせ」

先日、国の重鎮たちの面前で腕の毛を引っこ抜かれるという辱めを受けた騎士団長は、アランフェスに向けて鼻にしわを寄せてみせた。

「ディアライト殿の悩みといえば……天使のお嬢ちゃんのことか？　おお、図星か！　はっはっは、世も末だな！　違った、この世の春だな！」

「言葉の選び方が根本から間違っているぞ」

怖い顔をしようとしたが、アランフェスは少し頬を染めてしまった。

「なんだ、恋の悩みならこの俺に話してみるのもいいぞ。こう見えても、俺はモテるからな。こんなご時世だ、体力があって腕っぷしが強く、給料もそこそこ高い騎士は女性から引く手数多（あまた）なんだ」

「絶対に断る。そうだ、もう片方の腕も脱毛してやろう、熊っぽさが減ってさらにモテるかもしれないぞ」

「断る！　断るが……」

騎士団長は声をひそめて「こいつを見てくれ」と上着を脱いでシャツの腕をまくった。

「この前、塗り薬を塗ってもらった方の腕なんだが」

「完治したのではなかったのか？」

「いや、傷跡は完全に消えた。だがな……おまえさんに盛大に毛を抜かれただろう？」

「ああ……これは驚いたな、なんてことだ！」

「ああ、生えてるだろう」

「ふっさふさに生えてるな。完全に抜いたのに」

「変なところで完璧主義を貫くなよ。痛かったんだぞ」

そこには、無慈悲な手で毛根から抜かれたはずの腕の毛が、あれから数日しか経っていないというのに、すっかり生えそろっていたのだ。

「翌日の朝に、もうふわふわっと生えてきていた」

「ふむ」

「それから太くて艶のある立派な毛に育ち、今やこの通りだ」

「熊もびっくりの剛毛だな」

「熊言うな」

むくつけき男の腕に生えた毛を見つめるふたりの姿に、通りかかった者は皆、首を傾げた。

「俺は思ったのだが……天使の嬢ちゃん、じゃなくて、偉大なる天使リーサの塗り薬の効果は、想定外のものもあるんじゃないのか？」

「確かに、充分な検証を行っていないから、気がつかない効果があっても不思議ではないな。つまり、あの薬には……毛根を活性化させる働きが……」

「これは、極秘にしないとまずいぞ」

騎士団長はいっそう声をひそめた。

「今現在、塗り薬は余っているわけではない。もしも本来の目的、つまり、魔物との戦いで受けた傷跡を治すという目的が果たされないうちに、このことが他に知れたら……」

「我々が目指す効果以外を求める、おそらくは金持ちや貴族などの人物が薬を手に入れようとして、ひと騒動起こるだろうな」

ふたりはため息をついた。

「しかし、騎士団長の実験結果だけでは、まだ完全だとは言えない」

「実験言うな」

「ここはひとつ、極秘に試してみたい。騎士団長、誰か、口が堅くて頭が寂しい男性被験体に心当たりはあるか？」

「……騎士団の事務をやっている文官が、まだ三十前なのだが、額が年々広くなってきている。あからさまに寂しい頭ではないから、実験の効果が出てもごまかしやすいと思われるぞ」

「騎士団長殿も実験と言っているじゃないか」

「あっ」

というわけで、文官のロバート青年がひそかに呼び出された。

錬金術省の一室で、無表情なアランフェス・ディアライト錬金術師長と、歯を剝き出して獰猛に笑う騎士団長を見て、その場で回れ右しそうになったロバート青年であったが、そこに可憐な天使が同席しているのを見て、なんとかとどまることができた。

「ロバートさん、急にお呼びたてしてしまってすみません」

「いえ、天使さまのお役に立てるのなら幸いでございます」

「ロバートくん。君はここで起きたことを決して他言しないと誓えるか？」

「はい、もちろんでございます」

「覚悟しておけよ。わけを知りたがる奴らは、命をかけてでも聞き出そうとしてくるはずだからな」

「騎士団長殿、わたしはいったい、なにをされるんですか！」

「言ってみれば、肉体改造、かな」

「うわあああああーっ！」

騎士団長に捕まえられたロバート青年は、「大丈夫です、痛いことはしませんよー」とにこにこ笑う理衣沙の前で、美形男性の手で額に謎のクリームを塗り塗りされて悲鳴を上げた。ついでに、頭皮全体にもクリームを揉み込まれた。錬金術師長の長い指先で、丹念に頭皮マッサージをされながら、彼は『なんでこんな目に遭うんだああああーっ！』と、心の中でも悲鳴を上げた。

そして、数日後。

ロバート青年の頭の毛根は蘇り、健康な毛髪を生み出して、彼を若々しく見せていた。しかし、どうしてそうなったかを彼に尋ねても、ロバート青年は「特になにもしていないんですけどね」と笑顔で答えるだけであった。

　それからのわたしは、箱庭で薬草を育てて回復薬を作ったり、野菜の苗を作ったり、たまに錬金術省に顔を出して回復薬作りを手伝ったりと、主に畑仕事に精を出しながら日々を過ごした。変わったことといえば、カミーロさんが護衛騎士になってくれた。怪我が治っていない演技をしなくて済むようになったカミーロさんは、ピカピカの騎士服に身を包み、今日も部屋の前に立って警備をしてくれている。他に、ナオミさんの審査をくぐり抜けて選ばれた六人の近衛兵たちもいる。上級回復薬を作れることがわかり、警戒を強めるようにと配置されたのだ。

「リーサ、お疲れさま」

「アランさんもお疲れさま」

　一日が終わると、夕飯を一緒に取りに来てくれるアランさんに抱きしめられた。そして、おでこにご褒美のキスをしてくれる。

「リーサ、ほら、ここ、ここに」

　背が高いアランさんが腰をかがめて、自分の頬を指でさしながらほっぺちゅーのおねだりをするのもいつものお約束だ。

「い、いきますよ」

照れて真っ赤になりながら、ちゅっとするのもお約束なんだけど、何回やっても慣れない。でも、アランさんによると恥ずかしがる姿がご褒美なのだそうだ……って、ちょっと変態っぽくない？

彼は『結婚するまでは、男女のあれこれを進ませたくない』というわたしの気持ちを汲んでくれて、恋人らしいイチャイチャはおでこやほっぺたへのキスだけでとどめてくれるから、それはありがたい。

「リーサは箱入り娘だから仕方がないな」

「な、なによう、そんなことないよう……わたしはもうすぐ大人の仲間入りをするしね、大人の女になるんだもん」

「それじゃあ、ここにお返しをしてくれてもいいんだぞ？」

美形の錬金術師長がにこにこしながら唇を突き出して迫ってくる！

やめてー、それはまだ無理なんだ！

「リーサは本当に可愛いな」

逃げ回っていたら、ひょいとお姫さま抱っこをされてしまった。

「今日も仲がおよろしくてなによりですわね」

イチャイチャがすぎるせいか、最近遠くを見つめるようになってきたナオミが言った。

「……戦いが落ち着いたら、若い男性も王都に戻ってくるだろうし……わたしも天使さまにあやかりたいものですわ……」

はっ！

今のは、ナオミの心の中が呟きとして溢れてきたの？

なんかごめんなさい。生きのいいイケメンを見つけたら、一番最初にナオミに引き合わせるからね……。

「アランさん、最近、錬金術省に顔を出せなくてごめんね。回復薬作りはどう？」

ソファーの上に下ろしてもらったわたしは、隣に座ったアランさんに尋ねた。

「順調に進んでいるから安心してくれ。箱庭で育った薬草のおかげでとても効率よく作れて、錬金術師たちの負担も驚くほどに軽くなっている。それに、魔導具開発部の方も、リーサが提供してくれた情報が役に立っている。魔導車の研究も形になってきた」

「魔石で動く車だね」

「そうだ。まだ実験段階だが、小型のものはほぼ完成している、ただ、燃費が悪くて実用化できないな……魔力の節約をするには魔導エンジンの開発を待たなければならない」

魔導車が出来上がったら、アランさんとドライブができるかな？　楽しみだね。

さて、ルニアーナ国を完全に平和で安全な国にするのは難しくても、そこそこ安心して暮らせる国程度ならば、さほどの時間をかけずに実現できるはず。なんといっても、奈都子お姉さんの力は稲荷大明神のお墨つきなのだ。

異世界転移の際に授けるチート能力を『浄化』と『聖なる力』に振りきってつけてもらったので、浄化能力に関しては非常識なくらいに凄まじいらしい。神官が百人集まって数年かけて行う規模の浄化をたったひとりで、しかも数日で終わらせてしまう奈都子お姉さんの存在は、あきらかにこの世界のパワーバランスを揺るがしている。

対魔物とのバランスなら、いくらでも崩していい。しかし、大人の世界は複雑なので、他国とのバランスの調整の方が難しいらしく、わたしの知らないところで国王陛下や宰相が奮闘しているとナオミさん……あっ、呼び捨てにしないと、畏れ多いと言って切腹しそうになるんだった。腹心の侍女ナオミに教えてもらった。

それにしても、奈都子お姉さんに自己回復能力がまったくないというのは、神さまの極振(ごくふ)りにもほどがあると思う。お稲荷さんだって、お姉さんの無茶な性格をわかっていただろうに……わたしだったらバリアもおまけにつけちゃいたいくらいだ。

あ、つけたらつけたでバリアがあるからと瘴気めがけて特攻しそうだから、余計にまずいことになるかもしれない。

そんなことを、かなり畑部分が広くなった箱庭で、薬草の種採りをしながらお狐ちゃんに話していると、お稲荷さんの眷属の幼女は「確かに、奈都子という娘はやることが極端で危なっかしいのう。となると、理衣沙が奈都子と同じ世界に行きこうして回復薬を作る流れになったのも、運命的なことであり、世界を守ろうとする自然の摂理なのかもしれぬ」と言った。

「奈都子だけでは足りないものを、理衣沙の存在が補って、ルニアーナ国の浄化が加速して進んでいくようじゃ。理衣沙は偶然世界を渡ったのではなく、ルニアーナ国が存在する世界に選ばれたのやもしれぬ」

「ふうん……」

わたしは少し嬉しかった。

本当は隕石の落下で死ぬはずだった運命を、『信心深い』という理由で救ってもらったのだ。それも、朝晩挨拶をしたり手を合わせたり、たまに掃除をして稲荷寿司を供える程度の信心深さで、たいしたものではない。だから、それってちょっとズルくない？　なんてことを心の中で感じていた。わたしよりも信心深くて命を落とす人は、他にもいたはずだ。

けれど、わたしの存在がこの世界の役に立っていて、ここに必要な人間だと思えるのなら、後ろめたさを感じずに済む。

「それにしても、魔物の動きが気になるのう」

お狐ちゃんは難しい顔をした。

「だいたい瘴気は確かに厄介なものなのだが、意思のない存在であるから、浄化にこれほど時間がかかるはずがいないのじゃ」

「ええっ、そうなの？」

「仮にも神である存在が、人間の娘にとんでもなく危険な役割など与えないはずじゃ。せいぜい『ちょっと現場に行って浄化の儀式をすれば、たちどころに正常な世界に変わる』程度のものじゃろう。もしかすると、なにか悪しき因子でもこの世界に加わったのかもしれん」

「そうだよね。聖女っていうけど、奈都子お姉さんは普通のキャリアウーマンだったし、腕だの目だのをなくすような戦いの場に行くなんて、ちょっとおかしいと思ったんだ」

「そうじゃ。嫌な予感がするのう」

少し調べてみるか、と言って、お狐ちゃんは尻尾をぴんと立てた。

「リーサ、極薬草がもう収穫できそうなんだよ！」

「一緒にお薬を作って詰めますの。塗り薬用の入れ物もこの通り、たくさんできていますの」

可愛い精霊コンビがお誘いに来てくれた。

「ふたりともありがとう、それじゃあ一緒に錬金しようね」

ちょうど種も採り終わったので、蕾が膨らんできた薬草を全部抜いて畑の隅に積んで、調査に出かけるお狐ちゃんを見送ってから、わたしたちは錬金釜の準備をした。


こうして、毎日せっせと畑仕事と薬作りに勤しんで、普通の回復薬がたくさんと塗り薬がたくさんと、上級回復薬が十五本できたところで、奈都子お姉さんが第二の遠征に出発することになった。

「奈都子お姉さん、くれぐれも無理をしないようにね。体調を崩したり怪我をしたりしても、誰も褒めてくれないんだから。社会人なら体調管理に気をつけるんだよ」

「はーい」

「はい、これ。上級回復薬が五ついているから、必要だと思ったらすぐに使ってね。あと、馬車にどっさり積んである回復薬も、遠慮なく使うんだよ。在庫はたっぷりでまだまだ製造中だから、好きなだけ使ってね」

「回復薬がジュースみたいな扱いなんだけど……って、なにこれ？　これをわたしの首に下げろと？」

「さ、げ、て」

「はい、お母さん」

こんな大きな娘を産んだ覚えはないよっ。

わたしはノムリンに作ってもらった、上級回復薬が五つぶら下がった蔓のレイをお姉さんの首にかけた。もちろん、使う時以外は触れないから邪魔にならないし、お姉さん以外の人には見えない。ただ、お姉さん自身には見えるので、ファッションセンスが残念な感じになるけれど、身の安全のためにはそんなことを気にしていられない。

「ハワイに行くと、首にかけてもらえるやつにそっくりだ」

「今度はお花もつけてあげようか？」

「いや、大丈夫！　ありがとう、理衣沙ちゃん。アロハオエ〜」

お姉さんは怪しいフラダンスもどきを踊ってから「それじゃ、行ってくるね」と王宮を出発した。

それを見ていた人から「聖女さまの今のは……なんでしょうか？」と尋ねられたので、わたしは真面目な顔で「聖女のありがたい祝福です」と答えておいた。

お姉さんが戻ってきたら、いろんな人から『アロハオエ〜』を求められるかもしれないけど……まあ、気にしない。

そんな感じで、アランさんと正式に婚約をしたわたしは、もはや自重は必要ない！　とばかりにお薬製造マシーンと化していた。

傷跡を治す、美味しそうな黄色をした半透明の塗り薬も在庫が充分にある。傷跡を消したい男性にも女性にも行き渡ったし、これなら民間への放出も行って大丈夫かもしれない、というほどになった。

「できれば、神殿が管理する治療院で、無料で使ってもらいたいんです」

利益を得る必要はないのだ。材料費はノムリンの出す水と畑の土と錬金釜にくっついて残った上級回復薬だからただ同然だし、アドリンの木工細工のスキルが爆上がりしたおかげで、入れ物もたくさんある。

「魔物の襲撃で身体についてしまった傷を消すことは、国の事業として行っていくべきだと思います。心の傷は癒せませんので、国民の皆さまにはせめて身体の傷を癒していただきたいと思います」

あれから、瘴気と魔物がこの国にもたらした被害についても学んだ。魔物が迫り住み慣れた土地を後にしなければならなかった人、大切な家族を魔物に殺された人、瘴気のせいで作物が実らなくなって飢えてしまった人など、被害は甚大であった。

特に、食料問題を知ったわたしは慌ててお狐ちゃんに相談した。

「ねえ、箱庭で育てた丸くて黄色いお芋、あれを量産できないかな？」

畑の土の中でコロコロと育ったお芋は、焼いて食べたらほっこりして甘く、とても美味しかった。熱々のうちにバターを載せたら最高だし、煮てもシチューにしても美味しい。これは王宮の厨房を巻き込んで実証済みだ。

「食べ物に困った場所に配給してもいいし、箱庭で育てたお芋なら、種芋としても強いんじゃない？」

「ふむ、神力と精霊の力を存分に吸い込んで育った芋じゃからな。瘴気を祓う力があってもおかしくないのう」

「それなら、余計に配りたいよ」

時間の流れが外界とは違う箱庭の中で、わたしたちはお芋を作った。使うにつれ広がっていく不思議な箱庭の中には広大な芋畑ができた……うん、もうお庭としての用途からだいぶ離れているけれど、世界に平和が戻ってからゆっくりお花を育てるつもりだし、これでいいんだよ。お庭はどんどん広くなってきているから、落ち着いたら世界中の花を集めた素敵な庭園を造ろうと思うんだ！

このお芋は各地に種芋として運んでもらった。予想した通り、この種芋を植えると箱庭の加護が働いているせいか瘴気に負けずにとても早く育ち、栄養たっぷりのお芋がたくさん採れたのだ。主食にしてもおやつにしても美味しいので、ルニアーナ国の食糧不足は急速に改善していった。


というわけで、毎日忙しく過ごしているけれど、アランさんとは、その、ちゃんと仲良くしています。


「この、揚げて蜜を絡めた芋は、各地で評判になっているらしいな。食べると身体から力が湧き上がる、天使の食べ物だそうだ。あーん」

わたしの部屋で、にこやかに控えるナオミさ……筆頭侍女のナオミの前で、わたしはアランさんの膝に乗せられて、お口あーんをされています。

そして最近、アランさんからドレスをたくさんプレゼントされています。

それらには、お金に糸目をつけないたっぷりのフリフリとか繊細なレースとか、ふんわりしたチュールに宝石が縫いつけられているものなどがふんだんに使われているため、わたしが着るとお人形さんのようになってしまいます。

奈都子お姉さんが顔を引き攣らせて「お人形遊びをする男って……いや、生きているからセーフなのか？」と言っていましたが、聞かなかったことにしましょう。

「あの、何度も言うけどね、ひとりで食べられるんだよ」

「しかも、リーサが考案した、このアイスクリームと共に食べると、素晴らしいデザートになるな。

熱々の芋と冷たいアイスクリームの組み合わせは、さすがは天使の食べ物だと評判だ。あーん」

全然聞いちゃいない。いや、あえてスルーしているのか！　大人の男はずるいな！

「あーん」

……諦めた。

大丈夫、人払いしてあるからナオミ以外は誰も見ていない。くノ一侍女ナオミは気配を消すのが上手だから、この部屋はアランさんとふたりきりだと思ってもいいはず。わたしも目を瞑っちゃえば、見ている人は誰もいないのだから大丈夫、恥ずかしくないよ！

というわけで、開き直って天使の芋デザートを味わうことにした。

「うーん、安定の美味しさだー。熱いと冷たいが合わさると、ほんと美味しいよね」

天使と芋って語感がミスマッチな気がするが、美味しいは正義なのだ。

「回復薬の供給も順調で、無理のない業務で在庫が増えている。リーサが提供してくれる高品質な薬草のおかげだと、皆感謝しているぞ」

ちなみに錬金術省で『わたしの婚約者が育てた薬草だ、心して調合するように！』とドヤ顔をしていることも耳に入ってますよ、アランさん。

「あとは、聖女ナツコの浄化の進み具合だが、そちらは心配いらないだろう」

「そうだね。お姉さんは仕事ができる女性だからね」

「働きすぎるなとリーサに釘を刺されているから、無理のないペースでやっているはずだ」

全身が釘バットになるくらいに釘を刺しましたからね。

万一奈都子お姉さんが倒れたら、この国もこの世界もわたしの幸せも、すべて消えてなくなるんだからと、ぐりぐり刷り込ませていただきました。

そういえば、瘴気の浄化がなかなか終わらない件についてのお狐ちゃんの調査はどうなったのかな？

箱庭も順調に成長していって、今ではわたしが許可を出した人とは扉越しに会話ができるようになった。アランさんはさっそくお狐ちゃんに挨拶をして、わたしをこの国に来させてくれた感謝を伝えた。

『いや、我の手柄ではなく成り行きだったのじゃがのう』

お狐ちゃんはイケメンの熱い気持ちに戸惑ったようだ。

「リーサのことはわたしが絶対に幸せにします。結婚式にはぜひいらしてください」

一名さまのご出席が決定しちゃったよ。

それからアランさんは、草餅がとても美味しかったと言って、ルニアーナ国でも作れるようにしたいとお狐ちゃんに作り方を聞いていた。

和菓子を褒められて気をよくしたお狐ちゃんは、ヨモギを箱庭で育ててアランさんに渡すようにとわたしに言った。そして箱庭の水田で普通のお米と餅米と小豆を育てたので、仕事に余裕が出た錬金術省に材料を持ち込んで草餅作りが行われた。

お米と餅米を粉砕して上新粉と白玉粉を作るところから始めたから、うまくできるのか少し心配したが、さすがはセンスのある錬金術師たち（はい、時間に余裕ができたので、錬金術省の担当となりました）で、一度草餅を作ったら次からは錬金釜に材料を入れるとあっという間に美味しい草餅ができるようになった。

もちろん、できた草餅はお狐ちゃんにもノムリンとアドリンにも味見をしてもらった。お狐ちゃんが「ふむふむ、よき腕じゃ。では、他の和菓子の作り方も教えようかのう」なんて言っていたので、錬金術省に和菓子部が創設されるかもしれない。

「これでしばらくは、おやつに困らないよね」

わたしが錬金術省の皆さんと一緒に出来たての草餅を頬張りながらアランさんに言うと、彼は「リーサ、このクサモチも大変な薬になっていることに気づいているか？」と、なんとも言えない笑みを浮かべた。

「最初に食べた時には最大魔力量が増え、次回からは食べた時に一時的に魔力量が増える。今まで魔力を増やす薬などなかったというのに……」

「えっ、そうなの？」

わたしは驚いて、お代わりに伸ばした手を止めた。

自分には魔力がないから、単に美味しいおやつなんだよね。ヨモギの風味も餡子の味も最高によくて、いくらでも食べられちゃう。

アランさんはわたしに似て食いしん坊さんだなあ、って思ったけれど、どうやら魔力を回復できる薬としても評価しているようだった。さすがは回復薬担当者、デキる錬金術師長なのである、ふふふ。

「師長、これはすごいおやつですね！　ではなくて、薬ですね！」

「自分の魔力も限界値を突破しました。この歳になって魔力量が増えるとは思いませんでしたよ」

「おかげでますます仕事が楽にこなせます。回復薬を作る速度が全然違ってきてますから」

「さすがは錬金の天使さま、我々の希望の星です」

錬金術師の皆さんに、ものすごく褒められた。

いや、わたしのお手柄ではないんだけどな。

なるほど、箱庭で作ったヨモギには神力がたっぷり込められていた、というわけだ。もともとヨモギは日本でもお灸に使われたりしている立派な薬草なのである。

そういえば、お狐ちゃんに勧められて干したヨモギをお風呂に入れたら全身がすべすべになったので、さっそく親切な王妃さまにもお分けしたら、大喜びされた。疲労回復効果もあって、今では王族の皆さんが愛用しているらしい。

ちなみに、お米と餅米と小豆は薬にはならなかったけれどとても味が良かったし、箱庭から持ち出して育てたら瘴気で力をなくした畑でも丈夫でよく実ったので、芋に続いて食料問題を解決する作物となった。農林水産省みたいな部署の人たちを招いて、手書きのテキストを渡して栽培方法をレクチャーしたら、肩こり腰痛から解放されて若返った国王陛下が王宮の宝物庫に連れていってくれたので、なんとなく大きな魔石を選んでもらった。

魔剣っぽいやつとかすごそうな鎧なんてもらっても仕方がないし、お高そうなアクセサリーもわたしには似合わないしね。

「実はな、我が妃が若返り、さらに美しくなって毎日とても機嫌がいいのだ」

どうやら夫婦仲が良くなったことへのご褒美も含まれていたらしい。

普通のヨモギもよく育って身体に良いハーブになったので、草餅はルニアーナ国のトレンドおやつになった。

なによりも嬉しいのは、ルニアーナ国で塩むすびが食べられるようになったことだよ！　白米サイコー！


それからしばらくは、何事もなく日々が過ぎた。

錬金術のお仕事には華々しさがない。でも、確実に役に立っているとわかっているから、コツコツと回復薬を作り溜めて、錬金術省にある倉庫には、いつでも発送できるように回復薬の瓶が箱詰めされて積まれている。

仕事の効率が良くなったため、わたしは午前も午後もゆったりとしたお茶の時間ができた。回復薬の担当者たちもランチの時間がたくさん取れるし、デザートに草餅を食べれば魔力の回復もばっちりだ。ブラックな職場がすっかりホワイトになったので、わたしはほっとした。

残念ながらアランさんは、錬金魔導具開発部の仕事もあるし、他の省との会議や打ち合わせがあって忙しいんだけどね。師長さんだから仕方がない。

「リーサさま、今日もお疲れさまです。ご無理をなさらないようにしてくださいね」

「ありがとう」

ナオミと一緒に午後のお茶を楽しんでいたら、おひげの宰相さんが部屋にやってきた。

喧嘩を売りに来たのではない。実は先日、ナオミが「うちの父を洗脳……いえ、リーサさまの素晴らしさについて言い含めなければならないので、お休みをいただきたいのですが」と王都にある実家に戻った。そして、戻ってきた宰相さんはなぜかわたしの足元にひれ伏して「リーサさま、これまでのご無礼をお許しくださいませ。お詫びにリーサさまの足置きとしてお仕えいたします」と危ないことを言いだしたのだ。

　腹心の侍女ナオミよ、父親にいったいなにをしたのですか？

　もちろん、即、お断りしましたよ。人を足置きになんてできませんよ。

　アランさんが「そのようなご褒美を簡単にもらおうとは笑止千万！」と言って怒っていたことは、スルーさせてもらうよ。

「あ、宰相のレオナルドさん。いらっしゃい」

「お邪魔しますね。あと、わたしのことはレオナルドと呼び捨てでかまいませんから」

「かまうよー」

　手のひらを返したように下手（したて）に出てくる宰相のおじさんだが、ナオミに説得（？）されて「ニホン人の血を引く我が一族は、天使リーサにお仕えする定めだったのだ」と全面降伏したらしい。

「呼び捨てていただけないのなら申し訳なさのあまりにこの腹をかっさばいて」

「はい呼びましょうかレオナルド」

　味方が増えたのはいいけれど、コサブローさんの子孫たちはすぐに切腹しようとするから困るな。わたしの顔が日本人顔だから、血が騒いでしまうのかな。

　国情が落ち着いてきたせいで余裕があるのか、ちょいちょいわたしの部屋にご機嫌伺いにやってくるレオナルドおじさんを見たナオミは、渋い顔でお小言を言った。

「お父さま、いくらリーサさまが神々しくも愛らしい心和ませる天使さまだからといって、拝観しすぎだと思いますわ」

「いいではないか。そら、奉納品もこの通り、持ってきたし」

レオナルドは、わたしの分とお狐ちゃんにお供えする分と、お菓子の入った箱をふたつ持ってきていた。後で箱庭に持っていこう。みんなこの国のお菓子が大好きだから……。

って、え、これは拝観だったの？

拝観料を取ってもいいのかな。拝観料がお菓子なのかな。お金をもらっても仕方ないからこれでいいね。

そんなレオナルドだが、奈都子お姉さんの遠征の状況を教えてくれるから助かる。レオナルドとナオミがいれば、この国の重要機密はすべて手に入りそうだ。そして、元バリキャリの聖女のお姉さんの仕事ぶりは大変素晴らしいようで、今や彼は手放しで褒めている。

レオナルドは一国の宰相として、最初のうちはわたしとお姉さんのことを少し疑い、ルニアーナ国に迎え入れてよい人物かどうかと警戒し、息のかかった貴族と結婚させて支配下に置き監視することを考えていたそうだ。囲っておいて、特殊な能力があるなら利用しようというわけね。

でも、お姉さんはすごい勢いで国の脅威である瘴気を浄化していったし、わたしは回復薬の製造において大改革をして、ブラック錬金術省の錬金術師たちの健康を取り戻し、戦いにおける死傷者が激減した。しかも対価を求めることなく、だ。

それでわたしたちが本当に神さまから賜った希望の使者で、下手に干渉してはならない存在なのだと気がついたとのことだった。

アランさんが取り扱い注意な人物であることを実感したことも大きかったみたいだけどね。

「聖女ナツコの偉大なるお働きによって、もうすでに被害の拡大は止まっています。魔物を凶暴化させていた瘴気が減少すれば、魔力を持っているけれど普通の動物とさほど変わらない生き物になりますし、この調子なら、一年も経たないうちに魔物に占領された土地を取り返すことができそうです」

「それはよかったね」

ナオミ情報によると、箱庭から持ってきたお芋とお米と餅米と小豆の苗には、それ自体に瘴気を浄化して土を健康にする働きがあるとのことで、荒れ果てた土地に緑が急速に回復しているとのことだ。

「これも皆、リーサさまのお作りになる薬のおかげですよ」

奈都子お姉さんが瘴気の噴き出し口を浄化することで、魔物はむしろ、魔石や素材を提供する美味しい獲物になるらしい。人間を狩っていた魔物を、今度は人間が狩るのだ。

こんな感じにすべてがよい方向へと進んでいたので、わたしたちは油断をしていた。

「宰相閣下、至急お戻りください」

呑気に雑談をしていると、宰相のレオナルドのもとに迎えがやってきた。

「何事だ？」

使者はわたしたちの方を見てためらっていたが、レオナルドが「天使さまと、侍女をしている娘だ。どうせ情報が行く相手だから話してかまわんぞ」と言うと、なにが起きたのかを話した。

「ルニアーナ北西部のフラール地域で数ヶ所、大規模な瘴気の噴出が起きました。その際、山頂から岩石と土砂が多量に飛ばされたことにより道が分断されてしまっています。フラールでの戦況は厳しく、このままだと薬が不足して膨大な被害が見込まれます」

「なんと！　まさかのフラールで、瘴気が？」

のようです」

「戦力が手薄な場所を狙っているように思える事態ですね。まるでなんらかの意思が働いているか

レオナルドと使者の人はわたしに「失礼します」と頭を下げると、執務室に駆けていった。

「ナオミ、どんな状況なのかを、地図を見せて説明してくれる？」

「はい、こちらに」

お茶の席はそのままにして、別の部屋のテーブルにナオミが地図を広げてくれた。その中央部分に、彼女が半透明の丸い石を置く。

「なるほど、ここが王宮だね。フラール地域ってどこ？」

「ここでございます」

ナオミが地図の上に白い石を置いた。

「瘴気や魔物の被害が比較的少なく、穏やかな気候の穀倉地帯です。住みよいため、王都から離れた辺境の地でありますが、そこそこ人口が多い場所です」

戦力が手薄な、戦いには不慣れな人が多い地域に突然瘴気が噴き出し、魔物たちが凶暴化したなら、その被害はとても大きくなるだろう。

ナオミに「子どもたちもたくさんいるの？」と尋ねると、「はい。のどかな農村なので、子どもの人数も多いと思われます」と恐れていた答えが返ってきた。

まずいな、これは駄目なやつだ。

奈都子お姉さんならそう言って、飛んでいくに違いない。

「そして、分断された道というのがこちらになりますね。ちなみに、現在聖女ナツコの遠征部隊が

いるのがこのあたりです」

　さらに石を置かれた。この地図には簡単な地形も描かれているので、分断された道は山あいにあり、通行止めになると物資を運び込むことができないことがわかった。

「狙いすましたような通行止めか……悪意すら感じられるよ」

「そうですね」

「奈都子お姉さんがいるのはここだから……このルートなら馬車を使って回り込めるね。回復薬に余裕があるなら持っていけるだろうけど」

　わたしは石を動かした。

「もうほとんどの薬を使ってしまったかもしれませんね」

「けっこう派手に戦ったらしいからね。それはいいんだよ、じゃんじゃん使うために持たせたんだから」

　聖女遠征部隊の馬車には、積めるだけ回復薬を積み込んでおいた。この世界には見た目以上の物品を収納できる魔法のかかったカバンはないから、物資は箱に詰めて馬車で運ぶしかないのだ。回復薬の入った瓶はガラスだし、けっこうかさばって重量もある。

　被害がどの程度かわからないけれど、まず馬車が通るのは無理だろう。道が通れないならば、フラールというところに住んでいる人たちが避難することも難しい。閉じ込められたままということになる。

「戦いにおいて、補給はとても大切になります。食料や水がなければどんなに勇猛な戦士も戦わずして命を落としますから」

「そうだね。フラール地域には早急に物資と薬を運び込む必要がある……行けるところまで馬車を乗りつけて、人の手で運ぶしかない、かな……持てる量には限りがあるけど、そろそろ極薬草が蕾をつける頃だから、上級回復薬がたくさん作れるし……あ」

あるじゃん。無限の物資を軽々と持ち運びできる方法が。

「わたしがフラールに行けばいいじゃない！」

「なんですって⁉」

「ふふふ、この国一番の運び屋と呼んで。箱庭には物資を入れ放題なんだよう」

にんまり笑ったわたしに、ナオミが「リーサさま、お気を確かにしてくださいませ」と困り顔をした。

ナオミに「宰相さんとアランさんに、わたしがフラールに向かうって伝えて」と頼んでから、わたしは寝室に入って箱庭の中に移動した。

「ノムリン、アドリン、それにお狐ちゃんはいるかな？」

「あっ、リーサが来たんだね」

「今日はどんなことをするのか楽しみですの」

ノムリンは楽しそうに畑に水やりをし、アドリンは山ほど作った木の入れ物に彫刻をしていた。

「こうすると、可愛いですの」

「わあ、器用だね！　すごくおしゃれな容器になったよ、これならテーブルに置くとインテリアの一部みたいに……じゃないんだった。ごめんね、外の世界で問題が起きたんだ。極薬草は蕾をつけている？」

「うん、まさに刈り入れ時だよー」

「よかった！　上級回復薬をたくさん欲しいんだ」

「まあ、れんきーんするんですの！　ちょうどやりたかったんですの、嬉しいですの」

無邪気な精霊たちと一緒に極薬草を刈り取ると、敷地の隅にできていつの間にか大きくなった泉と湖の間みたいなものの澄んだ水でよく洗う。明るい中でもほのかに光を放つみずみずしい極薬草は、見るからに力のありそうな錬金材料だ。

そこで、茶色いふさふさ尻尾の持ち主が、猛ダッシュで竹垣を飛び越えてきた。

「おお、理衣沙が来ておるのか！　今日のおやつを持ってきたぞ！」

「やったー！　あ、そうだ、これ」

わたしは宰相さんから預かった箱を差し出した。

「いつもありがとうね、お狐ちゃん。これはルニアーナ国の宰相からの奉納のおやつ箱だから……違う違う、おやつタイムをしている場合じゃなかった。お狐ちゃんも手伝ってくれる？　ルニアーナ国がピンチなんだよ」

「なんじゃと？」

ピンチと聞いて、お狐ちゃんは目を光らせた。ルニアーナ国が平和で安全にならないと、わたしを送り込んだお狐ちゃんは使命を果たせないことになるのだ。

もふもふっこ幼女は真剣な顔で頷くと「我がなんでも手伝おうぞ！」と言ってくれた。そして、わたしが国の北西部の土地で異常な瘴気が噴き出していることを説明すると、腕組みをして唸った。

「よくない兆候じゃ。我らが主である稲荷大明神が手を出している世界であることを知った上で、干渉しようとする輩がおるとしたら、それは神の名において成敗しなくてはならん。理衣沙よ、薬作りを手伝えなくてすまぬが、ちと状況を見極めてくるぞ」

「ありがとう、お狐ちゃん。ノムリンとアドリンがいてくれるから大丈夫だよ」

「うむ。精霊たちよ、頼んだぞ」

「もっちろんだよ！　僕たちにお任せなんだよ！」

「リーサのれんきーんは、わたしたちでサポートいたしますの」

お狐ちゃんはこくりと頷くと、もふもふの尻尾を振りながら竹垣の向こうに消えていった。

しまった、景気づけに尻尾をもふらせてもらえばよかった。お狐ちゃんの尻尾の気持ち良さは天下一品なんだよね。

「じゃあいくよ。れんきーん！」

「れんきーん！」

幼児と幼女が声を合わせてくれる。わたしはアランさんにもらった錬金釜で次々と上級回復薬を作り出した。ノムリンが種を採って極薬草を増やしてくれたので、今や箱庭には上級回復薬が軽く五百本はある。

ただ、これは効き目が強すぎる薬だから、取り扱いには充分な注意が必要だ。在庫がいくつあるかはルニアーナ国の人には知らせていない。アランさんには教えたいところだけど、ぐっとこらえている。

この薬の管理は、わたしが責任を持って行わなければならないと考えたのだ。日本では成人していないわたしだけど、人が持っていい以上の能力を与えられた今は、まだまだ子どもだからわかりませーん、という甘いことを言うわけにはいかない。

わたしは上級回復薬が入った箱をもう一度数え直してからノムリンに言った。

「よく効く薬は毒にもなる。国と国とのいざこざの種にもなる。だから、よく見極めて使わなくちゃならないよね」

「リーサは難しいこともよく知ってるんだよ」

「おばあちゃんに教えてもらったからね」

両親がいないわたしは、通常よりも早く祖父母という保護者を亡くしてしまうことになる。だから、おじいちゃんもおばあちゃんも、甘やかす時には甘やかしてくれたけれど、わたしが自立できるように、覚えなければならないことはしっかりと叩き込んでくれたのだ。

たったひとりで、魔物という脅威に襲われている異世界に飛ばされた今、自分を見失わずに行動できているのは、親代わりだったおじいちゃんとおばあちゃんの教育の賜物(たまもの)だと思う。

「おじいちゃん、おばあちゃん、ありがとう。もう会えないけれど、わたしは元気にやっていくよ。安心して成仏して……いないいんだった！　おじいちゃんに至っては、彼岸から戻ってきちゃったんだった！」

どこかの世界でラブラブカップルをしているおじいちゃんとおばあちゃん！　なんでわたしだけ別の世界に送っちゃったの？　孫の前でイチャイチャできないからなの？

ぐぬぬぬぬ、こうなったらアランさんとイチャイチャしてやるううーっ！

そう思って箱庭から出たのに。

「リーサ、ちょっとそこに座りなさい」

「はい」

イチャイチャするはずだったのに、なぜかアランさんに叱られています。

「リーサを危険な場所に行かせるわけにはいかない。回復薬を作ってくれるだけで充分なのだ。ここでおとなしくしていなさい」

「そうはいきません。作った薬が必要な人のもとに届かないのなら、意味がありません」

「それは、我々がなんとかするから、リーサは安全な場所にいて欲しい」

「どんな風になんとかするんですか？　馬車が通れない場所を、そこそこ重量がある薬をどうやって運ぶんですか？　瞬間移動の魔術でも使えるんですか？」

「瞬間……移動だと？」

はい、使えないことがわかりました。

「わたしの箱庭ならば、薬ももちろん、食料なども運べます。フラールの人々に必要なものを重さを気にせずに持っていけるのは、わたしだけなんです」

「だが、とても危険な場所なのだぞ？　リーサは魔物を見たことがあるか？　おぞましい外見を持つ凶暴な魔物には、火を吐くものや石礫（いしつぶて）を飛ばしてくる手強（てごわ）いものもいるのだ」

「だいたい想像はつきます」

「想像するのと実際に危険が伴う場所に行くのとはわけが違う。自分の身を守る手段を持たないリーサに万一のことがあったら……」

「大丈夫だよ。だって、アランさんがいるじゃない！」

「……は？」

満面の笑みでグッドサインを出す。

「アランさんはとても強いんでしょ？　どんなに強くて恐ろしい魔物がいても、アランさんがわたしを守ってくれるから、全然大丈夫！　わたしはアランさんを信じているから」

「……」

「アランさんがいる場所が、この世界で一番安全な場所だもんね」

「……リーサ、それほどまでにわたしのことを」

「フラール地域が瘴気と魔物に占領されると、ルニアーナ国の平和がかなり遠のくでしょ、そうしたら婚約期間も延々と長引くでしょ。なので、さっさと片をつけたいんだ、早くアランさんと結婚して、新婚さんとしてイチャイチャするためにも……うわあっ、ヤバ、今のは『なし』で！」

「……今、なんと」

うわあああ、わたしの馬鹿！

本音が混ざりすぎだ！

「今のは聞かなかったことにして。違うの、そのね、平和になったルニアーナ国でわたしたちが温かな家庭を作って楽しく暮らすためにも、フラール地域は敵の手に渡すわけにはいかないっていうことを言いたかっただけなんですう。じゃないと、安心して子どもも産めないじゃない。子ども……ああああーっ！　ちゃうちゃうちゃう今のも『なし』で！　聞かなかったことに！」

ぎゃああああああ、子作りがんばっちゃうぞ宣言をしてしまったああああああっ！

「リーサ……それはつまり……早くわたしの子どもを産み育てたいと……」

イケメンが頬を染めている。

こりゃ絶対、えっちなことも考えちゃってるよ！

「違うんです！　今のは違うんですう、忘れてくださいっ」

まだちゅーしかしていないのに、なんで子作りの話をしちゃうんだわたしはっ。

これは全部、おじいちゃんとおばあちゃんがイチャイチャカップルしているのが悪い。

ちょっと引きずられちゃっただけなのだ！

「違うんです、アランさん、違わないけどそういうんじゃなくて違うんです！」

「ああ……リーサは意外と大胆なのだな」

「いやあああああっ、わたしはえっちなことを考えてるわけじゃ、ああっ、えっちって言っちゃったよ！」

違うんだよーッ！

アランさんは横を向いて手で顔を覆い「リーサの口から、そんな言葉が聞けるなんて……神よ、ありがとうございます」と俯いてしまった。

「本当に違うんです、えっ……じゃなくてその、変なことは考えていませんから！」

「まったく変なことではないぞ！」

アランさんにがばっと抱きしめられてしまった。

「そうだな、わたしたちの子どもたちが幸せに暮らせるように、このルニアーナ国を平和にしなければならないな。パパは全力でママを守るから、かすり傷のひとつさえもつけないように守るから！ああ、わたしの愛するリーサよ、素晴らしい家庭を共に作ろうではないか！　ふふふふふ、パパはとっても強いんだぞ」

「くうううう、苦しい！　ちょっと力入れすぎ！」

わたしはアランさんの腕を揺すぶった。

「わたしとリーサの赤ちゃん……ふふふ」と嬉しそうににやけながら腕の中のわたしに頬ずりするアランさんと、「まあ、なんて素敵な家族計画でございましょう！　ええ、ええ、ご安心くださいませ、リーサさまのお子は、このナオミがしっかりとお世話申し上げますからね、どうぞ何人でもお産みくださいませ」と育てる気満々のナオミで、その場はちょっとしたカオスになってしまったのだった。

辛い状況のフラール地域に早く救援物資を届けたいけれど、夜間の移動は危険を伴うし、身体を鍛えていないわたしが強行しても体調を崩して迷惑をかけるだけである。

ということで、出発は翌朝ということになり、わたしはナオミと一緒に荷物の積み込みをした。回復薬を載せる台車をわたしの部屋に届けてもらい、それをからからと箱庭に押していくと、なんでも遊びにしてしまうノムリンとアドリンが嬉々として薬の入った箱を積んでくれた。

アランさんには、この前国王陛下がくれた大きな魔石と、わたしがフラールに行くことを知った陛下が追加でくれた魔石を預けた。なんでも、とても便利だけれどものすごく魔力を消耗する攻撃用の錬金魔導具を使うので、錬金術師の人たちが総出で石に魔力を補充してくれるらしい。

通常のお仕事の後にそんなことをして大丈夫なのかと心配したが「クサモチが食べ放題だと言ったら、全員が喜んで参加すると宣言したぞ」とアランさんが言っていたので平気なのだろう。お狐

ちゃんがくれたきな粉をたっぷりとかけると、魔力が回復するだけでなく体力増強の効果も高まることがわかった草餅は、錬金術師、魔術師、そして騎士にも大人気のおやつなのだ。

当座の着替えとか、旅の用意はほとんど箱庭の中に入れてしまった。救援の食料や毛布や補充する武器なども預かったんだけど、大きく育った箱庭には農具や収穫物をしまう倉庫もできたし土地にも余裕があるから、大量の荷物もほぼ制限なく受け入れられる。

出し入れが大変なのがネックだけどね。

着いたらノムリンたちに手伝ってもらって、台車をころころしなくっちゃ。

「リーサさまにご一緒したいのですが、移動用の錬金魔導具は定員がふたりなのだそうです。本当に残念です」

ナオミがすまなそうな顔でわたしに言った。

「ディアライト閣下が一緒ならば、大丈夫だと思うのですが……」

「うん。わたしは身の回りのことは自分でできるし、ナオミは留守を守っていてね」

貴族のお姫さまと違って、わたしは自立した十七歳なのだ。

旅の支度が終わり、わたしは夕飯をたっぷりと食べてお風呂に入り、熟睡した。

そして、朝になると、貴婦人が乗馬したり狩りをしたりする時に着るという、肌触りの良いフリフリつきのシャツと細身のパンツ、伸縮するけれどビロードのような手触りの生地の上着と膝丈のブーツに着替えた。髪は邪魔にならないようにとふたつに分けて結び、毛先をこてでカールしてから細いリボンで飾ってもらった。我が人生において、ツインテールにする日が来るとは思いもしなかったが……くるくる巻き毛とか、下手をするとドリルのような縦ロールという派手な髪型が普通に見られるこの国では、特に気にしなくていいよね。

鏡を見て心の中で『アニキャラかよ！』と突っ込んだが。

「まあ、お可愛らしいこと！」

「きゃわわー、ですわね！」

「なんだかお人形さんのように思えてきますわ……」

ナオミと他の侍女さんとメイドさんに、なぜかとても褒められた。代わりばんこに頭も撫でられた。なにかのマスコットキャラクターみたいだからだろうか？

まあ、喜んでいただけてなによりです。

それでは次に順番にお膝抱っこをしましょう、なんてみんなが不穏な感じの相談をし始めると迎えのアランさんが現れたので、リアルお人形さんごっこを免れることができてほっとする。

わたしを見るなり、アランさんが叫んだ。

「リーサ！　なんて愛らしいのだ！」

しまった、イケメン錬金術師に素早く抱き上げられてしまった！

ツインテールは、ルニアーナ国民の心を等しくくすぐる魔性の髪型だったのだろうか？

女子ーズが「わたしが抱っこしたかったのに……」「わたしも……」「わたしも……」と恨めしげに見つめているので、早く下ろしてもらいたい。

「もう準備はできているか？」

「できているので下ろしてください」

「荷物はすべて、例のアレか？」

「はい、手荷物はお弁当だけです。なので下ろしてください」

「そうか。それではすぐに出発しよう」

「はい、下ろしてください」

「今日は天気もいいし、快適な移動ができるだろう」

アランさんは、真っ赤になったわたしの顔をいい笑顔で見ながら「ふたりっきりの旅だから、楽しみだな」と耳元で囁いて、ついでにほっぺにちゅっとした。

『はっはっは』と声に出して笑いながらわたしを抱えて歩くアランさんを見て、王宮の人たちは「ディアライト師長……あんなに明るい性格だったんだな」「ちょっと残念な感じだが、前よりもずっと話しやすくなったから、いいか」なんて話していた。

そして、王宮の外に止められたそれを見て、わたしは驚いた。

「すごい、カッコいい！」

「ふふふ、そうだろう。錬金術省魔導具開発部の、渾身(こんしん)の作品だ」

そこにはスチームパンクとルネッサンスを融合させて異世界ファンタジーの風味をつけたような、ふたり乗りの、タイヤのないバイクのような乗り物があった。車体にはカラフルな魔石がたくさん埋め込まれている。

「魔石で動く乗り物が完成したんですね」

「魔導エンジンはまだ開発中なので、車体を軽くしたふたり乗りのものを先に作った」

わたしが前にちょこんと座り、背の高いアランさんは後ろに乗って、わたしを包み込むように密着して操縦桿(かん)みたいなハンドルを握った。

「なんだか近くない？」

「そういう仕様だ」

甘々モードのアランさんは、そう言って、頭のてっぺんにキスまで落としてくれた。

アランさんが操作すると、ウイーンという音がして、コンソールパネルみたいなところにメーターが現れた。

「エネルギーは満タンだな」

前方に透明な……風防ガラス？　風を遮るやつが現れた。

「これは魔力が少ない者には操れない試作品だ。作ったのはいいが、なかなか使う機会がなくてな。今回役立てることができて、錬金術師たちが大喜びをしているぞ」

あー、あそこですごい勢いでメモを取っている皆さんですね。

「師長、使用感のレポートをお待ちしています！」

キラキラする瞳で錬金バイクを見ている。

「ディアライト錬金術師長、天使リーサのことを頼むぞ！」

「フラール地域を救ってくれ」

宰相さんと国王陛下ご夫妻もお見送りをしてくれている。

だが、アランさんはクールにひと言。

「任せろ」

やんもう、カッコいい！

彼は操縦桿をくいっと引いた。

「わあ、浮かんだ！」

錬金バイクが浮き上がった。浮力の魔法陣の力なのかな？

「では、出発する！」

ナオミの「リーサさまーっ、どうぞご無事でーっ！」という叫びを後ろに、錬金バイクは素晴らしい加速を見せて地上を滑った。

いざ、フラール地域へ！

「お弁当は座席後ろの箱の中にある」

「あっ、はい」

「途中で景色の良い丘があるから、そこで休憩にしよう」

え、ピクニックなの？


宙に浮かぶ錬金バイクは、地面との接触がないから飛ぶように走った。ホバークラフトとかリニアモーターカーを想像してもらうといい。物理の時間に先生が言っていたのだが、摩擦をなくすことで少ないエネルギーで走行できるとのことだ。躯体（くたい）を浮かせるエネルギーが必要となるからそこのところをいろいろと研究しているらしい。

錬金術って魔法のようだけど、そういう物理科学的な要素も強いようだ。そっち系の成績があまりよろしくなかったわたしは「れんきーん！」程度にとどめておいた方が無難なようである。

ちなみに、ホバークラフトが浮き上がるのは船体の下に空気を勢いよく噴き出しているからだし、リニアモーターカーは電磁石が吸引・反発する力をうまく利用している。

そしてこの錬金バイクは、アランさんの説明によると、魔石に込められた魔力を刻印した魔法陣に流して反重力を発生させているとのことだ……錬金術ってすごいね。

ただ、コスパはめちゃくちゃに悪いし、実用できるのは魔力量の多い人物に限られている。

この超錬金的な乗り物は、馬がトコトコ歩いて荷馬車を引っ張りながら進むと一ヶ月以上かかる距離を、午前中で走破した。最大地上五十メートルほどまで上昇するので、街道を走るキャラバンなんかをがんがん追い抜いていったんだけど、いったい何事かと人々が驚いて上を見ていた。

が、車体の下に大きく『ルニアーナ国錬金術省』という記載があるため、見上げた人たちは「あっ、なるほど」とすぐに納得していたようだ。錬金術省はなんでもアリだと思われていることがよくわかった。

こうして、お昼頃にはさすがのアランさんの魔力も怪しくなってきたので、本当に見晴らしのいい丘にピクニックシートを敷いて（箱庭に預かっていた『すぐに取り出したい荷物』に入ってました。アランさんは、この旅をなんだと……）お弁当を食べた。

「考えてみたら、わたしはこの世界に来て初めて王宮の外に出たわけですよね」

「そうだな、リーサは回復薬作りに精を出して、毎日必死に働いていてくれたからな。娯楽のひとつも用意できなくてすまなかった」

「気にしないでください、アランさんだって」

「アラン。あと、敬語は禁止」

「むむむ……アランだって、毎日身体がふたつあるんじゃないかってくらいに忙しく飛び回ってるじゃない」

「どんなに忙しくても、リーサと食事を共にできるだけでわたしは元気を取り戻すからな。でも、もしや、わたしの心配をしてくれていたのか？」

綺麗な顔が近づいて、瞳を覗き込んだので、わたしはサンドイッチを落としそうになってしまった。

「そ、そりゃあね、旦那さまが過労死したら嫌だもん」

『旦那さま』というキーワードで、アランさん……アランは頬を染めて微笑んだ。

「嬉しいな。おっと、手元が危ういぞ。わたしが食べさせてあげよう」

サンドイッチを取り上げられて、にこにこ顔の錬金術師長閣下に食べさせられてしまった。そして、食後のデザートには草餅だ。

「このクサモチの効力はすごい」

「あっ、口元にきな粉がついてるよ」

もきもきと草餅を食べるアランの顔を、ハンカチで拭いてあげる。きな粉がついたイケメン、ちょっと可愛い。

「リーサに世話してもらえるなら、一日中キナコをつけていてもいい」

「そんな旦那さまは嫌です」

「ちゃんと拭こう」

そして、魔力を完全に回復させるために少し休憩するというアランに膝枕をしながら、爽やかな風の吹く丘でカップル気分を満喫した。

魔力量が全復活したアランと再び錬金バイクにまたがって、わたしたちはフラール地域への道を飛ばした。休憩から一時間も経たずに岩が降ってきて道を塞いだ場所に到達した。

そこでは、物理的にも魔術的にも、たくさんの人が集まって道の復旧作業をしていた。急がないと、ここから先に住む人々が全滅してしまうからだ。

「皆さん、お疲れさまです！」

わたしはバイクから降りると、人の目につかない場所に移動して箱庭に入り、草餅がたくさん載った台車を押して出てきた。

「わたしは錬金術省のディアライトだ。そして、婚約者の天使リーサが救援を申し出てくれた！」

おおおおお、噂の天使リーサだ、と、アイドルを見たようなざわめきが起こる。

台車を押すアイドルだけど。

「こちらは魔力と体力が回復する草餅です。フラール地域へ運ぶ回復薬は豊富にありますので、お手持ちのものは皆さんで飲んでくださってかまいません。作業の進行をがんばってくださいね」

うおおおおおおおーっ、と、再度ざわめきが起こる。

「食料などは大丈夫か？　よし、ならば我々はこのままフラールに向かう」

「行ってきます！」

わたしたちが錬金バイクに乗って浮き上がり、埋まった道を軽々と越えていくと、背後からまた一段と大きな『うおおおおおおおおおーっ！』が聞こえたのだった。

そこからフラールの砦(とりで)はすぐだった。

「ディアライト閣下！　そして、天使さま……まさか、天使さまが直々にいらっしゃるとは」

顔色の悪い人たちが迎えてくれた。

「まずは、救援物資と回復薬を渡す」

「ええと、それはどこにあるのですか？」

「天使リーサが神より賜った特別な加護で運んできたのだ。どこか部屋を貸してくれ。そして、砦の代表者も来て欲しい」

わたしの箱庭の力をあまり多くの人に知られたくない。

アランとここの代表者のエバンさんと一緒に、ほとんどものがない倉庫に行った。

「エバンよ、ここで見るものは他言無用だ。もしも不用意に口にしたら、神罰が下ると思え」

アランがエバンさんをがっつりとビビらせてから、わたしは箱庭の扉を開けて中に入った。

「ノムリン、アドリン、お待たせ！　用意した荷物を外に運ぶから手伝ってくれるかな」

「もちろんなんだよ！」

「お手伝いいたしますの」

ふたりの精霊が扉のところまで次々と台車を運び、わたしはそれを外に押し出した。待ち構えていたアランとエバンさん（彼は目を丸くして、なにもないところから現れる台車を見ていたが、アランがその口に草餅を突っ込んでもぐもぐさせると、いい笑顔になった）が受け取ってくれる。

「こんなにたくさんの援助を……素晴らしいです！　天使さま、ありがとうございます！」

「エバン、怪我人にはこの回復薬を行き渡らせろ。クサモチは充分にあるので、前線で戦う魔術師に、それから騎士や兵士に食べさせるのだ。高い魔力回復効果があるから、まずは魔術師にしろ。順番を間違えるな」

「はい！」

魔力が切れた魔術師ほど悲しいものはないらしいからね。

エバンさんが部屋の外に台車を押して、そこに待っている人にどこに運ぶか指示を出す。

わたしは右から左へと台車を押すだけの簡単な作業だ。

「草餅はこんなものかな。次に普通の回復薬ね」

アランとエバンさんは大忙しだけど、後で草餅を食べれば元気になるから大丈夫！

「王宮で預かってきた、武器弾薬と……食料だよ」

後から後から尽きずに出てくる救援物資に驚きながらも、エバンさんは嬉しそうに走り回っていた。

「はい、渡せるのは以上です」

「天使リーサ、ありがとうございます！　このご恩は一生忘れません、天使リーサのことはフラールで末永く語り継がれるでしょう！」

「いえいえ、お気遣いなく」

わたしは感激するエバンさんに告げた。

「それでは、重傷者のいる場所に案内してください」

「……畏れながら、天使さまをお連れするような場所では……」

アランも顔をしかめている。

「リーサ、若い女性が行くのは、その……」

「ううん、連れていって」

平和な日本で暮らしていたわたしは、傷といったら学校で転んで膝をすりむいて保健室、なんていうレベルでしか知らない。テレビだって、そういう画面にはモザイクがかかるのだ。だから、正直言って怖い気持ちがあるんだけど……欠けた手足を再生させてしまう強力な薬を作ったのはわたしだから、責任を持って患者さんを診て、使わなくちゃ。

内心では恐れ慄きながらも、わたしは必死で笑顔を作って言った。

「大丈夫だよ、女の子って意外と血に強いんだよ？　上級回復薬は、わたしじゃないと使えないようにに設定してあるの。だから、患者さんたちのところに行きましょう！」

薬の載った台車を押すわたしとアランは救護室に案内された。たっぷりと支給された回復薬の効果で重傷レベルまでの怪我人は回復したため、皆さんやる気満々で前線に戻っていった。ベッドに残っているのは重篤な患者や身体の一部を欠損した者ばかりだ。

部屋は清潔に保たれていて、普通の回復薬のおかげで外傷は塞がっているため、ありがたいことに血の臭いはしない。けれど、瞳から光が失せた、再起不能と思われる怪我をした勇敢な戦士たちが並ぶベッドを見て、入り口に立つわたしの足がすくんだ。

「リーサ、大丈夫か？」

彼はふらつくわたしの両肩をつかむようにして支えてくれた。

「ありがとう、アラン」

「無理はするな」

「うん、本当にヤバくなったら言うから」

わたしはアランに頷くと部屋に入り、上級回復薬を積んだ台車を押しながら、最初のベッド脇に立つ。

「こんにちは。わたしはリーサといいます。わたしが作った薬であなたの治療をさせてください」

その男性は頭を魔物にえぐられたらしく、左耳から目の部分が潰れている。それを見てわたしは奈都子お姉さんの怪我を思い出し、少しドキドキした。

包帯が巻かれているその人は「俺の治療なんかしても薬の無駄遣いだ。手とか足とかがきちんとついてて、すぐに戦える奴に回してやってくれ。そら、俺の右手はもう剣が握れなくなっちまってるし、音もよく聞こえない。治っても足手まといになるだけなんだ……」と無表情に言った。

彼の右手は、手首の少し先までしかない。

よく見ると、彼の右目には光るものがあった。

彼は、自分の身体が動かないことを嘆いているのではない。他人を守るために戦う術を失ったことを嘆いているのだ。

わたしは改めて、この世界の戦士というものに感銘を受け、心を落ち着けるために深呼吸をしてから言った。

「……あなたはこんなに酷い怪我をして、痛くて恐ろしくて辛い思いをしても、怪我が治ったら、また剣を持って戦いたいと思ってるんですか？」

「当たり前だ。俺が一番恐ろしいのは守るべき人たちが目の前で傷つくことだからな。それなのに、こんな姿になってしまって……俺は国を守る戦士のまま生きて、戦士として死にたかった……」

わたしは涙目になりながら、彼を睨んだ。

「死ぬことは許しません！　最後の魔物を倒すまでは戦士として生き抜いてくださいね。すみません、この人の包帯を外してください」

身体の失った部分が復活するのに、包帯は障害物になるのだ。

救護室の人が「ただいまお外しいたしますが……リーサさま、若い女性には少々、その、見た目が衝撃的かと存じますので……」と言葉を濁してわたしを遠ざけようとした。

わたしは「大丈夫です！」と足を踏ん張った。怖いけれど、しっかりと見届けなければならない。ここで逃げては駄目なんだ。

アランが後ろからそっと腰を支えてくれる。その温かさに勇気づけられた。

「治療をするために必要なことなんです」

「わたしの嫁は肝が据わっていて優しくて可愛くて可愛くて可愛くて愛らしいから、かまわずにやってくれ」

嫁？　まだ嫁にはなってないよね？

あと、可愛いを三回も言わなくていいよ。患者さんがドン引きしてるよ。

「びっくりするほど綺麗な兄ちゃん、顔が半分潰れた男の前で惚気（のろけ）るんじゃねえよこの野郎っ」

残った力を振り絞って、患者さんがアランを罵倒した……体力の無駄遣いをさせてごめんなさい。

「わたしは事実を述べただけなので、文句を言われる筋合いはない」

「片目をなくした男の前で、しゃあしゃあと惚気るなと言ってるんだ」

「うるさいことを言うと、残った片目も塞いでやるが」

「おまえ、魔物よりも冷酷な男だな！」

「アラン、患者さんと喧嘩して体力を奪わないでよ！」

ふたりのかけ合いを聞いていたら緊張がほぐれたわたしは、「体力の無駄遣いですよー」と言いながら箱を開けて上級回復薬を取り出すと、「ったくもう、死にぞこないの心をえぐりに来たのかい」とぶうぶう文句を言う、なぜかさっきよりも顔色が良くなった男性の頭の下に手を入れて起こそうと……したけれど「わたし以外の男に触るのは禁止だ」と素早く回り込んだアランが代わりに持ち上げた。

「冥土の土産に、せめて若いお姉ちゃんにしてもらいたかったのに、この野郎！　血も涙もない奴だな！」

「黙れ脳筋。まだまだ冥土には行かせずにこき使うからな、手柄を立てた後で好みの『お姉ちゃん』を嫁にもらうがいい」

冷たい口調でアランが言い、わたしはため息をつきながらも、頭が欠けている患者さんの口に「はい、あーんしてくださいねー」と上級回復薬の瓶の中身を垂らした。

ほのかに光る液体が口の中にするっと入り込むと、患者さんの身体が光った。

アランが「ふん」と鼻を鳴らすと、遠慮なく支えていた腕を抜いたので、戦士の男性はベッドに投げ出された。

「うおっ、なにをしやがる、顔が綺麗なくせにずいぶんと乱暴な兄ちゃんだな……あ？　ああ？　あああああーっ、なんだこりゃ！」

欠けていた右手、頭、そして顔が光に包まれて、あっという間に再生したので驚いた。

「あれれ、治る速度が速くなったみたい。薬を作り慣れて質が上がったのかな」

「……もはや神業だな」

脳筋戦士の彼は勢いよく起き上がってから、自分の身体の変化に気づいたらしく、左手でゆっくりと左目と左耳に触れ、消失していた手首の先が元通りに戻っている右手を見て握ったり開いたりを繰り返した。

「これは……これはいったい……なにが起きたんだ?」

「自己紹介が遅れてすまんな。よく聞け。わたしは顔が綺麗な兄ちゃんではなく、ルニアーナ国錬金術省の錬金術師長アランフェス・ディアライトだ。で、この美しい女性はわたしの嫁……にすぐになる、天使リーサだ！　フラールの脳筋どもを助けようと、ありがたくもこんな僻地までその麗しき御御足を運んでくださった天使だぞ！　さあ、拝むがいい！　わたしが許す！」

「いえ、拝まなくていいです」

わたしは思わず突っ込んだ。

「治ってよかったですね。でも、いいお薬があるからといって無理はしないで……」

しかし、脳筋……ではなくて嫁を募集中の戦士はわたしの言葉など聞いてくれなくて、わたしは「うおおおおおーっ、ありがたい！　ありがたき幸せ！」と拝まれてしまった。

「そうだったのか、天使さまだったのか、ありがたや、ありがたや！　この国に聖女と天使が降臨した話は聞いていたが……っと、申し訳ないが、後でゆっくりと拝ませてくれよ、天使リーサ！　俺は仲間のもとに戻らなくちゃなんねえんだ！」

それだけ拝めばもう充分だと思うんですけどね。

「あー……はい、くれぐれも気をつけてね、薬はたくさんあるから、少しでも怪我をしたらすぐに使って、って、聞いてますかっ、……んもう。行ってらっしゃーい」

わたしはベッドから飛び下りて猛ダッシュで去る後ろ姿に弱々しく手を振った。

回復薬で全復活をするというのは、このように気力も体力も元気いっぱいにみなぎってしまう状態になるのだ。

というわけで、生きのいい戦士に戻った元患者さんは、パンツ一丁のまま飛び出していってしまった。ちゃんと武器を持っていってくれたならいいんだけど。

「よくやったな、リーサ」

「うん、ありがとう」

わたしの作った薬は役立っている。そのことが実感できて、とても嬉しい。もっともっとがんばって、必要な人たち全員に薬を届けるんだ！

アランが救護室の人に指示を出す。

「おい、患者がきちんと下着をつけていることを今すぐに確認しろ！　リーサの目に汚らしいものを触れさせることは許さん！」

えっ、そこ？

「はっ、閣下！」

職員さんが一斉にベッドに横たわる人たちのパンツの確認をしたけれど、優先事項を間違っているからね？

わたしはベッドを回って、片っ端から患者さんを治していった。もう怪我を見ても怖くない。でもって、脳筋男性も麗しき女戦士も治った途端にすべてベッドから飛び下りると走り去ってしまう。再起不能の状態から現役バリバリに戻ったせいで、みんな戦いたくて仕方がないようだ。

治している途中で、奈都子お姉さんがフラール地域に到着して、瘴気を浄化しに向かっているという連絡が入った。

「お姉さん、無茶しないといいんだけど」

「上級回復薬をあれだけ首からぶら下げているのだから、数回瀕死になっても大丈夫だ」

アランに脳筋がうつったかな。

ベッドがすべて空になったので、職員さんが布団を片づけ始めた。

「また怪我をする人がいるといけないから、しばらくここに……」

「理衣沙ちゃん！」

白いチュニックにワイドパンツという、いかにも聖なる感じの服を着たお姉さんが駆け寄ってきた。

「来てくれたんだね、感謝感激！　いろいろ持ってきてくれてありがとうね」

「奈都子お姉さん！　あれ、なんで後方にいるの？　まさか、怪我をして下がってきたんじゃ……」

「それは大丈夫だよ、全然元気だから安心して。フラールがヤバいって連絡があったから戦線を覗いてきたんだけど……あのさ、ちょっと相談があるんだよ」

声をひそめた奈都子お姉さんがわたしを部屋の隅に引っ張って、内緒話をしようとしたら、アランがついてきた。

「錬金術師はあっちに行ってて！」

「わたしとリーサは一心同体だから気にするな」

背中にぴったりと張りつくようにしてわたしを抱きしめるアランを見て、お姉さんは呆れ声を出した。

「あんたねえ、しゃあしゃあと……ったく仕方ないね。ねえ、さっきね、前線にある瘴気噴き出し口の偵察に行ってきたんだけどね」

お姉さんは難しい顔をして言った。

「魔物の親玉らしい、ドラゴンっぽいのがいたんだよ。それはまあ、いいんだけど」

「えっ、いいの？」

ドラゴンって、ものすごく強い魔物だよね？　少なくても日本で見たアニメでは、ドラゴンが現れると人々は絶望するのがお約束だったよ。ゲームではボス的な魔物だったし。

「ここの人たち、割と楽にドラゴンを倒すよ」

「うわあ、そうなんだ。強いんだね。でも、ゲームのラスボスの立場がないじゃん」

「でさ、ドラゴンのお肉、美味しいらしいよ。じゃなくてさ、問題はね、その親玉ドラゴンが変な力で守られていることなんだ」

お姉さんは声をひそめた。

「しかも、肩に、赤い狐が乗ってるんだよね。そいつがバリアを張ってるみたい」

「狐が？　なんで？」

狐と聞いて、わたしは嫌な予感がした。

「わからない。まさか、お稲荷さんと関わりはないよね？」

魔物の親玉っぽいドラゴンの肩に、赤い狐が乗っている。そして、悪いドラゴンはその力で守られている。いったいどういうことだろうか。

お姉さんは、わたしとアラン以外には絶対に聞こえないように囁いた。

「あのさ、まさかとは思うけど……理衣沙ちゃんと仲がいいお狐ちゃんって、何色をしてるの？」

「狐色だよ。普通の、茶色っぽくて、顔の下半分からとおなかのところが白くてもふもふしてすっごい可愛い狐色！　触ると柔らかくてもっふりしていてめちゃくちゃ気持ちいい狐色！　全然赤くないよ、可愛いんだよ」

ハア、ハア、ハア、思い出したらもふりたくなっちゃったよ。

お狐ちゃんに会いたい。そして顔をおなかに埋めて尻尾をまさぐりたい。

「そ、そうなんだ」

奈都子お姉さんが、なぜかドン引きしている。

「あ、でも、普段は黒い髪に着物姿の幼女だよ。頭に狐のお耳がついていてね、それがまたやーらかいの！　ふわんふわんで、やーらかいの！」

「わかった、理衣沙ちゃんがものすごくお狐ちゃんに触りたい気持ちは伝わってきたから、その鼻息はやめな。幼女に懸想するおっさんのような危なさを感じるよ」

「ひっど！　お姉さんがいじめる……」

「いじめとらんわ！　それだけボケをかましてくれるってことは、赤い狐はお狐ちゃんとは別の存在に間違いないんだね」

「うん、間違いないと思う。お狐ちゃんってとても優しい子なんだよ。どんな目的があったとしても、人を傷つけるようなことはしない。だから、赤い狐は別人……別狐だよ」

わたしはお狐ちゃんのことを信じている。あの子がドラゴンを操って人を傷つけるなんてことをするはずがない。ということはつまり、もう一匹の新たな狐が現れたということだ。

「アラン、わたしをドラゴンのところに連れていって」

アランが口を開く前に、お姉さんがものすごい剣幕で反対した。

「なに言ってんのよ、理衣沙ちゃん！　危ないよ！　あのドラゴン、遠くからちょっと浄化をかけたら、こっちに向かってブレスを吐いてきたんだからね。あやうく燃え尽きるところだったよ」

「お姉さんこそ、なに危ないことをやってるの……あああああ、首にかけた上級回復薬が減ってるじゃん！」

「ヤバ、バレたか」

お姉さんは頭に手をやって「えへへ」と笑ってごまかそうとした。

わたしは「バレたかじゃないよ、まったく油断も隙もあったもんじゃないよ」とおばあちゃんみたいなことを言いながら箱庭に戻って、上級回復薬が五つぶら下がったノムリン特製の首飾りを取ってきた。

「いや、使ったのはふたつだし」

「余計に持ってなさい」

「……はい」

どうせ邪魔にはならないのだからと、わたしはお姉さんの首にじゃらじゃらしたやつをかけた。

「それじゃ行こうか。お姉さんも来て欲しいんだけど、怖いなら待っててくれてもいいよ」

「誰にものを言ってんのよ、突撃聖女とはこのわたしのことだよ！　あ、今のはなし、聞かなかったことにしてよ」

奈都子お姉さん……変なふたつ名がつくくらいに無茶をしてるんだね……。

「理衣沙ちゃんは駄目。知りたいことがあるなら、わたしが調べてくる」

「わたしにはアランがいるから心配ないよ。ルニアーナ国錬金術省の師長にして、剣の腕は凄まじく、豊富な魔力で錬金魔導具を操り魔術師もびっくりの強大な攻撃魔術をかますアランがいれば、どこにいても安心なんです」

わたしがふふふっと笑うと、アランは「そうだ、わたしはリーサの未来の夫だからなんでもできるのだ」と、嬉しそうに言った。

「一番重要なのがそこ？　あー、はいはい、わかったよ。じゃあみんなで仲良くドラゴン詣でとしゃれ込もうじゃないか」

というわけで、わたしたちは前線に向かった。


「あっちの岩の陰に、黒い頭がちらちら見えるでしょ？」

奈都子お姉さんが指をさして教えてくれた。

「あれがドラゴンね。狐はちっちゃくて、ここからだと見えにくいな」

「もっと近づく？」

「それは危ないから駄目」

お姉さんたら、過保護じゃない？

ドラゴンの手前は岩場になっていて、瘴気を体内に取り入れて凶暴化した魔物がびっしりと張りついていて気持ちが悪い。

「では、ドラゴンのところまで一掃してやろう」

アランはそう言うと、箱庭に入れて持ってきた一番の武器で、ここまで背負ってきた魔石が二十個くらいついたハイセンスなバズーカ砲のようなものを肩に担いで構えた。

「前方の人間、巻き込まれたくなかったらどけ」

もしもしアランよ、呟いても聞こえないと思うよ？

「おいこら待てや錬金術師！　危ないっつーの！」

お姉さんはアランに突っ込んでから、大きな声で「ここからドラゴンに繋がる線上にいるものは、即刻退避ーっ！　砲撃を開始するーっ！」と叫んだ。聖女の声に魔力を込めると拡声作用があるようで、こっちを振り向いた戦士たちが慌てて退くのがわかった。

「それでは発射する」

長くて美しいアランの髪がふわりと持ち上がると、バズーカ砲もどきの魔石が輝き、その筒から銀色の光が発射された。そして魔物たちを蒸発させながら、岩を砕き、ドラゴンの黒い頭に命中した。

「おや、こいつを弾いたか」

アランが眉根を寄せる。

残念ながら、ドラゴンは超石頭なのか、不思議な赤い狐にバリアでも張られているのか（たぶん、こっちね）光を空に向かってすこーんと弾いてしまった。その他の障害物は皆消滅したので、見晴らしがよくなった。

ものすごい火力だ。攻撃魔術師団長のお姉さんが言っていた『王都を壊滅させる攻撃力』とはこれのことかと、アランの強さに感心する。

「これで見えるか?」

「うん、ありがとうアラン」

「あんたたち、ドラゴンよりヤバいカップルだわ」

奈都子お姉さんが呆れたように言った。

ドラゴンの肩には、確かに赤いなにかが乗っている。でも、あれはお狐ちゃんとは違う禍々しい存在だ。

「赤い狐は、この世界中から瘴気を引き寄せる力を持っているみたいなんだ。あれをなんとかしないと、この国はこのまま瘴気に呑み込まれて壊滅するよ」

「お姉さんの力でも、なんとかならないの？」

「浄化の速度を考えると、難しいな」

「アランの攻撃は効かないの？」

「魔物は倒せるが、あれほどの瘴気を祓う錬金魔導具はないから無理だ」

「……じゃあ困った時の神頼みをしよう。箱庭に行ってくるね」

わたしは鍵を持つと、その場で箱庭の扉を開けて中に入った。

「お狐ちゃーん、どこにいるのー？　お狐ちゃーん、ルニアーナ国に変な赤い狐がいるんだけどー。お狐ちゃーん、お狐ちゃーん」

わたしは箱庭の中で、全方向に向かって叫んだ。

「お狐ちゃーん、お狐ちゃーん、お狐ちゃーん、お狐ちゃーん」

百回くらい叫んだら、こーん、という返事が返ってきた。

「理衣沙よ、すまぬが我には急ぎの用事があってだな」

「わたしも急ぎだよ！　このままだと、赤い狐にやられてルニアーナ国が壊滅しちゃうんだよ！」

「赤い狐じゃと!?」

竹垣を飛び越えるようにして、狐の姿のお狐ちゃんが箱庭にやってきた。

「まさしく探しておったのはそれじゃ！　赤い狐は理衣沙のいる国に現れておったのか！」

「うん、そう。知り合い？」

「奴は凶狐（きょうこ）といってな。人間の悪しき想念が凝り固まってできた邪悪なモノなのじゃ」

お狐ちゃんの話によると。

稲荷神社には、願い事をする人間が多くやってくる。それが無邪気な願いならいいのだが、中には他人を不幸にして自分が幸せになりたいとか、誰かを呪いたいとかいう、願いというより怨念に近いものもある。

神さまは、それらすべてを善悪にかかわらず受け止めなくてはならない。そして、叶える願いをふるいにかける過程で、真っ黒なエネルギーが凝集して力を持ってしまったモノが、凶狐という存在だ。

「凶狐が生まれたら浄化するのも我らの仕事なのじゃ。しかし、今回はなぜか、凶狐が時空を超えて逃げ出してしまってな。まさかのルニアーナ国におったか。あの世界がどうにもバランスが悪いのは、凶狐が原因だったようじゃのう」

お狐ちゃんは続けて言った。

「理衣沙よ、すまぬが赤い狐の近くまで……行けるところまででかまわぬから行ってもらえぬか？

そこで箱庭の扉を開けてもらえば、我がそやつをなんとか始末するゆえ」

「了解だよ、お狐ちゃん。それじゃあ、やってみるね」

わたしが外に出ようとすると、ノムリンとアドリンが包みを渡してくれた。

「草餅を作っておいたんだよ！」

「とても美味しくできましたの。おやつに食べて欲しいんですの」

「ふたりとも、ありがとうね。これで元気いっぱいに突撃できるよ」

「とつげ……なにを言っておるのじゃ！　理衣沙、危険な真似をしてはならぬぞ！」

「あっ、今のは聞かなかったことにしてねー」

奈都子お姉さんの突撃精神が乗り移っちゃったのかな、危ない危ない。

わたしは草餅が入った包みを受け取ると、アランたちのところに戻って説明をした。奈都子お姉さんは「よかったあ、理衣沙ちゃんのお友達の知り合いじゃなくてほっとしたよ」とわたしの頭を撫で、アランは「お狐殿が悪さをするわけがないと信じていたぞ」とわたしの頭を取り返して撫でた。

「というわけで、お狐ちゃんに頼まれたからドラゴンの近くに行く必要があるんだ。……うん、箱庭の材料で作っただけあって、この草餅めっちゃ美味しいね」

さっそく食べてました。

「うむ、味も最高だが、消費した魔力が瞬時にすべて回復したぞ。さすがは精霊の祝福を受けた食べ物だな」

「あんたたちがこんなところでごく自然に草餅を食べ始めたのを見て、頭がどうかしちゃったのかと思ったけれど……おやつじゃなくて、魔力回復薬としてだったんだね」

手についたきな粉を舐めようかどうかと悩むお姉さんに、わたしは「えっ、そんなこと、あははは」と笑ってごまかした。

「もっ、もちろんだよ！　そんな、魔物の群れの前でのんびりおやつを食べるなんて……あ、もうひとつあるからお姉さんどうぞ」

すみません。わたしには魔力がないので、草餅は単なるおやつでしかないんです。

「では、出発しよう。リーサ、わたしの背に乗るがいい」

「おんぶなの？　いやいや待って、ここに来た時に乗ってた魔導車は？　すぐに箱庭から出せるけど」

「残念ながら、もう魔石にほとんど魔力が残っていない。あれは便利だが、燃費が悪い乗り物なのだ。少しならわたしが充填してもいいが、余力を残しておかないと万一の時に反撃ができなくなるので……さあ、おぶさるがいい」

いやいや、戦場をおんぶされて駆け抜けるのはおかしいと思うの。

と、奈都子お姉さんが最後の草餅を食べる手を止めて言った。

「わたしの魔力、草餅を食べたからたくさんあるけど？　少し渡そうか？」

「ぜひお願い！」

わたしは箱庭の扉を開けると、大きな台車に載った錬金バイクをゴロゴロと押して出てきた。

「アラン、お願い」

「……リーサと密になりたかったのに」

アランはぶつぶつ言いながら座席の前にある蓋を開けると、中から国王にもらった巨大な魔石を取り出してお姉さんに渡した。

「無理をしない方がいいと思うが」

「期待を裏切って悪いけど、一瞬で満タンにできたわ」

聖女の魔力、恐るべし。

お姉さんは笑顔で魔石を返しながら草餅をかじった。

アランは少ししょんぼりして魔石をバイクにセットすると「リーサ、行くぞ」とわたしを抱き上げてバイクに乗せた。そして、またわたしにかぶさるようにしてハンドルを握り、さりげなく頭にすりすりっとした。

「結局密着するんかい！　じゃ、気をつけて行ってきなね。狐がいなくなったらわたしも浄化に向かうから」

「了解！　行ってきまーす。アラン、ちょっと重いよ」

「わたしの愛の重さだ」

後ろからぎゅっとしてくるアランが錬金バイクに魔力を流すと、車体は空中に浮き上がり、そのまま木よりも高く飛びながら黒いドラゴンの方へと突き進んだ。ドラゴンは何事かと頭を巡らせたが、バイクのスピードに追いつけていない。

「ドラゴンを飛び越える瞬間に、箱庭の扉を開けることはできるか？」

「任せて！」

何度も開けまくり、すっかり箱庭の使い方に慣れているわたしは、空中に扉を開けて固定することもできるのだ。

アランがドラゴンの上を通過してくれたので、わたしがタイミングを合わせて扉を開けて「お狐ちゃん、今だよ！」と声をかけると、中から茶色い狐が飛び出してきて赤い狐に飛びかかった。

『凶孤よ、観念するがよい！』

赤い狐対茶色い狐の戦いは激しく、ドラゴンに力を分け与える余裕はなくなったようだ。

「攻撃が通ったぞ！」

赤い狐の張っていたバリアが消えたらしく、前線の戦士たちのそんな声が聞こえた。見ると、ドラゴンは身をよじらせながら苦悶の悲鳴を上げている。

「一撃食らわせたいな。リーサ、箱庭から魔導砲も出せるか」

「出せるかな……うん、たぶんできる、やってみる」

「頼む」

アランがバイクを方向転換させて、まだ開いている箱庭への扉の前を通る。

「ノムリン、通過する時に魔導砲を渡して！」

「任せてなんだよー」

わたしと箱庭の精霊たちとは以心伝心だから、扉に突っ込んだわたしの手にはしっかりと巨大な魔導砲が握られていた。重いので、アランが素早く受け取ってくれる。わたしたちも以心伝心だね、えへへ。

しばらく飛んでから、アランはまた車体を反転させて、わたしの手にハンドルを握らせた。

「このまま進路を固定してくれ」

「了解」

わたしはアランの邪魔にならないように前に身体を倒してハンドルを預かり、アランが砲口を構える。

振り返り、肩にゴツい魔導砲を担いで構える姿を見た。

映画の中のヒーローみたいだ。

このワイルドな美形がわたしの婚約者です、なんてね！

「アラン、カッコいいとこ期待しているよ！」

テンションが上がってそんなことを言ってしまうと、彼はわたしの背中が粟立つようなすごい魔力を身体から噴き出した。

すごみのある笑顔で「任せろ」と言う彼がぞくぞくするくらいに凛々しくて、つい見とれてしまう。

彼の魔力が高まって髪がふわりと浮き上がり、バズーカ砲からドラゴンに向けて銀色の光が放たれた。凶器である光線は、今度は弾かれることなく魔物の頭を貫いた。

っていうか、じょわっという音と共に頭が消失したよ！

「うわ、お見事！　アラン最強！」

「ふっ。リーサへの愛が、わたしに力をくれるのだ」

神々しいほどの美しさで愛を語るアラン。

なんて凶悪な愛なのでしょう。宰相のレオナルドがビビりまくる意味がよくわかりましたよ。

「やったぞ、ドラゴンを倒したぞ！」

「やったあ、さすがはディアライト錬金術師長！」

「ドラゴンバスターだ！」

歓声が湧き上がる中、ドラゴンが倒れて動揺したのか、一瞬動きがブレた赤い狐の喉笛にお狐ちゃんが噛みついた。

『成敗いたす！』

『ぐえええええええーんッ！』

だみ声の全然可愛くない声で鳴いた赤い狐は、お狐ちゃんに捕らえられたまま激しく暴れている。

お狐ちゃんは赤い狐をぎっちり噛んだまま空高く駆け上がった。

二匹の狐たちはどんどん高く駆けていき、とうとう姿が見えなくなった。

「……見た目は可愛いのに、やっぱり頼りになるねえ」

「すっかり助けられたな」

わたしたちは顔を見合わせてほっと息をついた。

これでどうやら危機は去ったようだ。お狐ちゃんのおかげであっという間に片づいてよかった。

さすがは神さまの眷属だと思う。

アランが錬金バイクをゆっくり飛ばして扉の前まで進めてくれたので、わたしはバズーカ砲、じゃなくて錬金魔導砲をノムリンにお願いすると扉を閉めて鍵をかけた。

「アラン、お疲れさま。大活躍だね。惚れ直しちゃったよ、なーんてね」

「そうか。それなら天使のご褒美がもらえるかな？」

「えっ？」

後ろを向いたわたしの唇に、アランの唇がちゅっと音を立てて触れた。

「リーサがいれば、わたしは無敵になれる。わたしの天使、いつまでも共にいて欲しい」

「え、あ、その……はい」

「嫌だったか？」

「嫌なわけないでしょ……ちゅーしていいのはアランだけ、だからね？」

「それは光栄だ、わたしの可愛い天使」

アランったらもう、嬉しいけど、みんなが見ている前で恥ずかしいよう。

「おやおや、耳まで真っ赤だぞ」

「やんもう、いじわる言わないでよ」

わたしは両手で顔を隠した。

「ははは、リーサはそういうところが可愛いな。いや、どんなところも可愛いが……このままどこか遠くへ、誰もいないところに行ってしまいたくなる」

「うえええええええーっ⁉」

「冗談だ。ふたりきりになったら自分が抑えられなくなりそうだし……」

「そっ、そういうのはっ、結婚してからにしようね！」

「楽しみにしている」

顎に手をかけられ、振り向くとアランの澄んだ緑の瞳に魅入られそうになり……。

「こらあ、まだ魔物が残ってるんだぞーっ！」

「わあ、お姉さんに見られちゃったよ！」

奈都子お姉さんが「ちっ、目の前でいちゃつきすぎなんだよ、ロリコン錬金術師は！」と文句を言いつつも、突撃しては残された瘴気を浄化していく。

「そうだ、活躍したリーサの可愛さに血迷う愚か者が現れないようにしておかねば」

アランはそのままゆっくりと錬金バイクで上空を飛ぶと「偉大なる神と天使リーサの力で、悪しき魔物は葬り去られたぞ！　ちなみに可愛い天使のリーサはわたしの嫁になること確定だ！」と人々に謎のアピールをしながら拳を振り上げた。

「アランったら、なにを宣言しているの！」

それを聞いて、なぜか士気の高まった戦士たちが「おおおおおおおーっ！」と拳を突き上げると、残った魔物たちをさくさく倒して全滅させていった。

そうして、フラールの地から瘴気と魔物が消えて平和が戻った。

すべてが片づいてめでたしめでたし。

となったはずなんだけど。

あとの始末はフラール地域の皆さんにお任せして、わたしたちは錬金バイクに乗ってそのまま王宮に帰った。

「お帰りなさいませ、リーサさま」

「ただいま、ナオミ」

なんだか疲れちゃったので、お風呂に入り、ナオミの全身マッサージを受けて部屋着に着替えると、わたしは寝室で箱庭への扉を開けた。

「ノムリン、アドリン、お疲れさま。お手伝いをしてくれてありがとうね。お狐ちゃんは戻ってる？」

「まだなんだよ。でも、リーサへのお手紙があるんだよ」

「こちらですの」

わたしはアドリンから一枚の紙を受け取った。

『凶狐を封じて、ちと疲れたので我は眠る。いつかまた会える時も来るじゃろう。その日まで息災で暮らせよ』

短い手紙に目を通したわたしは、そのまま凍りついた。

「嘘でしょ、そんな、眠るってまさか……お狐ちゃんが……」

『いつか』って、いつになるの？　何日、何ヶ月……何年、何十年、わたしがまだ生きているうちに会えるの？　歳を取らない神さまとわたしたちは時間の感覚が違うんだよ？

わたしは呆然と立ち尽くし、それから泣いた。

「お狐ちゃぁん……やだよう……」

いくら待っても、狐の幼女はもう竹垣を飛び越えてこない。

ノムリンとアドリンも、しょんぼりしながら泣きじゃくるわたしの背中を撫でる。

「リーサ、僕たちがいるんだよ」

「一緒に箱庭を育てていきますの」

ふたりの精霊がいてくれて、本当によかった。でなければ、わたしひとりでは、きっとここで楽しく過ごすことはできなくなる。

「また会えるっていうなら、会えるんだよ！」

「お狐さまは、嘘をついたりしませんの」

「綺麗な花をいっぱい育てて待っているんだよ」

「美味しいおやつも作って待つんですの」

「ううう……お狐ちゃあん……」

ふたりに慰められたけれど、わたしの涙はなかなか止まらなかった。


「リーサ、なにがあったのだ？」

泣きすぎて目も顔も鼻の頭も真っ赤になったわたしを見て、アランは驚きながら涙を拭いてくれた。

「アラン、お狐ちゃんが、お狐ちゃんがいなくなっちゃったんだよう」

手紙を見せ、そう言って泣きじゃくるわたしを、アランは根気強く慰めてくれた。

「いつか、必ず会える。お狐殿はリーサのところにきっと戻ってくるから大丈夫だ」

「どうしよう、お狐ちゃんがいなくなっちゃうなんて、わたし、怖いし悲しいしどうしたらいいかわからないよ」

「わたしがお狐殿が戻るまでリーサの隣にいて、どうしたらいいか共に考えよう」

「うん……」

「案ずるな、きっとすぐに戻ってくる」

こうして、仲良しの友達であり、頼れる存在であったお狐ちゃんはいなくなってしまった。

悲しみに囚われたわたしは毎日泣いて泣いて、胸に小さな狐の形の穴が空いてしまったようだったけれど、少しずつ前を向けるようになっていった。

「お狐ちゃん、どこに行っちゃったんだろう。すぐに戻るっていっても、お狐ちゃんは神さまの眷属だから、ちょっと寝ているうちに百年経っちゃったりするかもしれないし……」

「リーサさま、お気を落とさずに。守り神のお狐さまですもの、きっと早くにリーサさまのお側に戻っていらっしゃいますわ」

ナオミはそう言って、爽やかなミントティーと草餅を出してくれる。『草餅が大好きなお狐ちゃんがつられて出てきますように』というおまじないを兼ねているのだそうだ。

「そうだよね、わたしのことを見捨てたりしないよね……加護してくれてるんだもん」

うわーん、寂しいよう。なんなら稲荷寿司を作ってしまおうかな。

絶対につられてやってくると思うんだよ。

もう箱庭では大豆の栽培を始めたんだ。栄養たっぷりの大豆をこの国に広めて、ついでにお豆腐とお味噌と醤油を製造してもらおうと思ってね。もちろん、油揚げも忘れないよ。

「お狐殿が戻るそれまでは、わたしがリーサにつきっきりで側に……」

最近お仕事をサボりがちな（本人は、効率的に仕事をこなしているから余暇が増えたのだと言っている）アランが、わたしの肩を抱き寄せながら言った。

「アランはお仕事してください」

「くうっ、リーサが冷たい！」

「結婚式の後に、長期のお休みを取ってくれるんでしょ？　新型の魔導車に乗って、楽しい新婚旅行に行こうね」

あれから瘴気の浄化も順調に進み、結婚式のスケジュールを決めることができた。

そして、錬金術省の魔導具開発部はがんばって、魔導エンジンを完成させてくれた。これで魔力が強くない者でも魔導車を長時間運転できる。もうしばらくしたら、実用化できるそうだ。

魔力がありすぎなアランが運転するとレーシングカー並みの走りをしちゃうから、新婚旅行での試運転は、安全運転にしてもらわないとね。

「そうだな、旅の間はリーサを独り占めできる。がんばって仕事を済ませてこよう！」

わたしをぎゅっと抱きしめて額にキスを落としてから、アランはいい子でお仕事に戻っていった。

一連の事態で彼には『残念な美形』という評判が立ってしまったが、その代わりに親しみやすくなり友達が増えたアランは、わたしの自慢の未来の旦那さまだ。

奈都子お姉さんは、今日もどこかの小さな瘴気を浄化しに出かけている。瘴気の大元を潰すことができたので、「半分は観光旅行みたいなもんだよ」と言って、ついでに回復薬と上級回復薬、そして不思議な塗り薬を各地に届けてくれるから助かっている。聖女さまが国中を回ってくれるおかげで国民の心も安定して、国全体が落ち着いてきているそうだ。

そうして一年ほどが経った。

瘴気はすべて浄化されて、後に残った魔物は各地の冒険者がそれなりに討伐できる程度の強さに戻り、平和が訪れた。

今日はアランとの結婚式の日だ。

わたしはふんわりしたプリンセスラインのウェディングドレスを着て、この日のために伸ばしていた髪をナオミに結い上げてもらった。

頭には真珠のティアラを載せ、胸にはアランの瞳の色に合わせたエメラルドのネックレスをつけている。肘まであるレースの長手袋をつけると、支度は完了だ。

「リーサさま、よくお似合いでございます。本当にお美しい……ああ、とうとうお嫁に行ってしまうのですね。ナオミはなんだか、寂しい気持ちがしますわ」

目を潤ませて目元を押さえる腹心の侍女につられて、わたし付きの侍女さんたちも「感無量ですわ」「こんなに可愛い花嫁さまを見たことがございません」としくしく泣きだしてしまった。

思わずわたしもじんときてしまったけど、すかさず突っ込んだ。

「全員、アランのお屋敷までついてくるんでしょ！」

そう、わたしに仕えてくれる人たちは、ディアライト家へまるっと移動することになっているのだ。もちろん、忠実な護衛のカミーロ（なぜか呼び捨て希望）もね。

「それはそれ、これはこれでございます」

ナオミはそっと涙を拭くと「そろそろ神殿に移動いたしましょう」とわたしの手を取った。

神殿の入り口では、花婿の衣装に身を包んだ輝くばかりに美しいアランが待っていた。

「リーサ……」

「わあ、どうしたの！」

わたしを見た途端、彼の瞳から大粒の涙が零れ落ちたので、わたしは動揺してしまった。

「……ルニアーナ国に平和が戻り、こうしてリーサと結婚できることに……感動してしまったのだ……こんなに美しく愛らしい花嫁姿のリーサが……」

あとは言葉にならないようだ。

「……うん。わたしも、この日を迎えられて、とっても嬉しいよ。いろいろあったけれど、ルニアーナ国に来ることができて本当によかったと思う」

日本での人生は終わってしまったけれど、この世界に来ることができた。わたしのことを気にかけてくれた神さまの配慮に、心から感謝しているよ。

そして、わたしを支えてくれたお狐ちゃんにもね。晴れ姿を見せたかったよ。記念の絵を描いてもらって、いつか再会できた時に見てもらうつもりなんだ。

「リーサ、取り乱してすまなかった」

「ううん。そういうアランも好きだから」

少し照れた顔をしたアランは無言でわたしに口づけると、笑顔になってエスコートの腕を差し出した。

「わたしの天使。可愛い小鳥。リーサが腕の中に飛び込んできた時から、わたしの人生は鮮やかに色づいたのだ」

「わたしを受け止めてくれてありがとう、素敵な錬金術師さま。初めての口づけをしたのがあなたで本当によかったと思います」

彼の腕にそっと手をかけた。

扉が開き、わたしたちは神殿の中へと進んでいった。

「今日のよき日に、神に愛されしふたりの結婚の誓いを行えることに感謝し、その喜びが万人に分け伝わることを天に祈ります」

真っ白なチュニックとワイドパンツ姿の奈都子お姉さんが、祭壇に立って祝福の言葉をくれる。気が強くて、すぐにアランと言い争ってしまうお姉さんだけど、今日は慈愛に満ちた笑みをわたしたちに向けてくれる。

瘴気の浄化がほとんど終わって安堵したのか、以前よりもずっと丸くなったと評判の聖女さまは、実は一緒に旅をしていた神官のお兄さんとお付き合いしていることをわたしは知っている。

「では、夫婦の誓いの……」

『お待たせしたのじゃあっ！』

神殿の天井から小さな女の子が降ってきたので、参列した人々からざわめきが起こる。

『よかったよかった、ふたりの結婚式には絶対に間に合わせたかったのじゃよ。とびきりの祝福を授けようと、主神である大明神と共に相談を……』

「お狐ちゃあん！」

わたしは耳と尻尾がふわふわな狐っこを抱きしめて「やっと起きたんだね！　遅いよう、心配しちゃったじゃん！　もう、もうっ！」と泣きべそをかいた。

『理衣沙よ、心配をかけて悪かったのう。これからはまた……っとっとっとっと。そなたたちの夫婦の誓いが先じゃろうが、しっかりせんか』

華やかな振り袖姿のお狐ちゃんが、わたしの頭を優しく撫でてから空中にぴょんと飛び上がって、

そのままふわふわと浮いた。

『積もる話は後ほどゆっくりとしようぞ。そら、リーサ、アラン、病める時も健やかなる時も、辛い時も喜びの時も、共に手を携えて道を進む素晴らしき夫婦となるがよい。聖なる口づけをもって、誓うのじゃ！』

「お狐ちゃんってば……」

わたしが泣き笑いをすると、アランが指先でそっとわたしの涙を拭いてくれた。

「リーサ、よかったな」

「うん」

「わたしはお狐殿に、永遠の愛を誓う」

アランの言葉に、お狐ちゃんは満足そうに頷いた。

「はい、わたしも誓います」

そしてわたしたちは、ルニアーナ国で出会った素晴らしい人たちの祝福の拍手に包まれながら、誓いの口づけをしたのだった。

書き下ろし番外編　ディアライト一家とご対面

　さてさて、結婚を前にしてやらなければならないことがあるのですよ。それはディアライト一家とのご対面なのです。お父さんとお母さんに、『おたくの可愛いアランをわたしにください』と言わなければ……いや、それはいらないか。

　よく懐いたアランは、時々子犬のような感じになって可愛い。美形で背が高くてカッコよくて可愛いなんて、非の打ち所がない男性である。日本の友達が会ったら、きっとみんな目がハートになって、推しに推されて大騒ぎになること間違いなしだ。

　しかも、外見が素晴らしいだけではない。彼は優しいし、仕事ができるし、経済力もある。ただでさえお給料がいいお仕事なのに、独身で趣味が錬金術で彼女もいないアランはお金の使い道がなかったため、とんでもない額の貯金があるようだ。欲しいものはなんでも買ってくれると言うので、珍しい花の種があったら手に入れて欲しいと頼んでみた。お金に糸目をつけず、国外からも取り寄せてくれるらしいので楽しみだ。

　アランに関して困っているのは、過保護気味であることくらいだろうか。

　ちなみに、騎士団長のエディオンさんによると、あんなにカッコいいのに今のアランはわたしが思うほどモテないらしい。緑がかったサラサラの銀髪に、素敵なグリーンの瞳を持つアランは、その美しすぎる外見のせいで人間関係で苦労してきたという。

「顔がよすぎるっつーのも困りもんなんだな。錬金術師のてっぺんになった頃には、男女問わずに言い寄ってくる奴が山のようにいて、そのうち文字通り爆発するんじゃないかと冷や冷やしていたんだ」

「爆発？　キレるってこと？」

ナオミの淹れてくれた紅茶を飲みながら、わたしは尋ねた。

騎士団長さんは数少ないアランの友達らしく、たまにアランと一緒にお茶をしにやってくる。ちなみに宰相のレオナルドは誘ってないのにひとりで来る。へりくだりつつもふてぶてしいこの感じが宰相という職には必要なのだろうか。

わたしの隣に座ったアランは言った。

「わたしが得意なのは錬金術だが、攻撃魔術も防御魔術もそこそこ使えるからな。だが、無駄に爆発はしない。きちんと適度な殺傷力で行う」

まさかの、物理的な爆発だった！

それからアランの『きちんと』の使い方は間違っていると思うよ。

「だから、おまえは怖(こえ)えよ、貴族を簡単に殺傷すんな」

騎士団長さんは、顔を引き攣らせるわたしに「大丈夫だリーサ殿、まだヤっていない。息の根を止める前になんとかしておいたから安心してくれ」と笑った。

そんなアランだが、わたしがこの世界にやってきてからは格段に性格が丸くなったとエディオンさんは言う。以前ほどツンツンしなくなったと評判らしいのだが、今度は『(未来の）嫁が好きすかれ気味らしい。

ぎる変態』（騎士団長エディオン談）に進化したので、やっぱり周りの人（特に女性）に距離を置
　彼は日常的に「おおリーサ、わたしの可愛い小鳥ちゃんは今日も誰よりも美しい！　見よ、リーサの愛らしさの輝きで太陽すらもその身を恥じて隠れてしまったようだ」なんて甘い言葉を身振りつきで叫んだりする。ちなみに、彼の横では騎士団長さんが「単なる曇りじゃねえか、付き合ってらんねえよ」とため息をついている。アランを見捨てないでくれてありがとう、本当にいい人だ。

「ルニアーナ国には情熱的な愛情表現をする習慣があるんだね。ロミオとジュリエットっぽい感じなのかな？」などと、これくらいがこの世界のデフォルトなのかと思っていたら……近くで見ていた皆さんが、そっと目を逸らしてスルーしていた。騎士団長さんみたいな突っ込みすらしてくれない。完全に腫れもの扱いである。

　もちろん、わたしはアランが大好きだから、この程度のことなんてへっちゃらだ。奈都子お姉さんには「理衣沙ちゃんのメンタルが鋼だった件！」って言われたけれど、素敵な錬金術師を独り占めできるんだもん、全然オッケーだよ。


　話が逸れたが、ディアライト一家へのご挨拶の件だ。

　ディアライト伯爵家は王都から離れた地方を治める領主の家なのだが、領内に魔物が多く発生する土地もあるため防衛力が必要で、武術を重んじる家風らしい。アランも幼い頃から剣の鍛錬を行っていたので、錬金術師なのに騎士になれるほどのレベルで腕っぷしが強いのだ。

　そんな厳しい環境だったディアライト伯爵家の領地も、聖女の奈都子お姉さんが瘴気の浄化を進

めたおかげで魔物の数が激減し、最近は落ち着いて暮らせるようになったそうだ。そこでアランが、婚約したことを実家に連絡した。

「あのアランが、女性と？　しかも、付き合ってすぐに婚約？　でもって、相手が異世界からやってきた天使？」と動揺するお父さんから「早めに顔を出すように」と連絡が来た。

ということで、ドキドキのお宅訪問なのです。

優しいご家族だといいんだけど。『どこの馬の骨ともわからない異世界の女との結婚は許さーん』なんて言われたらどうしよう？

そんな不安を漏らすと、ナオミに「心配はいりませんわ。リーサさまを迎えられるのは伯爵家にとってはこの上ない喜びでしょう。……万が一にもそれを理解できないような家ならば、このナオミがルニアーナ国から消滅させますしね」とにこやかに言われてしまった。

「アランの実家だから、消滅はさせないで欲しいな」

「それでは、命だけはお助けいたしましょう。リーサさまは本当にお優しいですわね」

ほほほと笑うナオミがわたしのことが好きすぎて、ちょっと怖い。


ディアライト伯爵家の領地への旅は、錬金術省が開発した例のバイクで行くことになった。錬金術省魔導具開発部の研究員の皆さんの努力で小型の魔導エンジンが開発されて、魔力を推進力に変える機構がかなり小さくなり、スチームパンク風のゴツかった車体は流線型が美しいデザインに変わっていた。

「師長、こちらが試乗のチェックリストになります」

ウキウキした様子で、錬金バイクを研究している錬金術師たちが見送りに来てくれた。

「了解した」

旅行の支度をしたアランがファイルを受け取り、バイクのポケットにしまう。

今回の帰省は長距離運転の実験なので公務だ。壊れないとは思うけど、アランなら多少の不具合は自分で修理することができる。魔力も豊富だからエネルギー切れになることもない。

そして、わたしには箱庭の加護があるから、部品や工具が充分に持ち運べる。バイクすら箱庭の中にしまうことができるので、遠く離れた土地で全壊するようなことになっても、持ち帰ることができるのだ。

ルニアーナ国の国土はかなり広い。王都から国の外れにあるディアライト伯爵領に行くには、普通に馬車を走らせると一ヶ月以上かかるらしい。この世界の馬は地球よりも丈夫だけど、一日に百キロを進むのが限度なので、三千キロくらいは離れているのだろう。

で、この新型の錬金バイクはというと、魔力が多いアランに限るけれど、最高時速五百キロを出すことができて、余裕をみても一時間に四百キロの速度で走るというか、飛ぶことができる。

つまり、一日で到着してしまうのだ。びっくりである。

「では、出発しようか」

錬金術省の人たちが見送る前で、わたしはアランとバイクにまたがる。

「リーサさま、ディアライト師長、お気をつけて行ってらっしゃいませ」

「楽しい旅を！」

「ありがとうございます。行ってきまーす！」

手を振ってから、しっかりとハンドルにつかまる……必要はない。錬金バイクの周りには結界が張られるので風圧もGもかからない。運転はアラン任せなので、わたしは普通に座って景色を楽しんでいればいいのだ。

バイクは地上十メートルの高さまで上昇すると、滑るように走り出してスピードに乗った。

「アランにはお姉さんがふたりいるんだよね」

「そうだ。上の姉のドロシーは婿を取っていて、夫婦で伯爵家を継ぐことになっている。わたしは錬金術師長としての功績があるし、リーサも国の要となって手柄を立てているから、わたしたちが結婚したら新たな貴族籍を賜ることになるだろう」

そのあたりの話は、わたしも宰相のレオナルドから聞いている。

「ちなみに、父は剣、母は槍、ドロシーは弓を得意としている」

「そうなんだ。魔物と戦わなくちゃいけないから、大変だね」

「幼い頃からそういうものだと思っていたな。下の姉のマチルダは、剣を使う。あれは戦闘狂だと思うぞ」

「あ、そう、なんだ……」

騎士団長のエディオンさんから聞いたんだけど、下のお姉さんのマチルダさんは威勢のよいお嬢さまで、アランが幼い頃は一緒に剣の稽古をしていたらしい。真剣勝負での切磋琢磨とか言ってるけど、まさか、姉弟喧嘩ではないよね？

ルニアーナ国の騎士団に所属しているマチルダさんだが、若いうちにバート伯爵家の長男と恋愛結婚をしたそうだ。現在は騎士団からの出向という形で、バート家の領地で魔物退治の指揮をしているらしい。

「もうすぐ到着する。向こうの森の奥に見える屋敷がそうだ」

「思ったよりも早かったね」

「そうだな。想定よりも性能が向上していたようだ。森を越えたら高度を下げていくぞ」

木々を飛び越えてから高度を落とし、地上すれすれを滑るようにして大きなお屋敷の前にバイクを止めた。車輪がないので、止めても地面からは浮き上がる仕組みになっている。

「何者だ⁉　って、アランフェスお坊ちゃまではありませんか！　こりゃまた奇天烈（きてれつ）な代物に乗ってきたんですねえ」

門番らしいおじさんが飛び出してきて、「こりゃあたいした機械だ。いったいどうなっているんですかい？」とバイクを興味深そうに見た。

「『錬金バイク』という最新式の乗り物だぞ、カッコいいだろう」

バイクにまたがったアランがドヤ顔をした。無表情なことが多い彼がこんなに感情を表すなんて、このおじさんとはかなり仲がいいみたいだ。

「そちらのお嬢さんは、研究者の方ですか？　お若いのに頭がいいんですね」

「いや、わたしの婚約者だ」

「……ひえええええっ？　お坊ちゃまにこんやくしゃああああああっ？」

「そんなに驚くな、失礼だぞ。ちなみにな、この可愛くて可愛くて最高に可愛いわたしの婚約者は天使なのだ」

「あ……なるほど、人間じゃないんですね。納得しました」

人間だよ！

誤解があるものの、おじさんが門を開いてくれたので錬金バイクをゆっくりと走らせて石畳の道を進んだ。大きくて立派なお屋敷の玄関前に着くと、わたしは箱庭の扉を開けてバイクを中にしまった。力持ちのノムリンが手伝ってくれるので楽ちんだ。

「おお、我が弟よ！」

背後からぱからんぱからんと蹄の音を響かせて、大きな馬に乗った騎士が現れた。

「げ、マチルダ」

「ずいぶんな挨拶だな」

茶色の長い髪を後ろで縛った勇ましい女騎士は、馬から下りるとアランにパンチを繰り出した。それを右手で受け止めて、アランが「これは下の姉のマチルダだ。マチルダ、わたしの婚約者のリーサだが、手を出すなよ」と言った。

「人聞きが悪いことを言うね。可愛いお嬢さん、こんな奴が結婚相手で本当にいいのかい？　なにかあったらわたしに言うといい、叩きのめしてやるからな」

マチルダさんはわたしの手を取ると、甲にちゅっとキスをして笑った。

なにこのイケメン女子！　めっちゃカッコいい！

アランが「だーかーらー、手を出すなと言っているだろう！」とわたしとマチルダさんの間にぐいっと入ってからドアをノックすると、待ち構えていたように開かれた。

「お帰りなさいませ、アランフェスさま」

「ただいま戻った」

「いらっしゃいませ、リーサさま。お目にかかることができて光栄至極にございます」

「あ、初めまして。よろしくお願いいたします」

執事っぽい初老のおじさんに挨拶をする。マチルダさんも「ただいまー、馬をお願いね」と軽い感じで入ってきた。

「まあまあ、アランフェス！　お嬢さんもいらっしゃい！」

明るい声で出迎えてくれたのは、茶色い髪に緑の瞳をした、少しふくよかな女性だ。

「母上、戻りまし……」

彼女はアランを華麗にスルーして、わたしの両手を握って言った。

「あなたがリーサちゃんね。あら、リーサさまって言わないといけないのかしら？　でも、うちの娘になるのだからリーサちゃんでいいわよね」

ふわっと抱きしめられると、花の香りがした。

「え、あ、あの」

「可愛いわ。リーサちゃん、わたしはアランフェスの母のマレリーよ。後ろにいるのが夫のディーンに長女のドロシーとその夫のパトリックね。あら、マチルダもお帰りなさい。間に合ったのね。リーサちゃん、よろしくね」

「あ、初めまして」

「そして、わたしはあなたのお母さんになるの。こんなに可愛い娘ができて嬉しいわ。ああ、なんて素敵なことでしょう」

「お母さん……」

「ええ、わたしのことはお母さんって呼んでちょうだいね」

遙か昔に、わたしに微笑んでくれた人がいた。『可愛い理衣沙ちゃん』『いい子ね、理衣沙ちゃん』と言って抱きしめてくれたその人は、やっぱり花のいい香りがした。

「お母さん……お母さん……」

ふんわりとわたしを包んでくれる、温かい人。

「リーサちゃん？」

マレリーさんが、わたしの頬に流れた涙を拭った。

「どうしたの、おなかが痛いの？」

「違うの……」

おなかの心配をするところまでお母さんにそっくりだよ。

「よしよし、いい子だから泣かないで」

突然涙を零し始めたわたしをあやすようにして、アランのお母さんはわたしの背中を優しく叩いた。

「すみません……わたし、小さい頃にお母さんを亡くしていて……急に思い出しちゃったんです」

駆け寄ってきた、茶色い髪に茶色い目をしたドロシーさんがハンカチを手渡してくれたので、溢れる涙を押さえた。

「そうなのね。こんなに可愛いお嬢さんを置いて逝くなんてお気の毒だわ。今日からわたしはリーサちゃんのふたり目のお母さんですからね、遠慮なく甘えていいのよ。お母さまを亡くして、しっかりしなければと懸命に生きてきたのでしょうね。まだ若いお嬢さんがひとりで突然見知らぬ世界に飛んできてしまうなんて。大変だったわね」

お母さんは、「怖かったでしょう、よしよし、かわいそうにね」と頭を撫でてくれた。その温かさで、心の中にあった堤防みたいなものが崩れてしまい、わたしは子どものように号泣してしまった。

「怖かったよう、ひとりぼっちで、もうおばあちゃんに会えなくなって……知らない場所で大人に囲まれて、怖かったよう……」

「リーサちゃん……かわいそうに。よくがんばったわ、いい子ね、とってもいい子」

お母さんはわたしを抱きしめて「もう怖いことはないのよ、怖いものはお母さんが追い払ってあげますからね。お母さんはとても強いから、魔物でも人間でも全部やっつけちゃうわ」と慰めてくれた。泣くわたしを見て動揺していたアランが、わたしを抱き寄せようと手を伸ばしてお母さんに断られた。

「母上、それは夫となるわたしの役目だから、リーサを返して欲しいのだが」

「いいえ、娘を守るのはお母さんの役目ですよ。さあリーサちゃん、あちらの部屋に行って温かいミルクを飲みましょうね」

「うん」

えぐえぐと泣きながら、わたしはお母さんと一緒に居間らしい部屋に入り、ソファーに座った。その後をアランとドロシーさんとパトリックさんとマチルダさんがぞろぞろとついてきた。

「まだこんなに小さい子を、あなたたちはこき使ったの？」

わたしをとんとんしながら、お母さんがアランに言った。

「いや、リーサは小柄だが、もう十七歳だし……それに、大きな加護を授かっていて……天使の名にふさわしい、国の救世主なのだ」

「リーサちゃんは成人したの？」

「ううん、まだです。日本では十八歳から大人だから、成人していないの」

わたしが答えると、お母さんはキッとアランを睨んだ。

「アランフェス！　なにが天使ですか！　子どもに重責を負わせるなんて、恥を知りなさい！」

「母上、違う、違うんだ」

「お母さん、アランはわたしにとてもよくしてくれています。アランがいてくれたから、わたしは今までやってこれたし、誰かの役に立てる仕事を見つけることもできたの」

「まあ、そうなの。リーサちゃんは偉いわね。優しくてとってもいい子だわ」

なぜかわたしが褒められてしまった。

上のお姉さんのドロシーさんがわたしに温かいミルクを持ってきてくれた。

「リーサちゃん、少しだけブランデーを落としたの。いい匂いがして甘いミルクよ」

飲んでみたら、とても美味しくてびっくりした。ドロシーさんは「この領地では、とても美味しいミルクがとれるの」と微笑んだ。

「あとね、バターも小麦もとても質がいいのよ。美味しいお菓子がたくさんあるから、後で一緒に食べましょうね」

ミルクのカップを持ったわたしはこくこく頷いた。

「わたしは今日からリーサちゃんのお姉ちゃんよ。ドロシーお姉ちゃんと呼んでね」

「ドロシーお姉ちゃん」

「んんんんんーっ、可愛すぎる！」

ドロシーお姉ちゃんは身悶えてから、「可愛い可愛い可愛い」とわたしの頭に頬ずりをした。

「ならば、わたしはマチルダお姉ちゃんだな！」

「マチルダお姉ちゃん」

「ぐあああああーっ、可愛すぎるぞ！」

ほっぺたにちゅーをされてしまった。

「マチルダ！　なんてことを！」

アランが抗議したが、お父さんにぐいっと押しのけられてしまった。

「リーサちゃん、お父さんだよ！　ディーンお父さんだよ！　リーサちゃんはなにが好きなのかな、綺麗なドレスでも宝石でもおもちゃでも、なんでもお父さんが買ってあげるから言ってごらん」

「ディーンお父さん」

「よしわかった、街を丸ごと買い上げてリーサタウンと名づけよう！」

ディアライト伯爵であるディーンお父さんは「わたしに任せなさい！」と言って高らかに笑った。

いや、まだなにも言ってないよ？

「おい、リーサはわたしの花嫁だし、それならわたしもアランお兄ちゃんと呼ばれたいぞ！」

震える拳を握りしめるアランの肩に、ドロシーお姉ちゃんの旦那さんが手を置いた。

「アランフェスくん、君は夫だからお兄ちゃんにはなれないでしょう。可愛いお嫁さんに来てもらえてよかったね」

「パトリック義兄上……」

彼はアランに頷いてからわたしに言った。

「リーサちゃん、パトリックお兄ちゃんだよ！」

「おまえもか！」

アランが床に崩れ落ちた。


「リーサちゃん、今夜はみんなで一緒に寝ましょうね」

「客間のベッドはとても大きいから、四人で寝ても大丈夫なのだ」

「あらマチルダ、わたしのおなかに赤ちゃんがいるから、五人よ」

とっても親切な皆さんと一緒に、アットホームなバーベキューディナーを取った。そう、ディアライト家の庭にはバーベキューコーナーが設置されていたのだ。大きな森でお母さんが狩ってきた鹿や、マチルダお姉ちゃんが捕まえてきた兎や、身重なのにとても元気なドロシーお姉ちゃんが射落としてきた大きな鳥がこんがりと焼かれて、あまりの美味しさにおなかいっぱいになるまで食べてしまった。その後、ディアライト家のメイドさんに手伝ってもらって身支度を済ませたら、枕を持ったお母さんとドロシーお姉ちゃんとマチルダお姉ちゃんがやってきた。

「明日は森にピクニックに行きましょうよ。リーサちゃんはお花が好きでしょう？　この森にしかない植物もあるのよ」

「森の奥に素敵なお花畑があるから、ドロシーお姉ちゃんが案内するわね」

「マチルダお姉ちゃんが湖で魚を釣って、こんがり焼いてあげるからお食べ。塩を振っただけでとても美味しいんだ」

「うん、ありがと……」

お母さんに抱っこされて、わたしはすぐに夢の中に落ちていった。

ちなみにアランは「リーサはわたしの嫁なのに……酷い……」と鼻をすんすん言わせながら、客間の前で毛布に包(くる)まって一晩過ごしたらしい。

アラン、ひとりにしてごめんね。

ディアライトさんちの人たちはいい人ばかりだから、仲良くやっていけそうだよ。

攻略結婚の相手は
推しの魔王様
ラブラブして
大好き
このままでは
萌え死して
しまいます！
葉月クロル
Chlor Haduki
Illustration
あとのすけ
推しと結婚するため、
たぎる萌えを制御せよ！
フェアリーキス
NOW ON SALE
伯爵令嬢アネットは、国同士の絆を深めるべく魔人の国に嫁ぐことに。恐ろしい魔人達が棲む国……と噂されていたが、なんと結婚相手の魔王ゼルラクシュは、彼女が前世で全てを捧げていた推しだった！　ひと目見た瞬間、あまりの萌え（と魔王の凄まじい覇気）で鼻血を噴出してしまう。このままでは推しにドン引きされて婚約解消の危機！　平常心を保つために魔王のぬいぐるみを作って想いをぶつけていたら、そこにまさかの魔王本人の魂が入ってしまい!?

フェアリーキス
ピュア
fairy kiss

入れかわり失敗から始まる、偽者聖女の愛され生活
※ただし首輪付き
Saki Presents さき
Illustration Shabon
入れかわりに失敗したのに、
どうして私が聖女の妹ポジションに!?
聖女アマネと入れかわり、国家転覆を企てる——。そんな過酷な任務を命じられて、この三年間そのためだけに生きてきた私。聖女と瓜二つの顔を与えられ、全ての情報を頭に叩き込み、いよいよ王宮に侵入するが——アマネ本人に捕まり何故か気に入られてしまった！　しかも、第二王子レナードからはステラと名付けられた上、嫁にしたいと言われる始末。偽者のはずが聖女の妹ポジションに収まった、記憶無し少女のハチャメチャ王宮ラブコメディ！
フェアリーキス
NOW ON SALE
フェアリーキス ピュア
fairy kiss

十帖 Jyujo
春野薫久 Illustration

社畜令嬢は国王陛下のお気に入り 2

フェアリーキス
NOW ON SALE

社畜王妃は新婚旅行中もお仕事三昧！

晴れて国王アレスと結婚したシアリエ。王妃になっても前世からの社畜根性を発揮して公務に奔走していたが、視察を兼ねた新婚旅行先に謎の男が現れる。エレミヤと名乗る彼はアレスと因縁があるらしく、なんと復讐を宣言してきて!?　アレスと縁のある者たちが次々に襲われ「自分のせいだ」と苦しむアレス。そんな彼にシアリエは寄り添い、その傷を癒すべく全力を尽くす。しかし、やがてエレミヤの攻撃の矛先はシアリエにも向けられ――!?

Jパブリッシング　https://www.j-publishing.co.jp/fairykiss/　定価：1430円（税込）

錬金術師さまがなぜかわたしの婚約者だと名乗ってくるのですが!?

著者　葉月クロル　© CHLOR HADUKI

2024年7月5日　初版発行

発行人　藤居幸嗣

発行所　株式会社 J パブリッシング
〒102-0073　東京都千代田区九段北3-2-5 5F
TEL 03-3288-7907　FAX 03-3288-7880

製版所　株式会社サンシン企画

印刷所　中央精版印刷株式会社

ISBN:978-4-86669-686-7
Printed in JAPAN